JN334583

# 死して巖《がん》根《こん》にあらば骨も也《ま》た清からん

## 寂室元光の生涯

児玉 修

思文閣出版

1　寂室元光像（永源寺所蔵／栗東歴史博物館写真提供）

2　新庄川（高田川）と勝山（著者撮影）

3　寂室元光産湯の井戸跡（著者撮影）

4　龍玄寺跡の碑（著者撮影）

5　中峰明本像（山梨県甲府市・天目山栖雲寺所蔵／同寺写真提供）
寂室は栖雲寺を訪れ、本像の点眼法要に参列している

6　約翁徳倹頂相

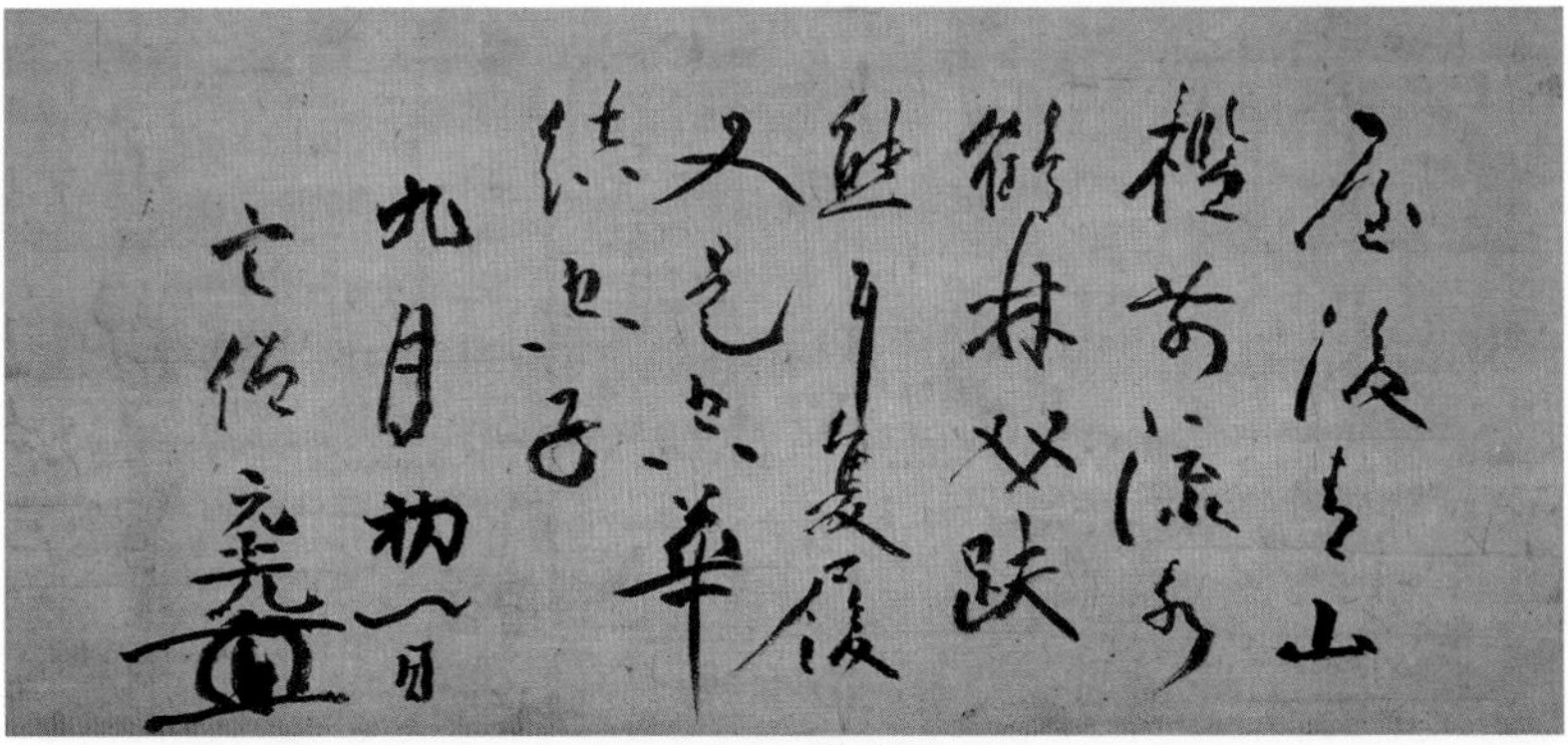

7　寂室元光遺偈
（6・7は永源寺所蔵／栗東歴史博物館写真提供）

8　永源寺山門(永源寺写真提供)

9　永源寺伽藍(永源寺写真提供)

# 序文

正灯国師寂室元光禅師は、今から七百二十四年前の正応三年庚寅五月十五日に美作高田（現岡山県真庭市勝山町）に呱呱の声をあげられた。そして貞治六年、七十八歳で含空にて多くの弟子たちの見守る中、静かに息を引き取られた。二年後の平成二十八年には、六百五十年遠諱が永源寺本山にて執り行われる。

正灯国師は十五歳で東福寺で落髪後、南宋からの帰化僧、建長寺開山大覚禅師の弟子の約翁徳倹禅師の許で修行する。禅師の死後、元に渡り七年の遊行の後、日本に帰る。しかし大刹に出ることなく、山林荒野に韜晦の生涯を送られていた。禅師五十一歳、四大不調の為、兵庫県豊岡市但東町中山の金蔵山に静養していた。前年に兄弟子の霊叟太古が大分の万寿寺を引退した後、岡山の明禅寺で亡くなっている。禅師にも死の影が近づいていると思われた。この時生まれた偈頌が「風、飛泉を攪《か》いて冷声を送る、前峰月上って竹窓明らかなり。老来殊《こと》に覚ゆ山中の好きことを、死して巌根に在らば、骨も也た清からん」、古今不滅の絶唱である。

建仁寺の素堂老漢は先師金剛窟老漢の墓を骨清塔として建立され、自身もそこに入られた。また哲学者西田幾多郎先生が長年仮住まいを転々とした後、マイホームを手に入れられ、骨清窟と名付けられた。先生の日記にも時折禅師ゆかりの語句が散見される。知識人の間にも禅師の評価は高い。

金蔵山の壁に題した骨清偈であるが、同じく共に題した偈が「此の閑房を借りて恰も一年、嶺雲渓月、枯禅に伴う。明朝下らんと欲す巌前路、又た何れの山の石上に向ってか眠らん」。国師の生涯を言い得て絶妙の一句である。特に承句の「嶺雲渓月伴枯禅」。嶺の雲と谷間の月が枯木の禅に連れ添ってくれた。ここに言う「枯禅」とは「枯稿坐禅」の義で、「万事を放下して坐禅する」を言う。

だが大慧録等では「枯禅鬼窟裏」と言うように罵語であり、本邦では白隠禅師が『槐安国語』巻五頌古評唱に力説するように枯禅に批判的であった。しかし『虚堂録』巻八浄慈後録の「達磨大師忌拈香」に、「魏闕梁園に枯禅面壁す」と、また『元亨釈書』六無関普門章には、「無関也た枯禅自如たり、宮怪自ら沮む」とあるごとく賛語なのである。大灯国師においても枯禅の評価は高い。禅は本来もともと枯禅である。永源寺僧堂の禅堂は「木衆堂」と言い、薬山惟儼の孫の石霜慶諸の「枯木衆」に由来する。

国師はその後備前、豊後、因幡と転々とし、六十代後半には美濃にて、共に渡元遊学した旧友俊鈍庵と再会す。交情を温めた後、彼の最後を見送った。鈍庵は寂室禅師と同じく枯淡の禅風を貫いた禅者であるが、惜しむらくは七十前後で遷化されている。鈍庵を見送った後、備後、備前、甲斐、遠江を経巡り、七十一歳で近江の守護佐々木氏頼（雪江崇永）に見込まれ、観念したのが雷渓、今の永源寺である。ここで多くの弟子を育てられ、今日の永源寺の基礎を築かれた。しかし国師には一宗一派の開祖になろうというような気はさらさらなかった。自分が死んだ後は各自に散じ去れ、とまで遺言された。

師の遺誡に、

老拙、如今、世縁将に尽きんとす。因って諸もろの法属等に顧命す。余が溘然《こうぜん》の後を待って、宜しく須らく林下に迹を晦まし、火種刀耕して一生を終えんことを図るべし。是契経（仏遺教経）に曰く、「当に闠閙を離れて独処に閑居すべし。山問空沢と云云」。是れ乃ち吾が仏、最後の慈訓なり。寧ろ遵奉せざる可けんや。汝等各各、精厳勤修せよ。庶わくは、袈裟の下に向かって人身を失却せざらんことを。是れ余が深く伱が輩に望む所なり。汝等、余が気絶するを見ば、急に須らく収窆《しゅうへん》すべし。切に遺骸を留めて、以て人をして之れを見せしむること莫かれ。土を掩い石を畳むこと既に畢らば、同志に勧めて、只だ首楞厳神呪一遍を諷せんのみ。然して後、熊原《くまはら》（永源寺愛知川の対岸地域）を把って太守に還し、茆庵を以て高野の父老等に付与して、各自に散じ去れ。父老に若し又た固辞の意有らば、汝等、諸もろの道友と相議して、一の老成の宿衲を請じて、以て庵主に充てて、他の柴水の便当を討ぬる底の雲水の兄弟の為に、一夏一冬の安禅弁道の所在と作さんも亦た可なり。余は復た言う可きこと無し。遺嘱遺嘱。

此の度児玉氏が寂室元光禅師を顕彰したいという願いから、一般の人々にも読み易いようにと小説を書かれた。時代背景も踏まえ、良く調査されておられ、感服しました。それにもまして分かりやすく、寂室禅師を知る上での絶好の水先案内書であると信じます。

永源　慈明宗閑

平成二十六三月吉日

死して巌根にあらば骨も也た清からん　目次

# 死して巌根にあらば　骨も也《ま》た清からん

## ——寂室元光の生涯——

# 建一族

正応三年（一二九〇）五月十五日。その朝、美作国高田の県《あがた》は萌えるような緑に包まれていた。

高田川は温み始めた川面に光を遊ばせ、川辺では春を待ちわびていた草花が色とりどりの花をつけていた。

その川辺から百間ほど離れた高台にある建《たて》尚頼の屋敷は、普段感じることのない緊張感に包まれていた。一年余り前に都から嫁いで来た尚頼の妻・奎子《けいし》が、前の晩から産気づいているのだ。

建一族が都から美作国に移り住んで来たのは、この時から百十年余り前、尚頼から四代遡る藤原堝頼《かたより》の時代である。移り住んだというより、都を追われてきたという方が正しい。

治承元年（一一七七）、京都東山にある法勝寺の鹿ヶ谷山荘に、平家打倒を望む人々が集まった。山荘の主である僧侶の俊寛と西光法師、大納言藤原成親とその長子成経、平康頼等である。

後の世の人々は鹿ヶ谷の密議と呼んだが、実際には密議というより酒を酌み交わしながら平家への不満を語り合う集まりだった。しかし、成親の部下である多田行綱の密告によって露見。西光法師は斬首、成親は播磨の田之浦に配流、成経・俊寛・康頼は鬼界島に流された。成親はその後、逃亡を恐れた平家の武士・難波経遠によって吉備路の寺に移され、非業の死を遂げた。

塙頼は冷泉天皇の摂政・藤原実頼を祖とする家系に連なることから、門葉が異なる成親の系統とも婚姻を通して姻戚関係を結んでいた。そのために、塙頼にも嫌疑が掛けられ、遠く美作国に流されたのだ。

多くの人々は平家の驕りだと非難し、その理不尽な運命に同情した。

しかし、塙頼は不屈の人だった。運命を受け入れて高田に移り住むと、藤原の姓を捨て、自らが膳部所の長として再建した御所の建礼門の一文字をとって建を名乗り、見知らぬ土地での暮らしに挑んだ。

この時代、美作の国司は平家ゆかりの武士が勤めていた。最初は監視するように距離を置いて見守っていたが、この地の暮らしに馴染もうと奮闘する塙頼の情熱と人柄、あらゆる分野に精通する知識を認めざるを得なくなり、次第に様々な相談を持ち込むようになった。

周辺住民の反応はもっと正直だった。当初こそ、誰も手をつけなかった高台を切り開いて家を建て、山麓の荒れ地を耕して新田を生み出していく一族の様子を不思議そうに見ていたが、塙頼が稲を刈り入れた田に麦を植えて二毛作を始めると、誰もが競って教えを請うようになった。

都から厄介者が来たと思っていた高田の人々にとって、建一族が持つ知識と技術は、それまでの暮らしを一変させるものだった。

誰もが尊崇の念を持って一族と接するようになり、塙頼もまた、自らの知識を惜しげもなく人々に伝え、暮らしが豊かになることを喜んだ。

塙頼が高田に流されて三年後の治承四年には源頼朝が挙兵し、翌年、栄華を誇った平清盛が六十四年の生涯を閉じた。

塙頼のもとにも源平両軍から誘いがあったが、藤原の姓を捨てた配流の身であることを理由にどちらの側にも加わらなかった。何より、高田の人々との暮らしが充実しており、不自由な都の暮らしに戻る気になれなかった。

建久三年（一一九二）には源頼朝が征夷大将軍となり、鎌倉に都を開いたという噂が聞こえてきた。

暫くして、北条氏にゆかりの者が国司として着任したが、塙頼のあまりに見事な土着ぶりに、建一族が配流者であることさえ忘れるほどだった。

塙頼の後を継いだ篤頼もまた、父親の勤勉の血を受けていた。近くの山林を利用して堆肥を作り、二毛作に耐える土地を作ると共に、都から鍛冶屋などの職人を呼んで鉄製の農具を作らせ、近隣の人々に貸し与えた。

鉄製の鍬や鋤を手にした人々は、その違いに驚いた。起こせる土の深さが全く違うのだ。作業効率が飛躍的に高まり、一軒当たりの収穫量が倍近くに増えた。

更に、都で灯油《ともしあぶら》の需要が高まると、荏胡麻《えごま》を栽培して商取引を始めた。それまで、山間の木材供給地と認識されていた美作が、播磨や備前と並ぶ豊かな土地として、鎌倉や京都の注目を集めるようになったほどである。

篤頼の妻は、執権として権力を握った関東の北条氏に連なる家から迎えた。公家と武士の立場が逆転したことを知った一族が、派遣されてきた北条氏の国司に働きかけて実現させたのだ。

美作における建一族の存在を幕府が認めたことになる。

三代目の弥頼《ひさより》の頃になると、建一族の勢力範囲は高田の県を越えて広がった。代々受け継がれてきた土木技術によって、水の流れを変えて耕地を切り開き、橋を掛けて暮らしの場を拡大させたのだ。

しかし、一族の数が増えて周辺の豪族を凌ぐほどの勢力になると、播磨や因幡など、隣接する地域の守護や地頭にとって無視出来ない存在になり、あちこちでいざこざが起こり始めた。

国境にあり、それまで誰も手をつけなかったような荒れ地でも、畑の体裁が整えば土地の所有を主張する者が必ず現れた。殊に、高田川下流の中島の県とは水利権を巡って度々問題が起きた。その度に、国司が仲裁に入り事なきを得てきたが、近い将来、争いが起こることは誰の目にも明らかだった。

殊に、承久三年（一二二一）に、後鳥羽上皇が幕府に反抗して起こした承久の乱によって公家と武士の対立があからさまになると、周辺の武士から建一族への風当たりはより強くなった。

弥頼は素早く行動した。

二人の弟に建井と建野の姓を与えて独立させて一族の力を分散させると共に、妹を隣接する県に嫁がせて姻戚関係を結んだ。周辺の人々が感じている建家の脅威を解消したのだ。

その上で、自らの妻を中島の県から迎えた。

その当時の中島は、源平合戦の功で美作の目代《もくだい》となった梶原景時の末裔が治めていた。景時自身は早くに粛清されてしまったのだが、都から遠く離れていることもあって、取り残されたように一族が存続していた。景時亡き後、暫くの間は息を潜めていたが、代を重ねるに従って関東武者の血が蘇ったように周辺の人々と諍いを起こしていた。

当代の柾時になってからは、大っぴらに梶原の姓を名乗り、武力を蓄えて強権的な行動が目立つようになっていた。新しい国司もその力を押さえつけることが出来ず、そのままにしておけば争いが起こることは誰の目にも明らかだった。

弥頼は、その原因は梶原一族の孤立にあると推測していた。そこで、柾時の妹を妻に迎えることで、地域全体の安定と発展を図ろうとしたのだ。

国司を仲介に立てたこともあって柾時も断りきれず、妹の楓子は高田の建家に迎えられた。

楓子は賢い女性だった。

嫁いで何より驚いたのは、実家とあまりに違う建家の人間関係だった。家族でさえ長子制度に則って厳しい上下関係が保たれていた梶原家と違い、建家では使用人と主人の間にさえ壁がないように見えた。女性たちも遠慮なく弥頼に進言し、弥頼もまた嬉しそうに話を聞いていた。柾時なら、その場で斬り捨てかねないような言葉にも、決して怒りを露わにすることはなく、諭すように道を示した。

自分の意見が取り入れられて形になって表れると、誰もが繰り返し具申するようになる。一族が都から運んで来た知恵と技術が、暮らしの場という壮大な実験場を得て磨き上げられていくのだ。

必死になって武士の面目を守ることだけを考えてきた梶原一族がどう足掻いても、建家に勝てる見込みはなかった。

楓子は、梶原家が支配する中島の住人の暮らしを思った。このままでは、彼らが時代から取り残され、更に苦しい生活を強いられることは間違いなかった。そして、その原因が彼ら自身ではなく、支配者である実家にあることに耐えられなかった。

楓子は柾時に高田の人々の豊かな暮らしぶりを繰り返し伝え、建家がその知恵を中島の人々のために役立てる準備が出来ていると説いた。

やがて、楓子を通して二毛作の技術が梶原家に伝えられた。すると、一度、米と麦が収穫されただけで梶原一族と周辺の諍いは消えた。周辺の人々と交流することの必要性を一族が知ったのだ。

次の年からは、柾時が定期的に建家を訪れるようになって弥頼を驚かせた。建家が培ってきた知識と技術は、それほど優れたものだった。


四代目尚頼の時代には、蒙古軍が襲来した文永・弘安の役が起こった。美作にも軍事費の献納と兵士の徴用があったが、幸いにも建一族から戦死者や怪我人は出なかった。

尚頼は伯耆の国から妻を迎えた。南だけでなく、北の憂いも取り除きたいという父・弥頼の願いを聞き入れての婚姻だった。因伯の守護職・佐々木氏の血をひく地方豪族の娘で名は倫子。尚頼より三つ年上の二十四歳だった。

誰もが認める政略結婚だったが、倫子は尚頼によく尽した。尚頼も健気な妻を大切にし、婚礼の翌年に男子を授かった。建家の惣領として、強く賢い子になることを願って鷹丸と名づけられた。そして、二年後には娘の梗を、更にその二年後には次男の猿若を授かった。

ところが、猿若を産んだ後、倫子は体調を崩して寝込むことが多くなった。倫子の故郷にある大山寺から祈禱の僧を呼び、備前の福岡から薬師を呼んで看病させたが、猿若が歩き始めるのを待っていたかのように旅立った。尚頼は二十九歳で三人の子供を抱える男寡になってしまったのだ。

周囲の人々は後添えを迎えることを勧めたが、尚頼は聞き入れなかった。妻の健気さに応えると同時に、母を慕った鷹丸と梗の心を傷つけることを恐れたのだ。


倫子が亡くなって三年経ったある日、父の弥頼が尚頼を訪れた。

「都から使者が来た。お前の後添えの話だ」

「私は、もう妻は娶りません」

「平氏に連なるさる方の姫が御所内のもめ事に巻き込まれたらしい。都には身の置き所がないということだ。理由もなく逃げ出すことが出来ず、我が家に使者が来た」

「婚礼は、都を去るための方便だということですか」

「気に入らなければ妻にする必要はない。別々に暮らせばいい。しかし、こんな遠い地を思い出さねばならないほど、さる方は困っている」

「それでは、是非はないではありませんか。父上は引き受けるおつもりなのでしょう」

「この頃は都の様子を聞くにつけ、この地で暮らす幸せを感じる。その姫君にも、この幸せを分けて差し上げようではないか。名は、奎子と申されるそうじゃ」

弥頼は奎子が巻き込まれたもめ事の内容は一切話さなかった。

尚頼は、正式な夫婦として暮らしていくことを条件に受け入れを承諾した。高田に迎える以上、この土地の住人になって貰いたいと思ったのだ。


受け入れの返事から三ヶ月後。男二人、女四人のつつましい行列が建家に到着した。都を出発する時には数十人の行列だったが、山崎で大方の供を返して舟に乗ったらしい。難波の津からは、輿にも乗らないで徒歩で旅してきたという。都からついてきた従者は、侍女一人を残してすぐに帰した。

奎子は快活で明るい女性だった。勝手に気難しい公家の女性を思い描いていた建家の人々は驚き、胸をなで下ろした。

到着の三日後に慌ただしく形だけの祝言を上げると、奎子はすぐに尚頼と三人の子供と一つ屋根の下で暮らし始めた。

奎子もまた、尚頼の人となりに安心を得たようだった。何よりも、日の出とともに床を離れ、日没まで休むことなく働く一族の姿に奎子は心から感動した。都では、そんな人々の姿を目にしたことはなかった。

三人の子供たちは、明るく美しい母親にすぐに懐いた。子供たちのために運んで来たに違いない絵草子を読み聞かせ、七歳の鷹丸には文字と書を教えた。見たこともない伸びやかで美しいかな文字に鷹丸は目を見張った。五歳の梗と三歳の猿若は、いい香りがする美しい母親に一日中まとわりついて人々の微笑みを誘った。

奎子が家族に溶け込んでいく中で、尚頼だけがその環境を素直に受け入れられないでいた。こんなにも若く聡明な公家の姫が、都で暮らしていけなくなる理由が分らなかったからだ。余程の問題がなければ、美作の三人の子供を抱えた男の後添えになど来るはずがない。様々に想像を巡らせると、とても床を共にすることは出来なかった。隣で寝息を立てる美しい妻の傍らで、悶々とした夜を過ごしていた。

婚礼から一ヶ月ほどが経った日の夜、眠っているはずの奎子が突然起き上がると尚頼に向かって坐り直した。

「建家の皆様から思いもよらぬご厚情をいただき、心から感謝しております。しかしながら、私が何故都を離れねばならなかったのか、その理由を皆様ご存知ないようです。理由を知っていただいた上でなければ、とても尚頼様の妻にしていただくことも、建家の一員になることも出来ません」

奎子の一族は壇ノ浦で平家が敗れた後、能登に流された平忠時の家系に連なるもので、源氏が権力を握った後も公家として都に残っていた。奎子の祖父の時代には中小路を名乗り、次第に記録係としての能力が認められ、御所でも厚く遇されるようになったという。

そんな中で、奎子が皇太子の熙仁《ひろひと》親王、後の伏見天皇に見初められ、即位後に入内を求められた。天皇の強い要望で御所に入ったが、絶対的な権力を握る藤原氏によって幽閉状態にされてしまった。天皇が寵愛すればするほど締め付けは厳しくなり、終に実家にも害が及ぶようになった。しかし、一度入内した者を理由もなく実家に帰すことも出来ず、藤原本家の指示で美作の建家に嫁ぐことになったのだという。

「建家は藤原本家に繋がるご家系。私の身の上を皆様にお伝えした上で、御判断していただければと考えております。その結果、妻に迎えることは出来ぬとなれば一切の斟酌はご無用でございます」

「建の家で悩んでいるのは私一人です。子供たちは勿論、私の親までが既にあなたを家族として認めている。使用人も皆、あなたを好ましく思っているようです。私の悩みは、あなたが誰なのか、どうして私の妻になってくれたのかが分らないことでした。しかし今、それをあなたが話してくれた。もう、何も問題はありません」

尚頼が、天皇の側室だった女性を後添えに迎えたことを、どのように納得したのかは誰にも分らない。しかし、その日以来二人の関係は、まるで新婚夫婦のように睦まじくなった。

# 誕生

そして、正応三年（一二九〇）五月十五日。二人の間に男子が誕生した。祖父に当たる弥頼によって駒丸と名づけられた。

駒丸の誕生を誰よりも喜んだのは前妻が残した鷹丸、梗、猿若の三人の子供たちだった。それぞれ、八歳、六歳、四歳になっていた。

奎子は嫁いで以来、毎朝、三人の子供と一緒に倫子の位牌に手を合わせることを日課にしていた。鷹丸と梗は、位牌の主が実の母親であることが理解出来る年齢になっていた。猿若も、奎子が実の母親ではないことを薄々感じているようだった。

そんな三人が、奎子と駒丸を囲んで一日の大半を過ごすようになった。

「駒丸は、いつになったら一緒に遊べるようになるのだろう」

猿若は、その成長が待ちきれないという様子だった。

「人は牛や馬とは違う。すぐに歩くことは出来ない。一緒に遊べるようになるのは、まだ先じゃ」

「梗は、このままがいい。ずっと、かわいらしい赤子のままいて欲しい」

奎子は、美作に嫁いで来た喜びを噛みしめていた。

駒丸の誕生から三ヶ月ほど経ったある日、奎子の実家である中小路家から使者が来た。駒丸の誕生を知らせたために、祝いの品を届けてきたのだ。そして、父からの手紙が添えられていた。

「駒丸が成長した暁には、是非、中小路家を継がせたい……」

奎子には妹が一人いるだけだった。娘の入内で一度手にしかけた夢が破れ、藤原本家から厳しい眼差しを送られている父にとって、駒丸の誕生が唯一の救いに感じられたに違いない。

奎子は、こう返事した。

「駒丸は、私が美作に来て授かった宝です。美作の人たちの役に立つ人間になって貰いたいと願っております」

人の温もりが全く感じられない都の暮らしに、駒丸を引きいれることなど考えられなかった。

駒丸が誕生した正応という時代、蒙古襲来の影響で鎌倉幕府が衰退し、貨幣経済に巻き込まれた御家人たちは窮乏していた。近畿周辺では、悪党と呼ばれる新興の武士が現われて、旧勢力との間で争いを起こした。

美作でも、あちこちで土地をめぐって争いが絶えなかった。

しかし、建一族の周辺には穏やかな時間が流れていた。それは、塙頼以来三代にわたる歴代頭首の努力の賜物だった。決して武力に頼ることなく、自らの知恵と技術を惜しみなく与えることで近隣の人々との融和を図ってきたことが、厚い信頼に繋がっていた。その上、婚姻を通して一族が更に大きくなった印象を周辺に与えたため、高田を中心に争いごとのない無風地帯が生まれたのだ。

# 幼少期

駒丸はそんな時間の流れの中で、三人の兄姉に囲まれて伸びやかに成長した。読み書きは鷹丸から、遊びは猿若から教わったが、表で遊ぶことより学問を好む子供だった。三歳になった時には、奎子が都から持ってきた『梁塵秘抄』の一節を声に出して読んで皆を驚かせた。

「将来は僧侶になって学問し、皆を導いて下され」

使用人たちは、そう声を掛けた。

建家の後継は鷹丸がいた。そして、元気な猿若が兄を支えていくに違いない。都から嫁いで来た高貴な女性が生んだ駒丸は、学問の道に進むことが一番ふさわしいと多くの人が考えていた。

奎子もまた、駒丸にとって学問の道に進むことが一番幸せな道かもしれないと思い始めていた。そして、当時は学問をするためには僧侶になることが一番の近道だと考えられていた。

建家には、伯耆の国から嫁いで来た鷹丸たちの母・倫子の縁で、大山寺の僧が出入りしていた。

その中に、覚明という若い僧がいた。前の年に延暦寺の戒壇院で受戒したばかりだった。因幡の豪族の三男に生まれ、幼い頃に大山寺に入って得度した。

覚明は駒丸に幼い日の自らの姿を見ていた。

駒丸が六歳の時、倫子の年忌法要を勤めた覚明が駒丸の部屋を訪れた。

「駒丸は大きくなったら何になるのですか」

「私は、覚明様のような僧になりたい」

「僧になって何をするつもりですか」

「学問をして、困っている人を助けるのです」

「お父上の尚頼様は僧ではないが、多くの人を助けています。僧にならなくても人を救うことは出来るのではありませんか」

「『僧侶は全ての人を救うことが出来る』と父上は言っていました。私は、分け隔てなく全ての人を救いたいのです」

「ならば都へ行くことです。都で素晴らしい師と出会うことです」

その時、覚明は絶望の淵に居た。

当時の大山寺は比叡山延暦寺の影響下にあり、比叡山における地位や利権の争いがそのまま持ち込まれていた。霊峰大山の懐に抱かれて自らを鍛錬することを夢みていた覚明にとって、それは受け入れ難いことだった。

この時代、僧になることが出来るのは一部の特権階級だけだった。正式な僧になるためには、東大寺か延暦寺の戒壇院で受戒せねばならず、その人数は国が管理していた。ほとんどの場合、それぞれの宗派に欠員が出来た時にだけ補充される形になっていたため、役人と繋がりを持っているかどうかが僧になる条件になってしまっていた。世俗の地位や権力が、そのまま信仰の世界に持ち込まれてしまったのだ。覚明自身もまた、父親の力によって僧籍を得ていた。

一方で、僧籍を持たない遊行僧や聖といわれる宗教者も数多く存在した。この頃は受戒した僧侶が葬儀に関わることはなく、遊行僧や聖といわれる人々がその役割を担っていた。

空也や一遍の流れを汲む者たちだけでなく、困窮して家を捨てた人々の多くが遊行僧や聖になった。

彼らは、誰からも束縛されることはなかった。心の赴くままに移動し、気が向けば庵を建てて定住した。覚明の心の中では、そんな聖への憧れと、正師について仏の道を究めたいという気持ちがせめぎ合っていたのだ。

「覚明様が都へ行かれるのなら、私もご一緒します」

幼い駒丸に、覚明の心の闇を推測することは出来なかった。

中国山地に近い高田の県には、高田川に流れ込んでいる大小の支流が数多くあった。春になると、そうした支流に様々な種類の川魚が上ってきた。高田の子供たちにとって、春の魚とりは年中行事のようなものだった。

猿若は、特にこの川遊びが好きだった。手頃な大きさのせせらぎを見つけると、倒木や石を使って堰き止め、水を抜いて魚を獲るのだ。

その日も、近在の子供たち十人ほどを引き連れて支流のひとつを堰き止めた。駒丸もその中にいたが、他の子供たちと少し齢が離れていることもあって、川岸から皆の様子を眺めていた。

「駒。お前は獲った魚の番をしてくれ。そこに魚を入れるから、逃げないように見張っているんだ」

猿若が指差した先は、堰のすぐ下流に石を並べてつくった水たまりだった。そこに獲った魚を集めるつもりらしい。

子供たちは堰き止められて池のようになった水中を右往左往する魚影を見て、皆、興奮しているようだった。

しかし、駒丸には何が楽しいのか全く分からなかった。川の水に足をつければひんやりして気持ちがいいが、魚を追いかけて水の中を走り回っていたのでは、その感触を楽しむことは出来ない。何より、清流を気持ちよさそうに泳いでいる魚を追いかけ回すことに、何の意味があるのか理解出来なかった。うまく獲れたとしても小さすぎてとても食用になるとは思えないし、ただ捕まえることを楽しむために小魚の生命を犠牲にすることに納得出来なかった。

猿若と分家の建井家の三男である彦丸の二人だけが、竹を編んだ笊を持っていた。そこに魚を追い込もうというのだ。他の子供たちは、水面を叩いて魚を追い込むための棒と、水を掻い出すための小さな桶を持っていた。

「追い込め」

下流で笊を構える猿若の合図で、子供たちが上流から一列になって進み始めた。水面を叩きながら、「ウォー」という異様な声を発していた。集団で何かすることに酔っているようで、駒丸は恐怖心さえ感じた。

「獲ったぞ」

猿若が笊を持って水たまりにやってきた。笊の中では、駒丸の指ほどの小魚が数匹跳ねていた。それを水たまりに放り込むと、猿若は急いで川へ戻って行った。

「大きいぞ」

続いて、彦丸が笊を手にやってきた。さっきより少し大きめの魚が、笊にへばりついていた。水たまりに入れると、彦丸も急いで川へ戻って行った。

水たまりの中では、小魚が苦しげな様子で泳いでいた。流れがないために、どこに向かって泳げばいいのか分らないで、戸惑っているように見えた。放っておけば、水の温度が上がって間違いなく死んでしまうだろう。

駒丸は水たまりと川を仕切っている上流の石を取り除いて川の流れを水たまりに引きいれた。水が一気に増えて仕切りの石の間から川に溢れだし、水たまりが川の一部になった。すると、喘ぐように泳いでいた小魚が生き返ったように元気を取り戻し、石の間をすり抜けて川に泳ぎ出した。一匹、二匹と水たまりから抜け出して川へ帰って行った。

ところが、最後に残った一匹は泳ぎ出す元気もないのか、流れを避けるように水たまりの奥でじっと動かなかった。駒丸は近くにしゃがみ込んで追い出そうと思ったが止めた。鰓は動いているし、時々尾鰭も振られた。しかし、そこが自分の居場所であるかのように動かない。駒丸は、まるで自分の姿を見ているような気がした。

そのままにしておこうと立ちあがったところに、彦丸がやってきた。

「あーっ。駒、何をしたんだ」

「魚が苦しそうだった」

「それで逃したのか」

「皆、元気に川へ帰っていった」

「もういい、お前は帰れ」

そう言うと、彦丸は崩れた堰に石を積んで、水たまりをつくり直そうとした。

「待って。もう一匹残っている」

「わしが捕まえた魚だ。逃すことは許さん」

騒ぎに気づいた猿若が近づいてきた。

「どうした」

「駒が堰を壊して、魚を逃がしてしまったのだ」

「駒、どうして逃したんだ」

「池に入れられて、魚が苦しそうだった。放っておくと死んでしまいそうだった」

彦丸が呆れたように溜息をついた。

「皆で苦労して捕まえた魚だ。勝手に逃すことは許さん」

「駒は仏が好きだから、殺生はよくないと思っているんだ」

「建の家でも魚や鳥を食っているだろう。どうして、この川の魚はいけないんだ」

「父上はいつも、『人は生き物の命を頂いて生きている。残さず、感謝しながら食べよ。無駄な殺生はするな』と言っています。このままにしておけば、この小さな魚は死んでしまいます。だから逃がしてやりましょう」

猿若がため息をついた。

「彦丸。理屈では駒には勝てん。逃がしてやれ」

「駒を誘ったのが間違いだった」

彦丸もため息をついた。

「今日の川遊びはここまでだ。石をどけて流れを元に戻そう」

二人は、水しぶきをあげて川に戻って行った。

駒丸は、水たまりを川の流れに戻すために、石を一つひとつはずしていった。じっとしていた小魚がゆっくり方向を変えると、突然、勢いよく川に泳ぎだしていった。

「有り難う」

駒丸は、川の中を走り回っている彦丸に大きく手を振った。

その年の秋、建家の長子・鷹丸の元服の式が営まれた。禎頼と名づけられ、建家五代目の当主として世間に披露されたのだ。

式は身内だけで行ったが、祝いの宴には三百人以上の招待客が集まった。四代・百年にわたる歴史を重ねる中で、一族の出身者は備前や備中・備後、伯耆や因幡にまで進出していた。建井・建野・建川などを名乗り、それぞれの国で重要な役割を果たしていた。

その宗家に当たる建家の祝いの席である。地方の守護や地頭は言うまでもなく、遠く鎌倉からも祝いの品が届いた。

京都からは藤原本家と奎子の実家である中小路家から使者が来た。藤原本家の使者は通り一遍の祝いの言葉を伝えただけだったが、駒丸の聡明さを耳にしている奎子の父は、駒丸が元服した後は京都で学べるよう道をつけておくと、尚頼宛の手紙を使者に託していた。尚頼に文を見せられた奎子は、ただ微笑むしかなかった。

鷹丸が元服したことで、猿若と駒丸の周辺に変化が生じ始めた。後継が定まったために、二人の弟が将来どう生きていくのかという人生の選択肢が広がったのだ。

本人たちも、突然大人びた兄を見る度に、自分の将来を考えざるを得ないようになっていた。

「猿若は商人になる。商人になって見知らぬ国へ行ってみたい。この国は芥子粒ほどの大きさでしかないらしい。もっと広い世界を知ってみたいと思わないか。駒は何になる」

「私は僧侶になります。僧侶になれば、困っている人を分け隔てなく助けることが出来るそうです。一生懸命学問して、人の役に立てる僧侶になりたい」

傍らで奎子から縫物を習っていた梗が口をはさんだ。

「お前たちは気楽でいい。一人前の商人や僧侶になることがどれほど大変か、考えたこともないのであろう。見知らぬ国へ行くためには荒れ狂う海を越える船がいるし、困っている人を導く僧侶になるには、厳しい修行に耐えねばなりません」

「猿若は大丈夫です。荒れ狂う海も見事に乗り切って見せます。駒もあれほど書物が好きなのだから、きっといい僧侶になれる。ところで、姉上は何になりたいのですか」

「そうです。姉上は何になるのですか」

「私は母上のような女性になります。美しく、何でも知っていて、誰からも好かれる。そんな女性になって、私の子供を育てます」

「それは無理じゃ。母上は幼い日々を都で過ごされた。都の水で育ったからこそ、お美しいのじゃ。高田川の水を使っている姉上には、とても叶わぬことじゃ」

「そんなことはありません。梗は母以上に美しい。あとは、年を重ねていろいろなことを学ぶだけです。それに高田川の水は、都の水と比べものにならないくらいきれいですよ。二人とも、今の志を忘れずに精進することです。そうすれば、必ず夢は叶いましょう」

奎子は、やがて巣立っていく子供たちを想うと、胸を締め付けられる思いがした。


駒丸が十二歳になった年の秋、建家を大山寺の僧・覚明が訪れた。駒丸は、部屋で『大学』を書き写していたが、庭から声を掛けられて縁側に出た。

そこには、旅姿の覚明がいた。

「どこかへ行かれるのですか」

「旅に出ます。別れを告げに来ました」

「行く先はどこですか。都ですか」

「行く先は決めていません。遊行の聖になります」

「大山寺を出てきたということですか」

「もう、あそこには帰りません。人々と共に暮らし、少しでも人の役に立てる僧侶になりたい」

「大山寺にいたのでは、人の役に立てないということですか」

「今の大山寺にいたのでは、人の役に立つことなど出来ません。比叡の山の顔色を伺っているだけで、仏の道を求めている人などいません。もう、辛抱の限界です」

「行く当てはあるのですか」

「ありません。人々の中に入って、自分に何が出来るのか確かめてみたいのです。そうすれば、自分がなすべきことも分るでしょう。今の僧侶の多くは、ただ僧侶になることだけを目的にしてしまったから何もしないのです。駒丸には私のように無駄な時間を過ごして貰いたくない。素晴らしい師について、人の役に立つ僧侶になって欲しい。それだけを言いにきました」

十二歳の駒丸には何も出来なかった。寂しそうな笑みを残して立ち去る覚明の後ろ姿を黙って見送るしかなかった。


その日から、駒丸が書物を開くことはなかった。ぼんやりと縁側に坐って景色を眺めていることが増えた。時には猿若と一緒に遊びに出かけるのだが、暫くすると帰って来た。そして、何をするのでもなく、一人で時間を過ごすことが多くなった。

「どうしました。お腹でも痛いのですか」

奎子が声を掛けても、生返事をするだけだった。

「母上、駒の様子がおかしくなったのは、覚明様が大山寺を出られたことに関わりがあるようです」

ある日、梗が奎子に告げた。

「家の者が、駒に別れを告げに来た覚明様を見たと言っています。それ以来、駒が書物の前に坐らなくなったそうです。一度、母上から聞いてみられては如何でしょう。私も心配です」

「暫く様子を見ましょう。すぐに、元に戻るかもしれません」

しかし、日が経っても駒丸の様子は変わらなかった。それどころか、ますます一人で過ごす時間が増えているように見えた。

奎子が思いあぐねて尚頼に相談すると、意外な言葉が返ってきた。

「父上がとっくに気づいていて、機会を見て話すと言っている。駒は父上がお気に入りだ」

駒丸の祖父・建弥頼は六十歳の半ばになっていた。尚頼に家督を譲ってからは使用人と一緒に田や畑を耕し、以前にも増して人望を集めていた。

孫たちにも、それぞれに合わせた付き合い方で接して可愛がった。殊に、奎子を自分が美作に招いたという責任からか、駒丸とはより多くの時間を過ごした。

一年ほど前から息苦しくなることがあって時々寝込むようになったが、孫の様子はいつも見守っていた。


その日は見事な秋晴れだった。

いつものように、ぼんやり空を眺めていた駒丸を、弥頼が後ろから抱きあげた。

「大きくなったものだ。もう少しすれば、駒を抱き上げることは出来なくなる」

懐かしいにおいに包まれて、駒丸は久しぶりに笑った。

「もうすぐ、私がお爺様を抱いてさしあげます」

「そうじゃな。その日まで何とか生きたいものよ」

そう言うと、二人は並んで縁側に坐った。

眼下には、いつも変らぬ姿の高田川が滔々と流れ、その奥では刈り入れを待つ黄金色の稲穂が揺れていた。稲を干す準備をしているのだろう。里人たちが畦で作業をしている姿が、米粒のように見えた。

建一族が四代にわたって築き上げてきた歴史がそこにあった。

「美しい眺めじゃ」

それ以上の言葉は必要なかった。

駒丸は、毎日見ていた風景が、全く違うものに見えることに驚いた。弥頼が隣にいるだけで、何でもない里の景色が愛おしいものに思えたのだ。

大きな空と雄大な自然。そして、そこで生きる人々。全てが、建一族の歴史の結晶である。

駒丸は、自分が将来のことで女々しく思い悩んでいることが恥ずかしくなった。

自然は刻々と変化し、人々は農作業に汗している。

「お爺様、部屋にお戻り下さい。駒も自分の部屋に戻って書物を読みます」

弥頼は何も言わず腰を上げた。


それから十日後、駒丸は奎子から思いもよらない言葉を聞いた。

「駒。お爺様が寝たきりになられました。お見舞いしなさい」

弥頼は、駒丸に会った翌日から寝込んでしまったらしい。その上、二、三日前から意識が混濁し、話が通じ難くなったという。

隠居後、弥頼は別棟に暮らしていた。暫くは、里人と共に新しい耕作地を開発し、水の管理などを手伝っていたが、梶原家から迎えた妻の楓子に先立たれた後は出歩くことが減り、一人でいることが増えた。

久しぶりに別棟を訪れた駒丸は、いつもと違う雰囲気を感じた。周辺が、きれいに整頓されているのだ。

普段、きちんと手入れして物置の表に立て掛けてある自慢の農機具も、刈入れ後には必ず積み上げられている藁束も、何も見当たらなかった。自らの運命を悟った弥頼が整理したのではないかと思うと、胸騒ぎが激しくなった。

いつものように台所がある裏口を開けると、見知った佐代という手伝いの老女がポツンと坐っていた。

「あれまぁ……」

駒丸を見つめる目から涙がこぼれ落ちた。

「佐代さん。お爺様の具合は如何ですか」

佐代は、ただしゃくりあげるばかりだった。

駒丸が弥頼の部屋に向かうと、その後を追うようについてきた。

「この二日、何も食べられていません。白湯も飲まれないので、時々、水で唇を湿らせています」

障子を開けると、駒丸は異臭に包まれた。嗅ぎ慣れた老人特有の臭いに、もっと強烈な何かを加えた独特の臭いだった。一瞬、弥頼が既に亡くなってしまったのではないかと思わせるほどの衝撃だった。

駒丸は佐代を振り返った。

「ずっと、このままです。時々、目を開けられることがあるので声を掛けるのですが、またすぐに眠ってしまわれます」

「有り難う。暫く、私がついています。佐代さんは台所に戻って下さい」

枕元に坐ると、駒丸は改めて弥頼を見つめた。

痛みや息苦しさは無いようだった。呼吸は静かで、僅かに上下する胸を覆う布団だけが、弥頼の命を伝えているように思えた。顔色は普段と変わらなかったが、頬骨が目立つほどに痩せていて、唇はカサカサに乾いてひび割れていた。

駒丸は部屋の隅に置いてある水差しを見つけると、懐から手拭いを出して水を含ませた。佐代が言っていたように唇を湿らせれば、ひび割れが治るかもしれないという気がしたのだ。

唇の表面を、水を含んだ手拭いでなぞると、乾いた唇が水を吸い込むように潤っていくのが分かった。それを数回繰り返していると、突然、弥頼の口が動いて舌が唇を舐めた。

〈お爺様は水が欲しいのだ〉

駒丸は、それまで以上に手拭いに水を含ませ、弥頼の口に垂らすように水を与えた。すると、突然、弥頼がむせて咳をした。駒丸にはそれが、弥頼があの世から生還した合図のように思えた。

「お爺様。駒です。目を開けて下さい」

閉じた目が少し動いた気がした。

「目を開けて、いつものようにお話しして下さい」

駒丸は弥頼と目が合うところまで移動した。

「お爺様。駒が会いに来ました」

弥頼の目がうっすらと開いた。

「お目覚めですか。駒丸です。駒丸がお爺様に会いに来ました」

弥頼はゆっくり頷くと、唇を動かした。駒丸に何かを語りかけているようだった。

「もう一度、ゆっくり話して下さい」

駒丸は弥頼の口元に耳を近づけた。

「書物は読んでおるか……」

切れ切れの声が僅かに聞こえた。

「はい。あの日以来、毎日読んでいます。今日は『論語』を読みました」

「学び、皆を導くのだ。それが駒の役割だ」

それだけ言うと、弥頼は疲れ果ててしまったように目を閉じた。

駒丸は、何か大切なことを聞き忘れているのではないかという気がしていた。

「駒丸に人を導くことが出来るのでしょうか。どう導けばいいのでしょう」

弥頼の唇が僅かに動いた。

「わしは、浄土とやらへ行けるのか……。駒、教えてくれ」

閉じた目から涙が一筋流れ落ちた。

駒丸は驚いた。人は死ぬと極楽浄土へ行くのだと聞いていた。しかし、何でも知っているはずの弥頼が、死を前にして浄土へ行けるのかどうか尋ねている。

本当に、自分が僧侶になれれば、死を前にして苦しむ人々を救うことが出来るのだろうか……。


それから二日後。弥頼は眠るように亡くなった。

嘆き悲しむ家族の中で、駒丸だけは涙を見せなかった。泣いてなど、いられなかったのだ。

「わしは、浄土とやらへ行けるのか……」

弥頼の最後の言葉が、駒丸に重くのしかかっていた。

〈本当に、お爺様はどこへ行ってしまったのだろう。死は、大人たちにとっても不可解なものなのだ。学ぶことで、それを知ることが出来るのだろうか……〉

弥頼の葬儀は、誰もが驚くほどの規模になった。

初代塙頼から四代、建家の影響力は美作の国境を大きく越えていた。各地に移り住んだ親族の多くが、建一族の支援を受けて成功し、その地で大きな影響力を持つようになっていた。

その宗家の三代目の葬儀である。各地から、一族の他に守護や地頭、有力豪族など、約五百人余りが集まって弥頼の葬式が営まれたのは、逝去から二十一日後だった。

遺体は死の二日後に火葬されており、家族の悲しみはそこで区切りがついていた。あとは、一族が力を合わせて無事に弥頼を送り出すだけだった。

菩提寺を持たないために屋敷を全て解放し、庭に仮の拝所をつくって五百人の参列者を受け入れることになった。

尚頼・禎頼・猿若・駒丸の四人が白装束に身を包み、五百人が参列する中、二十人余りの大山寺の僧が勿体をつけた鷹揚な態度で行道した。

導師を務める住職の覚如は鮮やかな紫の衣を身につけ、金糸で彩られた袈裟を纏っていた。他の僧侶も色とりどりの衣や袈裟を身につけ、衣装を誇示するかのようにゆっくりと歩を進めた。

「何じゃ、これは……」

猿若が、独り言のように声を出した。

それを合図に、参列者の中から驚きとも溜息ともつかぬ異様な声が湧きあがった。誰もが、そのきらびやかな衣装に違和感を覚えているのだ。

その時、駒丸の脳裏に大山寺を去った覚明の憂いに満ちた表情が蘇った。覚明は、こんな僧侶がいる大山寺に別れを告げたに違いない。

異様な声を鎮めるように鉦が大きく打ち鳴らされ、読経が始まった。

やがて、一族が祭壇の前に進んで焼香し始めると参列者に焼香台が廻され、誰もが神妙な顔で香を手向けた。

駒丸も兄弟に倣って焼香を終え、席に戻ろうとしていた。その目の端に、墨染めの衣を着た一人の僧侶の姿が入った。祭壇から最も離れた庭の隅で、里の人たちに混じって静かに合掌していた。

覚明だった。

駒丸に別れを告げてまだ一ヶ月余りしか経っていないにも拘らず、表情からは贅肉がそぎ落とされ、厳しい暮らしの只中にいることを物語っていた。何事もなければ、覚明もきらびやかな衣を纏った僧侶の中にいたはずだ。

足を止めて見つめる駒丸の視線を感じたのか、合掌のまま目を上げて二人の眼差しが交差した。しかし次の瞬間、覚明は再び視線を落とすと合掌の姿勢を整えた。そして、よく見ると覚明の口はずっと何かを唱え続けていた。最初、駒丸は覚明が大山寺の僧と同じ経を唱えていると思っていたのだが、口の動きが全く違った。覚明は短い言葉をずっと繰り返している。その様子は、何かに取りつかれているようにさえ見えた。

それから暫く退屈な読経が続いて葬儀は終わった。駒丸は急いで家を出て、覚明を探した。葬儀後の振る舞い膳に舌なめずりしている参列者たちを掻き分けて庭に出ると、墨染めの衣が急ぎ足で敷地の外に出ようとしていた。駒丸は、裸足で後を追った。

「覚明様」

駒丸が声を掛けたのは、建の家から少し離れた川の畔だった。そこまで行けば、大山寺の僧と顔を合わせることがないと思われたからだ。

覚明は合掌すると大きく腰を折った。

「弥頼様には本当にお世話になりました。心よりお悔やみ申し上げます」

「有り難うございます。わざわざ葬儀にお越し下さり、こちらこそ御礼申し上げます」

近くで見ると、覚明は更に痩せて見えた。しかし、その目は驚くほど輝いていた。ひと月余り前、寂しげな笑顔を残して駒丸の前から去っていった時の弱々しい眼差しは消えていた。

「どちらから来られたのですか」

「今は備前の福岡におります」

「何をしていらっしゃるのです」

「福岡の荘に念仏の聖がやっている施療院があります。そこで、病気や怪我で困っている人たちの看病をしています」

「修行をしているのではないのですか」

「これこそが修行だと思っています」

覚明の一言ひと言には、自信が満ち溢れていた。

「先ほど、ずっと何か唱えていらっしゃいましたが、何を唱えていたのですか」

「念仏です。南無阿弥陀仏と唱えていました」

「法然上人という方が広めたという浄土の教えですか」

「そうです。念仏を唱えれば阿弥陀仏が誰でも救ってくれます。生まれや身分など、仏の前では何の意味も持たないという教えです」

「念仏の聖になられるのですか」

「分かりません。今はこの教えが正しいと思って行動しているだけです。何が真実なのか、ずっと分からないのかもしれません。駒丸が修行して分かったら、私にも教えて欲しい」

「また会えますか」

「暫くは福岡にいるつもりですが、先のことは分かりません。今日は急いで福岡に帰らなければなりません。病に苦しむ人たちが待っています。いいですか、よき師を求めて学ぶことです。この国で見つからなければ唐・天竺へ探しに行ってもいい。縁があれば必ずまた会えます。どんな駒丸に会えるか楽しみにしています」

「私も覚明様がどんな僧侶になられているか楽しみです」

「その日まで互いに精進しましょう」

　覚明は合掌して大きく腰を折ると、風のように歩き去った。田園の中を行く墨染めの衣が見えなくなるまで、駒丸は合掌して見送った。

# 発心

数日後、尚頼が駒丸の部屋を訪れた。

弥頼の死後、食事の場で顔を合わせてもゆっくり話すことが出来ないほど、尚頼は多忙だった。建家の惣領として、やらなければならないことが山積みしているようだった。

その尚頼が駒丸の部屋を訪れるのには、何か理由があるはずだった。

「大山寺の住持が、お前を引きとりたいと言ってきた。僧侶になるにはぎりぎりの年齢らしい」

息子の一生に関わる選択だということを自覚しているのだろう。温厚な尚頼が駒丸から目を離さずに言葉をつないだ。

「皆、駒は学問好きだから僧侶になると決めつけているが、お前が今も本当にそう思っているのか確かめておきたい。人生にはいろいろな道がある。僧侶にならなくても学問は出来るし、人の役に立つことは出来る」

「僧侶になりたいという望みは変わっていません。しかし、どうすれば人の役に立つ僧侶になれるのか分かりません。少なくとも、大山寺では駄目だという気がします。お爺様の葬儀で分かりました」

「葬儀の場で、あの晴れやかな衣装はないだろうと猿若も怒っていた。他にも呆れかえっている参列者は大勢いた」

「衣装はともかく、大仰で傲慢な振る舞いが反感を買ったのだと思います。とても人々の幸せを願っているとは思えません」

「覚明も大山寺を離れたと聞いた」

「葬儀にはひっそりと参列なさいました。今は、福岡の荘で念仏の聖と共に生活されているそうです」

「お前も、そうした生活を望んでいるのか」

「分かりません。しかし、今は何よりも学ぶことが大切だと思っています。私は都へ行って学びたいと思います」

　駒丸は自分の言葉に驚いた。その瞬間まで、都へ行くことなど考えていなかったからだ。とっさに出た言葉に駒丸自身が驚いた。

「都には、師と仰ぐにふさわしい僧がいると聞いています」

「都にも様々な寺があり、いろいろな僧がいる。誰について何を学ぶのかを決めなければならない。心当たりはあるのか」

「南都の宗派や天台、真言以外に、浄土や法華、禅などの新しい教えが広まっていると聞いています。こうした新しい教えも学んでみたいと思っています」

「都には母の縁者も多い。お前が望めば、どんな宗派の師にもつけるだろう。気が済むまで学ぶがいい」

「ご心配をおかけして、申し訳ありません」

「皆、お前の行く末に大きな期待を寄せている。気遣いは無用だ。大山寺の住持には適当な理由をつけて返事を伸ばしておく」


それからひと月ほど経ったある朝、食事を終えた駒丸を奎子が呼びとめた。

「駒、都から書物が届きました。部屋へ取りに来なさい」

母に従って部屋に入ると、とても一人では抱えられないほどの木箱の脇に、様々な種類の書物が積まれていた。

「こんなに多くの書物をどうなさったのですか」

「都にいる妹に、駒が新しい仏の道を学びたがっている。念仏や法華、禅などの書物を見つけて送ってくれるように頼んだのです」

　奎子の妹、苫子は藤原氏の血を引く公家に嫁いでいたが、藤原本家の姉への横暴に何も出来ない夫に見切りをつけて実家に帰っていた。都を離れて見知らぬ土地で暮らす姉の頼みである。あらゆる伝手を頼って書物を集めたに違いない。使い古され、綴じ紐が擦り切れてしまったようなものから、見るからに刷り上がったばかりと思われるものまで、百冊を超える書物が積まれていた。

「拝見してもよろしいですか」

「これは全て駒のために妹が送ってくれたものです。部屋へ運ばせます。ゆっくり吟味して、必要なものだけ手元に置きなさい」

　大半は経本だったが、その中に新しい教えを説いた書物が混ざっていた。『選択本願念仏集』や『正法眼蔵』など、噂でしか聞いたことがない宗祖たちの教えの集大成が目の前にあった。

　それらが普通の人間にはとても手が届かない貴重な書物であることは駒丸にも想像出来た。

ひと月の間にそれを美作にまで送ることが出来る母の実家がどんな家なのか、未知の親族に会ってみたいと思った。

駒丸は早速、法然上人が関白・九条兼実の要請に応えて浄土の教えを説いたという『選択本願念仏集』を手に取ってみた。

冒頭に「南無阿弥陀仏　往生の業　念仏為先」とあり、念仏がいかに優れているのかが説かれているようだった。しかし、初めて目にする文字や、理解出来ない言葉も数多くあり、十二歳の駒丸にはその本意を理解することは出来そうもなかった。

それより駒丸が驚いたのは、すさまじい量の書き込みだった。出典や言葉の解説は勿論、法然上人の教えに対する疑問や批判までが、ぎっしりと書き込まれていた。足らない所には付箋を貼り、自らの考えをはっきりと書き加えていた。書き込みの主が誰なのか分らないが、浄土宗の宗祖である法然上人の著作を批判するという行為そのものに衝撃を受けた。自分なら、宗祖の著書というだけで、そこに書かれていることを全て信じてしまうに違いない。

駒丸は、自らが歩み始めようとしている道の険しさを知ると共に、宗祖にも堂々と立ち向かう僧侶がいる都への思いが深まった。

その冬を駒丸は都から送られてきた書物に没頭して過ごした。それでも、半分程度が手つかずのまま残った。

そんな駒丸の部屋を猿若が訪れた。猿若は年内に元服し、頼兼を名乗ることが決まっていた。

「駒、学問ばかりしていては身体に悪いぞ。時には、身体を動かさねば……。珍しい菓子が手に入ったので持ってきた」

透明な器の中に小指の先ほどの大きさの色とりどりの粒が入っていた。猿若が振ると、カラカラと乾いた音がした。

「唐の国よりもっと遠い南蛮の菓子らしい。美味いぞ。食べてみろ」

蓋を取ると、無造作に駒丸の手の上に数粒を載せた。

駒丸は透き通るような青い色の一粒を口に入れてみた。ほんの一瞬、何の味もしなかったので猿若の悪戯が頭をよぎったが、すぐに甘さが口の中に広がった。甘さと共に、今まで嗅いだことのない香りに包まれて思わず微笑んだ。

「どうだ、美味いだろう。香りは色によって違う。わしは薄い朱色の香りが好きだ。母上は、お前が食べた青色がお気に入りらしい」

「何という菓子なのでしょう」

「知らぬ。美味ければ名前などどうでもいい」

「私も、どちらでもいいのですが、商をするには名前が必要なのではないですか。名前が分からないのでは注文のしようがありません」

「その通りだ。こんど聞いておく」

猿若は照れ隠しのように、菓子を一粒口に入れた。

「今日は旅に誘いに来た。菓子を送ってきた難波の商人が、博多の帰りに福岡の荘に立ち寄るらしい。案内して欲しいと言ってきた。駒も一緒に行ってみないか。福岡には覚明さんもいると聞いた」

「私が一緒に行ってもいいのですか」

「こちらが案内してやるのだ。難波の商人に気を遣うことはない」

「父上に聞いてみます」

「父上にはもう話してある。お前次第だ」

それから三日後に到着した難波の商人・和泉屋藤兵衛の一行は、馬と荷車を中心にした三十人ほどの集団だった。静かな高田の里に馬の嘶きが響き、男たちの大声が飛び交った。

暫くすると、猿若が駒丸を呼びに来た。

「和泉屋が父上に挨拶に来ている。駒も顔を合わせておくがいい」

いつも尚頼が客に応対する部屋には誰もいなかった。猿若について行くと、普段、農作物を洗ったり干したりしている庭に出た。縁側で尚頼、禎頼と並んで話しているのが和泉屋なのだろう。駒丸が想像していたよりもずっと若そうだった。まだ、三十代ではないかと思えた。

三人の目の先には、見たこともないような道具が並べられていた。木製のものもあれば金属が使われているものもあったが、それらが何の道具なのかは分からなかった。

「父上、駒を連れてきました」

尚頼が駒丸を手招きした。

「藤兵衛さん、三男の駒丸です。面倒ですが福岡まで一緒に連れて行ってやって下さい」

藤兵衛は満面の笑みで駒丸を見つめた。

「惣領の禎頼様。国を飛び出して南蛮を目指す猿若様。学問の道を志す駒丸様。建家は盤石でございますね。駒丸様、長いお付き合いをよろしくお願い致します」

「こちらこそ、父や兄同様よろしくお願い致します」

「駒丸様は幾つになられますか」

「十二歳です」

「仏の道に入られるのなら遅いぐらいです。一日も早く、進むべき道をお決めにならなければなりませんな」

「そのために福岡へ連れて行くのじゃ。あそこにはいろんな僧侶がいる。大山寺にいた覚明さんは、念仏の聖の仲間になっているらしい。そんな連中の話を聞けば、これから先の役に立つのではないか」

「今回、猿若様に引き合わせていただく備前屋さんなら、福岡の寺や僧侶は全てご存知でしょう」

尚頼が皆の心を鎮めるように語りかけた。

「ことを始めるのに早い遅いはない。納得出来るまで、あちこちで様々な人に出会って話を聞くがいい。それでも納得出来なければ、他の道を探すことだ。駒はまだ若い。人生を急ぐ必要はない」

福岡の荘へは二日の行程だった。途中、高田川と吉井川と二度も川を使ったことに駒丸は驚いた。馬や荷車で山道を行くより早く安全らしい。船着き場には当たり前のように新しい馬と荷車が用意されていて、荷物の積み下ろしも流れるように行われた。

　呆然と荷下ろしを見つめる駒丸に猿若が声を掛けた。

「荷は海や川を使って運ぶに限る。人は楽だし、何より大切な商いの品を傷つける心配が少ない。このまま瀬戸の海まで下れば、海は唐・天竺まで続いている」

「高田の里も川を通して唐の国と繋がっているということですか」

「そうだ。それを考えると心が湧きたち、小さなことはどうでもよくなる。都から美作へ移り住んだ初代の塙頼様は、船を使うことを考えて高田の地を選んだと父上から聞いたことがある。ご先祖の先見に応えてみたいと思わないか。わしはどうしても、唐・天竺と商いをしてみたい」

「私もいつの日か、海を越えてみたいと思います」

「連れて行ってやるとも。必ず無事に送り届けてやる」

　いつの間にか頼もしくなった猿若が眩しく見えた。

　福岡は駒丸の想像を遥かに超えていた。もともと吉井川を使った舟運の集積場として賑わっていたところに、山陽道がより海に近い福岡を通るようになったことで、急速に発展したらしい。

川沿いに驚くような規模の商家が並び、多くの人が忙しげに行き交っていた。

その中でもひと際目立つ商家の前で、和泉屋藤兵衛一行は足を止めた。軒下には備前屋と浮彫りされた人の背丈ほどもある看板が揺れていた。

備前屋千右衛門は、和泉屋より更に若かった。まだ二十代に違いない。猿若と親しげに挨拶を交わすと、駒丸に向き直った。

「兄上からお聞きした覚明というお坊さんの居どころは分かっています。駒丸様が来られることも伝えてあります。ここで商売の話を聞いていても退屈でしょうから、うちの者に案内させます」

「駒、そうするといい。宿は備前屋さんの離れをお借りすることになっている。お前が納得するまで話してくるがいい」

案内された先は寺ではなく、掘立小屋のような建物だった。薄暗くて湿っぽく、決して衛生的とはいえなかった。

「ここにいるのは、もう先がない病人ばかりです。病を移されないよう気をつけて下さい」

動揺する駒丸の心を見透かしたように、案内の若者が声を落として囁いた。

「備前屋です。お客様を案内しました」

大声で告げると、逃げるように帰っていった。

暫く待っていると、顔の下半分を白布で覆った男が現れた。着古した墨染めの衣と、暫く剃っていないらしく、頭皮が見えないほどに毛が伸びた坊主頭が、その男が僧侶らしいことを告げていた。

「覚明和尚は今、手が離せません。暫く、あちらの部屋でお待ち下さい」

指し示された部屋には何もなかった。板壁に、金色の光背をもつ仏を描いた掛け軸が一幅掛かっているだけだった。

〈これが阿弥陀仏に違いない〉

しかし、鉦は勿論、香炉やロウソク立てもなく、どうやって勤行するのか、見当もつかなかった。

「お待たせしました」

暫く待っていると覚明がやってきた。ボロボロの衣を纏い、髪は伸ばしっぱなしだった。

掛軸の正面に坐ると数珠を擦り合わせて合掌した。

「ナンマンダブ、ナンマンダブ」

それだけ唱えると、覚明は駒丸に向き直って微笑んだ。弥頼の葬儀で出会った時より更に痩せて見えたが、目はより輝いていた。

「先日、備前屋の使いが駒丸が来ることを伝えに来ました。充分に時間をとって相手をするようにと、過分な銭を置いて行きました。お蔭で薬草や食料が手に入って助かりました」

「覚明様がここで何をしているのか知りたいと思い、兄に同行させて貰いました。何より、私は高田の里しか知りません。福岡の荘がこんなに賑やかな所だとは思いもよりませんでした」

「ここには武士や商人、職人や百姓、家のない乞食まで色々な人がいます。僧侶も、受戒した僧から遊行の聖まで、様々な宗派の僧が思い思いに布教しています。人々は必死で生きているし、僧侶は自分が信じる道をひたすら歩んでいるのです」

「覚明様は何を信じているのですか」

「私はここで念仏の教えに出会いました。その教えに導かれ、病に苦しむ人たちの世話をしています」

「学問はやめてしまったのですか」

「今は、こちらの方が学問より大切だと信じています。目の前で苦しんでいる人さえ救えないのでは、僧侶とは言えないでしょう」

　覚明の言葉は自信に充ち溢れていた。

「すると、天台の僧侶から念仏の聖に替わられたということですか」

「どちらでもいいのです。今は、何宗の僧なのかということより、僧として何が出来るかが大切だと思っています。それに、大山寺を去った時点で、比叡山で受戒した僧の身分は失われているでしょう。すぐに誰かが欠員を埋めているはずです」

「もう、正式な僧侶ではないということですか」

「僧の身分を幕府が管理していること自体がおかしいのです。僧侶として生きている者こそが僧侶なのです。ここには他に、弘法大師の教えに基づいて建てられた寺もあるし、日蓮上人の法華の教えを生きている僧侶もいます。自分の目で見、耳で聞いて駒丸が進む道を決めることです」

「私を暫くここに置いてくれませんか。手伝わせて下さい」

「それは駄目です。ここには流行病の人も来ます。駒丸はまだ幼い。病に罹り易いのです」

「大人なら大丈夫なのですか」

「大丈夫ということはありませんが、子供よりはましです。それに、病を移されないための工夫もしています」

「さっきお会いした方は、口の前に布をたらしていました」

「あれは咳やくしゃみで病を移されないようにするためにつけています。他には、しょっちゅう手を洗い、口をすすぎます。それでも、防ぎきれない病もあるのです」

「命がけではありませんか」

「だから細心の注意を払っています。しかし、誰かがやらなければ救える命も救えません。病に苦しんでいる人に寄り添うことこそ、仏の道に叶うことだと信じています」

駒丸はよく分からなかった。ただ、漠然と学問を身につけて僧侶になれば、人々を救えるのだと考えていた自分が恥ずかしくなった。


翌日、駒丸は辻に立っている法華の僧侶の説教を聞きに行った。内容は、法華経がどんなに優れているか説き、他の宗派を排撃するものだった。殊に、覚明が信じている念仏への攻撃は凄まじかった。

続いて、先の元の侵略に際して日蓮上人が果たした役割の大きさを述べ、最後に日蓮の教えこそがこの国を救う唯一の宗教であると結んでいた。太鼓を打ち鳴らしながら大声で唱える南無妙法蓮華経の声が、暫く耳から離れなかった。

次の日は、猿若と共に真言の僧侶の護摩行に立ちあった。二人の旅の無事と猿若の商いの成功を祈願するという名目で、備前屋が施主となって護摩を依頼してくれたらしい。

住持だという壮年の僧が大仰な身振りで護摩を焚き上げ、汗まみれになって祈禱してくれたが、幼い頃に目にした大山寺の僧の護摩行との違いは分からなかった。

終了後、住持が二人を招き入れ、真言密教の奥義らしきものを話したが、あまりに話が壮大過ぎて理解出来なかった。備前屋の多額の布施に対する返礼のつもりらしいが、その尊大な態度だけが印象に残った。

美作に帰る前日、備前屋で旅の支度をしていた駒丸に覚明から文が届いた。踊念仏の一行が福岡に入るという知らせだった。

踊念仏は、二十年余り前に一遍という僧侶が念仏布教のために始めたもので、性別や身分、浄不浄に関わらず踊りながら念仏を唱えれば、誰もが阿弥陀如来の導きで極楽往生出来るという教えだった。京の都でも一時盛んに行われたが、幕府の弾圧もあって地方に分散したらしい。

以前に覚明から話を聞き、何とも自由で楽しげな教えがあるものだと感心したことを覚えていた。福岡は、一遍自らが念仏踊りを開催した地でもあり、受け入れの下地が出来ているのだろう。

支度が一段落したところで外へ出てみると、町全体がざわついているように感じられた。念仏踊りの噂を聞いて、人々は落ち着きを失っているようだった。多くの商家が板戸を立て、店を閉め始めていた。商人たちは殺気立っているようにさえ見えた。

覚明の小屋に近づいてきた頃、遠くから鉦と太鼓の音が聞こえてきた。ゆったりと調子を取りながら、少しずつ近づいてきているようだった。

その音に誘われるように、覚明が小屋から出てきた。

「どうして皆、戸を閉めるのですか」

「去年、京の町で踊っていた者の一部が店に入って銭を奪ったのです。止めに入った店の人間を袋叩きにしたらしい。中には、貧しくて生活出来ないから加わっている人や、日ごろの憂さ晴らしのために参加している者もいるようです」

「皆が念仏の信者ではないということですか」

「一遍上人は布教のために始めたのですが、思い通りにならない世の中に不平不満を持つ人たちが、その思いをぶちまける場にしてしまったのかも知れません。何が起こるか心配です。気をつけて下さい」

鉦と太鼓の音が大きくなり、「南無阿弥陀仏」の声も聞きとれるようになった。集団は百人を超えているようだった。先頭に、墨染めの衣らしきものを着て笠を被った僧侶らしき人物が十名ほどいたが、砂埃にまみれて灰色の集団に見えた。その後ろには、思い思いの姿をした人々が続いていた。男も女も、年寄りも若者もいたが、皆疲れ果てているようだった。鉦や太鼓を手にした人は、大きく身体を振りながら撥を振り、何も持っていない人は頭の上で手を回すように動かしていた。

集団が町の中心部に差し掛かると、突然、鉦や太鼓の調子が早くなった。踊っていた人たちは、最後の力を振り絞るように跳びはね始めた。すると、それを待っていたかのように、先頭の集団の中から一人の僧侶が出てきて、遠巻きに見ていた町の人たちに小さな木の札を配り始めた。

「あれが賦算と呼ばれるお札でしょう」

駒丸は僧侶に駆け寄って札を受け取った。老年に近い僧侶からは汗と埃のすえた臭いがした。

札には、『南無阿弥陀仏　決定往生六十万人』と書かれていた。

駒丸が覚明を振り返った。

「一遍上人が、阿弥陀如来の生まれ変わりと言われる熊野権現から、『念仏札を配るべし』という夢のお告げを受けて以来、その札を配り始めたそうです」

賦算が一段落すると、驚くべき光景が展開された。四、五軒の商家が一斉に戸を開き、中から大鍋を表に運び出したのだ。蓋を取ると、雑炊の香りが町全体に広がった。商人たちは雑炊を椀に注ぐと、踊り疲れて坐り込んでいる人々の元へ運んだ。踊っていた人々の顔に生気が戻り、皆、合掌して椀を受け取った。

「これで福岡では、京の都のような暴動は起きないでしょう。しかし、これが通例になると、貧しくて食事を振る舞えない町では大変なことになる。やはり、信仰は徒党を組んでするものではない」

覚明が、ため息をつきながらつぶやいた。

帰りは荷もなく、徒歩での旅になった。

「急ぐことはない。ゆっくり帰ろう」

備前屋が用意してくれた馬に、福岡で手に入れた家族への土産を背おわせ、二人は美作へ続く街道をのんびりと歩いていた。

「いろんな宗派の僧侶に出会ったようだが、進む道は見えたか」

「ますます分からなくなりました。今、分かっているのは、自分が正しいと信じる道を進むしかないということです。その道を見つけるためには学ぶしかないのでしょう」

「仏の教えは、唐・天竺から伝えられたと聞いている。今、この国で皆が信じている教えが本物かどうかさえ分からないのではないか。駒には唐・天竺へ渡って、それを確かめて貰いたい。そして、念仏も法華も、全てを超えて人を救って貰いたい。この狭い国で、ごちゃごちゃやっていても仕方がないと思わないか」

「兄上、やはり私は都へ行きます。京の都には海を越えてやってきた僧侶もいると聞いています。そんな人に会って、唐・天竺の様子を聞いてみたい」

駒丸は、今、猿若と並んで歩いている道が唐・天竺に通じているような気がした。

# 得　度

それから二ヶ月後、母方の実家である中小路家から東福寺が受け入れを承諾したという知らせが届いて、駒丸の上洛が決まった。

東福寺は約七十年前に九条道家が宋から帰国した禅僧、円爾弁円を招いて創建した藤原氏の氏寺で、奈良の東大寺と興福寺の一文字ずつを取って名づけたと言われている。

創建当初から、天台、真言などの旧仏教に配慮して天台・真言・禅の三宗を学ぶ道場とされた。

中小路家の人々には、十二歳の駒丸にふさわしい寺に思えたのだろう。

京都へは頼兼と改名した猿若が同行することになった。どうしても、京の都や難波の町を見てみたいらしい。

二人で気楽な旅をするつもりでいたが、東福寺入りに際して奔走したに違いない中小路家への土産の品が馬二頭分になり、使用人二人が同行することになった。奎子は実家に立ち寄る必要はないと言い張ったが、尚頼の説得で折れた。

高田川を瀬戸内海まで下って舟を乗り換えると、四日後には難波の津に着いた。難波には和泉屋藤兵衛などの知り合いも多くいるはずだが、一行はすぐに舟を乗り換えて淀川を上った。そして、舟が山崎に着くと休む間もなく出発した。

それほど、頼兼は公家の暮らしに興味津々だった。

「駒、もうじき爺様に会えるぞ。わしは血が繋がっていないが、お前は本物の孫だ」

「はい。高田のお爺様が亡くなられて寂しい思いをしていました。どんな方なのか、お会いするのが楽しみです」

「御所に勤めているらしい。齢は高田の爺様とあまり変わらんというから、結構な爺だぞ」

京の都は頼兼の期待を大きく裏切った。大きな商家はあるのだが、活気がなかった。御所を目指して北に向かいながら、賑やかな通りを探すために東西の通りに入ったが、どの通りも変り映えしなかった。

「都は商いには向かないようだ。町が死んでいる。中小路の爺様に会ったら、わしはさっさと難波へ行くぞ」

御所らしい塀に突き当り、道を東にとって暫く行くと、馬を引いていた使用人が立ち止まった。その目の先で小柄な老人が手招きしていた。

「美作の建家の者か。中小路篤充の屋敷はここじゃ」

その声を待っていたかのように、中から女性が出てきた。

「父上。そのような大声、はしたないですよ」

「何の。待ちかねたぞ。早うこちらへ」

話の様子からすると、小柄な老人が駒丸の祖父らしい。しかし、その風采はよれよれの烏帽子に、着古して柄も判然としない水干という、どこにでもいそうな老人だった。御所に勤めている公家という情報だけで、勝手な想像をしていた駒丸と頼兼はどちらからともなく顔を見合わせた。

「遠いところを、よう来た。よう来た」

篤充は、二人を抱えるようにして門の中に招き入れた。

「馬と荷物は裏へまわってくれ。我が家への土産だろうから、裏口から運び入れるように。ここには年寄りと女しかおらん。力仕事は済ませていってくれ」

屋敷も想像していたより遥かに小さかった。玄関も廊下も暗く、庭の向こうは隣の屋敷のようだった。

通された座敷は、駒丸の部屋の半分もなかった。

「初めてお目にかかります。建頼兼でございます。こちらが弟の駒丸です」

篤充は、頼兼の挨拶を受ける間も駒丸から眼差しを外すことはなく、その表情はくずれたままだった。

「お爺様。駒丸でございます。やっとお目にかかれました」

篤充の眼から涙がこぼれ落ち、袖で拭った。

「ここにわしの孫がいる。まるで夢のようじゃ」

篤充は、その喜びをどう表わしたらいいのか分らないようだった。

「都というても何もありません。餅と白湯を用意しました。今は、これで堪忍して下され」

玄関で出迎えてくれた女性が盆を捧げて座敷に入ってきた。

「奎子の妹の苫子です。よう、訪ねてくれました。それにしても、お二人とも凛々しい若者。姉上が羨ましい」

「頼兼です。父と母が是非一度、美作へおいで下さるようにと申しておりました」

「駒丸でございます。春にはたくさんの書物をお送りいただき、有り難うございました」

「あんなもので役に立ちましたか。姉上から、仏の道を学びたいという文が届き、あちこちの寺に声を掛けて集めましたが、碌に中身も確かめず送りました」

「夏の間、部屋に籠って読みました」

「最近の僧侶は和歌や漢詩にうつつを抜かし、祖師の教えや経文には興味を示さんそうな。あっという間にあれだけの書物が集まった。寺にすれば、厄介払い出来たと喜んでいるかもしれん」

「お二人とも、今日はここに泊まりなさい。明日、東福寺に案内します。頼兼殿は都見物でもなさいますか」

「私は明日の朝には難波に向かいます。あちらの商人と商いの話があります」

「その若さで商いとは頼もしい」

「兄上は海の向こうの国々と商いをして、私を唐・天竺へ送り届けて下さるそうです」

「建家の人々は自由でよいのう。奎子はよいところに嫁いだものじゃ」

その夜、中小路家に縁者二十人ほどが集まった。中には、摂関家の当主二条康智の姿もあった。

「駒丸殿は明日から寺の暮らしが始まります。今日はたくさん食べて滋養をつけて下され」

苫子が用意した膳には、雉や魚の干物、干し柿などの菓子が並んだ。

「ところで篤充様は、駒丸殿に例の件は相談されたのか」

酒で顔を赤くした二条康智がからかうように篤充を見た。

「いやいや。孫が出来たと聞いて以来、儚い夢を見てきたが、駒丸に出会ってきっぱりと諦めた。この前途洋々たる若者の将来を、こんな家を守るために閉ざすことなど出来るわけがない」

「本人に聞いてみたのですか」

「聞くまでもない。中小路はわしの代で終わらせる」

頼兼が堪りかねて聞いた。

「駒丸にこの家を継がせるつもりだったのですか」

「以前、奎子にはっきりと断られている。ドロドロした公家の社会に大切な息子を入れることなど考えられないとな」

「それでも篤充様は一縷の希望を抱いてきたのでしょう」

康智が本心を確かめるように、皮肉を込めて聞いた。

「わしがやっている御所の記録を残す仕事は大切だと思っている。将来、必ず生かされるであろう。しかし、その勤めはわし程度の人間でも出来る。駒丸には、もっと大きな仕事をして欲しい」

篤充の目から大粒の涙が溢れた。

「先ず、駒丸殿が今の寺と僧侶をどう感じるか、それを待ってみることだ。嫌気がさして、その日のうちに飛び出してくるかもしれん。万一、それでも僧侶になるというのなら、ここにいる縁者が力を合わせて適当な後継ぎを探します」

「成程、そういうことでしたか。しかし、僧侶になって人を救いたいという駒の決意は固い。爺様の後継は今すぐ探されるがよいと思う。ところで駒、都にこんなに大勢縁者がいるというのは心強いではないか。わしも安心して、美作に帰ることが出来る。父上や母上にもいい土産話が出来た。今後とも、駒丸と建家をよろしくお願い致します」

頼兼が大仰に頭を下げて、宴を終わらせた。


翌朝、駒丸は頼兼の手を借りて剃髪した。東福寺の受け入れが決まれば、師となる僧が剃髪の式をするとも言われたが、出家の意志をはっきり示したかった。

持参した墨染めの衣に袖を通すと、初々しい僧侶が誕生した。

「こんなお坊さんなら、毎日でも会いたい」

苫子が溜息交じりに駒丸の周りを一周した。

「よいか、ここを我が家だと思っていつでも帰ってまいれ。碌でもない坊主ども相手に辛抱する必要はないぞ」

わざわざ見送りに来てくれた大勢の縁者に見送られて、駒丸は新しい世界に足を踏み出した。荷物は、僅かな着替えだけだった。


案内には、二条家の使用人で弥助という年寄りがついた。やはり、東福寺に入るには摂関家の繋がりが必要だったのだろう。

「東福寺へ参りますには、このまま鴨の川沿いに南に下り、七条辺りで川を渡るのが一番の近道でございます。しかしながら、川沿いに参りますと、時には酷い風景に出会うこともございます。どうなさいますか」

「酷い風景というのはどのようなものですか」

「京の都には多くの人が暮らしています。人が多いということは、死んでいく人も大勢いるということです。死体を焼いたり、埋めたり出来る人は多くありません。ほとんどが河原に死体を捨ててしまいます。鳥や魚が食べ、雨でも降ればきれいに流してくれるからです。川沿いに進めば、必ず死体に出くわします」

「私はこれから仏門に入る身です。お釈迦様は、人々を生老病死の四苦から救うために出家されたと聞いています。死を忌み嫌っていたのでは、とても僧になどなれないのではないでしょうか」

「それでは、川沿いを参りましょう」

川沿いの道といっても、広い河原の端を縫うように踏み固められた道があるだけだった。川が増水すれば、すぐに水中に没してしまうに違いない。一般の通行人や荷車は、もう一筋川から離れた道を使っているらしい。

河原では秋を迎えてススキの穂が風に揺れていた。

「暫く雨が降っていません。この先の三条河原では、三日ほど前に遺体を集めて焼いたそうです。臭いが御所まで届き、六波羅に苦情が行ったそうです」

「埋葬する場所はないのですか」

「一応、東山と西山の麓にそれらしい場所があります。清水寺などはその供養も兼ねて創建されたとも言われています。ところが、そこまで運ぶのは大変なので、皆、河原に捨てるようになったのです。橋の上から放り投げる人さえいるそうです。美作では、遺体はどうしているのですか」

「今年、祖父が亡くなり火葬にしましたが、里の人たちはほとんど土葬です。何年か前、里のはずれに埋葬する場所をつくりました」

不意に風が吹き、駒丸を強烈な異臭が襲った。今までに嗅いだことのない臭いだった。

「あれが三条河原です。今日も死体を焼いています」

川の中洲に、白煙を取り囲むように五、六人が集まり、忙しそうに動き回っていた。

「あの人たちは役人ですか」

「いや、遊行の聖と火葬を生業にする人たちです。最近生まれた職業のようです」

そこへ、荷車を引いた一団がやってきた。橋の上に荷車を止めると河原に声を掛け、数人が死体と薪らしきものを運んだ。暫く河原にいた人たちと話して、銭らしきものを渡した。

「この頃、京の都では火葬が流行っています。公家や偉い僧侶の真似をしているのです。ああやって銭と薪を渡して焼いて貰うのです」

立ち止まって話している二人に、中洲の人々が気づいた。

衣を着た僧らしき人物が、水しぶきを上げて近づいてきた。

「墨染めの衣を着ているから一緒に供養して貰おうと思ったが、まだ子供ではないか」

着ている衣は色が落ちて灰色に近く、焼けた肉の強烈な臭いがした。髪や髭に白いものが混じっているが、年齢はよく分らなかった。

駒丸の前に立ちはだかるようにして弥助が答えた。

「これから東福寺へ入り、得度されます」

「さようか。なかなか利発そうな顔をしている。東福寺に入っても、この風景を忘れるな。僧侶の務めは人々と共に生死を極めることだ。禅でも念仏でもいい。自ら学び、人々を救ってくれ」

それだけ言うと、水しぶきを上げて中洲へ向かった。

「わしは実浄という。お主の名は何と言う」

川の中ほどで振り返ると大声で叫んだ。

「建駒丸。美作の出にございます」

「また会おう。この辺りで実浄の名を言ってくれれば居どころはすぐに分かる。勉学に飽いたらいつでも遊びにこい」

大きく手を振ると、中洲に上がっていった。

駒丸と弥助はそのまま川沿いを進み、九条通りで鴨川を渡った。その辺りまで来ると突然人家が減り、都の外に出たことが分かった。

「あれが東福寺です」

弥助が指差した山裾に、巨大な建物が聳えていた。

境内に入ると、中心にある仏殿の大きさに圧倒された。建物の傍まで近づくと、自分が如何に小さな存在であるかを思い知らされるような気がした。巨大な伽藍は、そんな効果も担っているのかもしれない。しかし、これほど巨大な建物が本当に必要なのか、駒丸には分からなかった。

その心を見透かしたように弥助がつぶやいた。

「天皇家がつくった奈良の東大寺に次ぐ大きさです。さすがに天皇家を超える大きさには出来なかったようです。中には、木でつくった大きなお釈迦様がお祀りされているそうです。こちらも、奈良の大仏よりは小さいらしい。藤原摂関家のお立場がよく分かります。では、庫裏までお送りします」

更に奥に進むと、建物の前で二人の若い僧侶が待っていた。

「二条家の方か」

「さようでございます。美作の建駒丸様をご案内して参りました」

「ここからは我らが案内する。ご苦労でした」

「では、よろしく願い致します。主人康智から、無為老師にくれぐれもよろしくとのことでございました。駒丸様、困ったことがあればいつでも二条家に使いを下さい。遠慮は無用でございます」

「有り難うございます。私なりに一生懸命学びます」

弥助はひとりになると、風のように去っていった。

案内されたのは、庫裏とは別の建物だった。庭に面して、小部屋がいくつも並んでいて、奥に広い板の間が見えた。

「この部屋を使って下さい」

案内の僧が十ほど並んでいる部屋の中央付近の板戸を開けた。中は思っていたより広く、文机と寝具が置いてあった。

「無為老師との面会は明日の朝です。今日は、ここでゆっくり休んで下さい。食事は、奥の板の間に用意します。準備が出来たら合図の板が鳴ります。東司は廊下の更に奥にあります」

暫くすると、コーンコーンという乾いた音が三度ずつ鳴った。食事の合図に違いない。

駒丸が廊下に出ると、さっきの若い僧が待っていた。

「斎座です。案内します」

案内された板の間には飯台が並び、既に十人ほどの子供たちが、思い思いに食事をしていた。驚いたことに全員が有髪で、着ている物も寺とは似つかわない水干だった。その多くが駒丸より年下で、中には六歳か七歳にしか見えない幼児もいた。

駒丸が飯台の前に坐ると、寺男らしい年寄りが膳を運んで来た。膳には、粥と汁、野菜の煮物、炒った豆と干し柿がきれいに並べられていた。

「どうぞ」

何か特別な経文でも上げるのかと戸惑っている駒丸に、寺男が食べるように勧めた。

食べ終わった子供たちは豆と柿を懐に入れると、三々五々部屋に帰っていった。膳は、寺男たちが当たり前のように片づけた。

駒丸が食事を終わりかけたところへ、出迎えた僧が白湯を運んで来た。

「ここは寺ではありません。あの子供たちは僧侶になるためというより、学問をするためにここにきています。多くが、公家やあなたと同じ地方の有力者の次男や三男です。ここを寄宿所として生活し、仏門に入るかどうかはもう少し大きくなってから決めます。しかしあなたは少し違うようだ。明朝、無為老師に会われたら、これからどうするのか決まるでしょう」

翌朝、粥座を終えた駒丸を前日の僧が訪れた。

「老師との相見です。三聖寺へ案内します」

僧の話によると、二条康智は親交のある無為昭元老師に駒丸の得度の師を依頼したらしい。無為昭元は東福寺開山・円爾弁円に嗣法した禅僧で、東福寺に隣接する三聖寺の住持を務めているという。東福寺の住持は開山・円爾弁円の法脈に繋がる者しか就任出来ないという決まりがあり、無為老師もいずれ住持になるらしい。既に百人を超える弟子がいる臨済宗を代表する禅僧だという。

三聖寺は修行の寺のようだった。若い僧侶が大勢いて、ある種の緊張感が漂っていた。

案内された部屋に、老僧がポツンと坐っていた。

「美作から来たと聞いた。名は何と言う。齢は幾つじゃ」

六十歳前後だと思われたが、声には張りがあり、その眼差しは鋭かった。

「建駒丸と申します。十二歳でございます」

「二条康智様からのご紹介でございます」

案内の僧が大声で告げた。

「どなたの紹介でもよかろう。要は本人次第。建駒丸は剃髪し、黒衣を着ての来山。その心構えが知られるではないか。駒丸、ここで何がしたい。学問か修行か」

「僧になりとうございます」

「二条家の紹介があれば、いずれ僧にはなれよう。僧になって何がしたい」

「僧になって、困っている人の役に立ちとうございます」

「美作にいても人の役に立つことは出来よう」

「僧は分け隔てなく人を救うことが出来ると聞いております」

「人を救うためには自らを鍛錬せねばならん。しかし今、京の都ではその願いは叶わぬ」

当時、禅は未成熟だった。というより、一部の人々を除くとほとんど理解されていなかった。

日本の仏教はもともと、国の安穏や繁栄を祈るための教えとして捉えられていたため、己事究明を宗旨とする禅宗は当時の人々の理解の枠外にあった。

駒丸が誕生する約百年前に、栄西禅師が宋から帰国して臨済宗を広めようとしたが、権力者の多くが禅を理解することが出来ず、真言宗、天台宗と合わせた三宗兼学を条件に建仁寺を開創した。

鎌倉では禅の教えに帰依する武士が現れ、北条時頼が宋から蘭渓道隆を招いて建長寺を建立したことで、人々はやっと禅に触れることが出来るようになった。

しかし、その後も京都では天台宗や真言宗の力を無視することが出来ず、蘭渓道隆や無学祖元が建仁寺に入っても、その影響力は限定的なものだった。何より、天皇家をはじめとする多くの公家たちは、祈禱を伴わない禅を宗教として認めることが出来なかったのだ。

九条道家が東福寺を創建するにあたって、宋の国に渡って無準師範の法を継いだ円爾弁円を開山に迎えたが、比叡山や高野山の力を無視することが出来ず、東福寺を三宗兼学の道場と位置づけざるを得なかった。そのため、坐禅堂をつくりながら修行僧を迎え入れることが出来なかったのだ。

無為にとって最大の不満は、東福寺が藤原摂関家の氏寺の印象が強いために、その子弟たちの学問の場と受け取られ、僧侶になる気のない子供たちまでが集まってくることだった。

円爾に嗣法した無為は、寺が宗教と無関係な漢詩や和歌の学問所になることは許せなかった。そこで、境内に宗教施設ではない建物をつくり、子供たちを収容することにしたのだ。

そこに、剃髪し墨染めの衣を着た駒丸が現れた。

「建駒丸を童行《ずんなん》として迎えよ。そして、今日から名を昭建と改めよ」

童行は、出家を前提に寺に入っているが、まだ得度していない年少の行者《あんじゃ》を指す。無為は駒丸の志を理解して諱を与え、行者として受け入れることを宣言した。

「昭建、ここ三聖寺は禅の修行道場。お前はまだ幼い。暫く、本山の庫裏で暮らし、様々なことを学べ。現在の東福寺住持・蔵山順空老師は私の兄弟子に当たる。既に報告してある。先ず、本尊の釈迦牟尼仏に挨拶して住持に相見せよ」

案内された東福寺の仏殿は驚くほど広かった。天井は吹き抜けで、高さは十丈以上ありそうだった。建物の幅は二十丈を超えているだろう。そして、正面の須弥壇に巨大な仏像が安置されていた。高さ五丈と聞いていたが、その光背は天井に届くのではないかと思うほどの大きさだった。

「本尊の釈迦牟尼仏です。入寺の報告を」

当番の僧に促されて正面に坐った駒丸を見据える仏の眼差しは、身が縮むほどに厳しかった。

当番の僧が唱える経を聞きながら、駒丸から昭建に名が変わることの重さを感じていた。

住持の蔵山順空は、七十歳を超えているのではないかと思えた。

「美作の国から来た建駒丸と申します」

「駒丸か。利発そうな良い名だ。父母に感謝せねばならん」

「先ほど、無為老師から昭建の名をいただきました」

「法名は仏弟子となる証である。同時に、現世に別れを告げる契機となる。今日からは童行として励め。今、この国の仏法は大きな転機を迎えている。そして、この寺も進むべき道を模索している。曇りのない目で道を求め、この年寄りたちに示してくれ」

老僧の縋りつくような言葉と眼差しが印象に残った。

# 童　行

その日のうちに庫裏の一角に部屋をあてがわれた駒丸を、前日から面倒を見ていた若い僧が訪れた。まだ十代だと思われた。

「私は宗隆。今日から共に蔵山老師の侍僧を務めることになります。分からないことがあれば、何でも聞いて下さい」

「寺での生活は初めてです。何も分かりません」

「暫くは、私たちがやることを見ていて下さい。ただ、経文だけは一日も早く覚えて貰わなければなりません。手の空いている時に教えます」

童行の生活は特に辛いものではなかった。朝は夜明け前に振鈴が鳴って起こされるが、東福寺住持である蔵山老師の朝・夕の勤行の侍僧を務める以外、特に仕事はなかった。

宗隆の顔が見える時には、経文の読み方や法要の所作などを尋ね、一人の時には蔵山の書斎に積んである元の国から伝来したという文書を片端から読んだ。中には仏教と無縁のものもあったが、そこにも、人の道が示されていて興味深かった。

二ヶ月もすると、昭建はすっかり寺の生活に馴染んだ。経本はまだ手放せなかったが、朝晩の勤行や住持の蔵山が出かける際の手順など、童行としての役割は問題なくこなせるようになっていた。

そんなある日、宗隆が昭建の部屋にやってきた。

「明朝の勤行の後、蔵山老師はお出かけになります。昭建は中小路家へ行って来なさい。一度、帰らせてほしいという連絡が来ています」

「私は、老師のお供をしなくていいのですか」

「他の者がつきます。昭建は久しぶりにゆっくりしてくるといい。明後日の朝の勤行も参列の必要はありません」


迎えを呼ぶという宗隆の申し出を断って、昭建は師走の都へ出た。弥助に案内されて東福寺へきた道を逆に辿れば、中小路の屋敷に着けるはずだ。

師走の鴨川には、ほとんど水が流れていなかった。暫く雨が降っていなかったせいだろう。人々は橋が掛かっている大路まで行く必要がなくなり、浅瀬に投げ入れられた石の上を渡っていた。昭建も川幅が狭いところを見つけて河原に下りた。

下りた途端、鼻をつく強烈な臭いに襲われた。臭いの源は僅かに残った水辺だった。都の人たちが捨てた様々な生ごみが僅かな水辺に溜って腐り、異臭を発していた。駒丸は、その臭いを振り切るように石を踏んで川を渡った。

途中、石に白骨化した死体が引っ掛かっていた。ごみと泥に覆われていたが、僅かな流れに洗われた頭骸骨が、それが人の骨であること示していた。

昭建はその死体を無視することが出来なかった。草履のまま流れに入ると、両手で頭蓋骨を拾い上げた。異様な臭いと共に、茶色がかった液体がどろりと流れ出て泥の中に落ちた。そして、その液体の中で何かが動いた。昭建はその正体を確かめようとしたが、その前にたまらず吐いた。手にした頭骸骨から発せられる臭いは、全ての臓物が変調をきたすほど強烈だった。粥座の粥が鴨川の流れに散った。

吐いて涙でかすんだ目を衣で拭うと、こぼれ出た液体の中から歩き出した小さな川ガニが見えた。餌としていたのか、ねぐらにしていたのか分からないが、その数は十数匹に及んだ。

「いつまでも、そんなものを持っていると臭いが移って難儀するぞ」

声の主は実浄だった。二ヶ月前と変わらぬ衣を着て河原から昭建を見つめていた。

「供養して差し上げたいのですが、どこか適当な場所はありますか」

「とにかく、持っている骨をそこに置け。流行病にでも罹っていたらどうする。すぐに運ばせて火葬する」

昭建が頭蓋骨を置くと、筵をもった男が二人あらわれて頭蓋骨と河原に散っている骨を載せた。

「昭建という名を貰ったらしいな」

実浄が昭建を案内するように河原を北に上った。

「まだ童行です。正式な僧になったわけではありません」

「いや、昭建はもう立派な僧だ。河原の死体を見捨てておけなかったのは、僧だからこそだ。持って生まれた才かどうかは知らぬが、お主は僧侶に向いている」

河原では二ヶ月前と同じように火が焚かれていた。

「一緒に供養しよう」

実浄の声が聞こえたのか、死体は男たちによって筵から炎の中へ移された。

「経は何を覚えた」

「まだ、うろ覚えですが観音経と大悲呪を上げることが多いようです」

「では、観音経で供養しよう」

実浄が大声で経を上げ、昭建たちがそれに唱和して河原で法要が始まった。

暫くすると、どこから集まってきたのか、遊行の聖と思われる人たちが鉦や太鼓を鳴らしながら参加した。皆、申し合わせたように色の抜けた衣を着ていた。

その音を聞きつけたのだろう。明らかに通行人だと思われる人たちがどんどん河原に下りてきて炎に向かって手を合わせた。誰もが、河原に打ち捨てられた死体を目にして供養の必要を感じていたに違いない。

三条河原の中洲で、見知らぬ死体の成仏を願って百人余りの人々が捧げる祈り……。

駒丸には福岡の宿で病に倒れた人々を看病する覚明の姿が重なって見えた。


供養を終え、中小路家に着いたのは昼近くになっていた。表で弥助が待っていた。

「朝方に寺を出られたという知らせがあり、先ほどまで篤充様が表でお待ちになっていらっしゃいました」

「申し訳ありません。河原で無縁の人々の供養をしていました」

弥助が昭建に近づいて衣の臭いを確かめた。

「お着替えになって下さい。すぐに洗います。湯を沸かしますから身体も拭いて下さい」

「そんなに臭いますか」

「そのまま座敷に上がられたら、皆さん間違いなく逃げ出されます」

昭建はそのまま裏口に回り、昼食用に沸かしてあった湯で頭の先から足の先まで拭われた。

昭建が着替えを済ませて座敷に入ると、十名ほどの男たちが食事をしていた。

昭建は昼間からの宴会に利用されたようだった。

「遅くなり、申し訳ありません」

篤充が何かを頬張りながら顔を上げた。

「あまり遅いので先に始めた。衣を汚したようだが、何があった」

「鴨川を通りかかったところ、無縁の遺体を見つけたので皆で供養しておりました。その折に、衣に臭いが移ったようです」

「駒丸は遊行の聖とは違う。東福寺無為昭元老師の弟子であろう。昭建という名までいただいたそうではないか。河原で遊行の聖と一緒に供養するなど、あまり感心出来ることではない」

二条康智が赤ら顔をよりいっそう赤くした。

「いいではありませんか。駒丸はまだ若い。いろんな経験をした方がいい。それにしても、たった二ヶ月で見違えるように逞しくなった」

篤充がにこやかに話を変えた。

「寺の暮らしはどうじゃ。禅の修行は厳しいという話だが、辛くはないか」

「私はまだ童行です。正式な僧侶ではありませんから、厳しい修行をしているわけではありません。蔵山老師の身の回りのお世話と朝晩の勤行に出ているだけです」

「お腹が空いているでしょう。寺では大した食事も出来まい。さぁ、たくさん食べなさい」

苫子が、様々な食材が載った膳を持つ若い女性を従えて入ってきた。初めて見る美しい女性だった。昭建より、少し年上だろうか。

膳を昭建の前に置くと、そのまま給仕を始めた。

「駒丸、その女子は縁者の娘で、名は清子という。今日は手伝いに来て貰った。お前とは年も近い、都のことなど話を聞くとよい」

「清子です」

挨拶すると、甘い香りがした。

膳には二ヶ月前と同様に雉の肉や干し魚が並んでいた。

「叔母上様。童行とはいえ、私は昭建の名をいただいた僧でございます。鳥や魚、臭いの強い野菜などはいただくことが出来ません」

「受戒を終えて正式な僧侶になるまでは、何を食べてもいいと聞いています。何をするにも、滋養をとって力をつけておかなければなりません。何より、あなたは育ち盛りです」

「これは僧侶の条件なのです。この雉を食べたら、その時から私は僧侶ではなくなってしまいます。朝晩の勤行にも出られなくなります」

康智が感心したように溜息をついた。

「この雉は、昨日、丹波から届いたものだ。こんなに美味いものを食べないというだけで立派な修行かもしれん。しかし、僧侶は何を食べて生きているのだ」

「粥と野菜でございます」

「駒丸がそれで納得しているのだから、いいではないか。苫子、急いで粥を用意しなさい。清子は駒丸と相談して、その中で食べられるものを選んであげなさい」

「この野菜は食べられますか」

「鳥や魚と一緒に調理されていなければ大丈夫です」

結局、二種類の野菜を残して、清子が膳を下げた。

「清子はこの近くに暮らしている。いつでも会いに来るといい」

駒丸には篤充が何を言っているのかよく分からなかったが、康智の下品な笑いが印象に残った。


十二歳の昭建にとって、童行としての東福寺での暮らしは退屈極まりないものだった。随侍する蔵山が老僧だったこともあって、朝晩の勤行以外ほとんど何もすることがなかった。無為がいる三聖寺なら修行も出来ただろうが、東福寺では何も出来ないようだった。

そこで、兄弟子とも言える宗隆が見て見ぬふりをしてくれることもあって、度々、鴨川の河原へ出掛けた。河原では、毎日のように捨てられた遺体を実浄たち遊行の聖が火葬して法要を営んでいた。昭建も、法要に参加することが日課のようになっていた。

深夜に遺体を川に放置していた人たちも、その時間に合わせて遺体を運ぶようになり、僅かな銭を喜捨して法要に参加するようになった。いつの間にか、鴨川の中洲が斎場の役割を果たすようになっていたのだ。

そして、時には中小路の屋敷を訪れ、昼食をとるようになった。いい香りがする清子が給仕してくれ、聞いたことのない都の話題を美しい京言葉で話してくれることが楽しみになっていた。

篤充は、昭建が訪れる度に生気を取り戻していくようだった。

ある日、河原に着いた昭建はいつもと違う気配を感じた。あちこちに人影は見えるが、静かだった。いろいろな人たちが自由に行き交う雑然とした空気が消えていた。

気をつけて見てみると、人影は等間隔に立っているようだった。そして、全く動かなかった。昭建は通行人を装って、姿が見える距離まで近づいてみた。驚いたことに、それは武装した役人だった。甲冑を身に纏い、弓を携えていた。昭建に気づいたようだったが、一瞥しただけで何も言わなかった。

人影を避けるように中洲に向かうと、そこにも数人の役人がいて火葬のための石組や供え物をするための板切れなどを片づけていた。

昭建に気づいた一人が近づいてきた。

「東福寺の昭建か」

突然、見知らぬ武士から名指しされ、驚いて返事が出来なかった。

「この河原では、今日から遺体を焼くことも法要を営むことも出来ぬ。ここで遺体を焼かれたのでは、御所にまで臭いが届く。そこで、東山の麓に斎場を設け、実浄たち遊行の聖もそちらに移った。空也上人が開いた西光寺に近い六道の辻で遺体を受け取ることになった。実浄から、そちらに来るように言づかった。六波羅はこの方向だ。五条の橋を渡った更に東にある」

役人が指し示した方向には、東山が人の寝姿のように鎮まっていた。

五条の橋を渡り、鎌倉幕府の武士たちが暮らしているという一帯を過ぎると、そこはもう東山の麓だった。大小様々な寺が並ぶ中に、ひと際大きな甍が目に入った。西光寺に違いない。

なだらかな坂を上ると、寺の土塀らしきものの手前で、小さなお堂を建てていた。何の飾りもない白木造りで、中には仏像が祀られているようだった。昭建は思わず合掌して観音経を唱えた。すると、お堂の裏で唱和する声が聞こえた。

「昭建。ここが六道の辻。新しい極楽浄土の入口だ」

実浄だった。真新しい墨染めの衣に萌黄色の鮮やかな袈裟という、見違えるような姿になっていた。

「六波羅の役人たちも、やっと人は死ぬものだということに気づいたらしい。この奥の谷に斎場と墓場が出来た」

「もう鴨川に遺体を捨てる人はいなくなるということですか」

「それは無理だ。ここへ運べば銭がいる。河原に捨てる人間はいなくならないだろう。今は見張りがいるらしいから、暫くは他の場所に捨てる。しかし、見張りがいなくなれば、また元に戻る」

「銭を受け取らなければ、皆、ここへ運ぶのではないですか」

「わしたち遊行の聖はどうやって飯を食う」

「誰かが銭を肩代わりすればいい」

「誰が見知らぬ遺体に銭を出す。身内で何とかするしかないのだ」

「幕府は出さないでしょうか」

「とてもそんな余裕はないだろう。京の都だけでも日に何人が死ぬと思う。今は、出来る範囲で供養するしかない。鴨川の上流や大堰川でも河原で火葬する者が現れ、六波羅の役人が動かざるを得なくなったらしい。北山や西山にも斎場が出来た」

「遺体はどうやって運ぶのですか」

「ここで遺体を受け取り牛車で運ぶ」

「法要の時間は今までと変わりないのですか」

「昭建はもう法要に加わる必要はない」

「何故です。私も供養したい」

「これは遊行の聖の仕事だ。お前は受戒して官の僧になれ。偉くなって、唐・天竺へ行って本物の仏法を学ぶのだ。そして、銭などなくても皆が救われる世をつくってくれ」

「実浄さんはどうするのですか」

「ここを極楽堂と名づけた。奥には施療院をつくるつもりだ。遊行の聖を集めて、まだ生きている者の役に立ちたい」

「備中の福岡で、知り合いの僧が病に罹った人の世話をしていました」

「そうか。流行病がうつらない術など、いろいろ教えて貰いたいこともある。是非、知り合いになりたい」

「覚明さんといいます。大山寺にいたのですが飛び出してしまいました」

「人には、それぞれ進むべき道がある。昭建は昭建の道を歩むのだ。生死を極め、全ての人を老いや病の苦しみから救ってくれ。わしは当分の間、ここでこんな袈裟をつけて、この道を歩いてみる。知らぬ間に河原に帰っているかも知れんがな」

いつもの実浄の笑顔があった。

「生死を極める」。

実浄が昭建に贈った言葉は、十二歳の童行の理解を越えていた。しかし、漠然とではあったが、自らがその核心に触れない限り人に何かを伝えられないことは分かったような気がした。修行というのは、多分そのためにあるのだろう。

昭建は宗隆に訊ねてみた。

「この寺は三宗兼学の道場とのこと。どのようにすれば、三つの宗派を学ぶことが出来るのでしょう」

「それは当寺を建立する際に比叡山と高野山を黙らせるためにとった方便でしかありません。実際には、経典が少し伝えられているぐらいで臨済宗以外の僧はいません。しかし、三宗兼学を宣言してしまった以上、大っぴらに禅の修行も出来ず、皆、困っているのです」

「三聖寺ならいいということですか」

「三聖寺は独立した寺です。それでも、都では比叡山や高野山がうるさい。無為老師も鎌倉へ移ることを考えているようです」

「私も無為老師の下で、禅の修行することが出来るのでしょうか」

「老師が言われたように受戒しなければ、正式な修行僧にはなれません。それまでは童行として学ぶべきことをきちんと身につけることです」

「作法や経文を覚えるということですか」

「それも大切な修行の一つです。僧侶としての基礎でもあります。道元禅師も正しい振る舞いや作法がそのまま仏道だとおっしゃっています」

「宗隆様は禅の修行はされていないのですか」

「師の蔵山老師が住持になられたので、今は侍僧を務めています。それ以前は蔵山老師が住持を務めていた三聖寺で修行していました」

「童行でも出来ることはありませんか」

「童行の間は、仏門の基礎を身につけることです。他には、様々な書物を読んでおくことだと思います。仏教以外の考えにも触れておくことが大切だと思います」

「将来、唐・天竺へ渡るには何を身につけておけばいいのでしょう」

「この寺の開山・円爾弁円禅師をはじめ、多くの禅僧が宋の国に渡って学んでいます。蔵山老師も若い頃に宋に渡って修行されています。一度お聞きしたことがあるのですが、会話が自由に出来れば、もっと充実した修行生活が出来ただろうとおっしゃっていました。筆談で微妙な感覚を伝えるのは難しいのでしょう」

「漢語を学ぶにはどうすればいいのでしょう」

「鎌倉建長寺の開山・蘭渓道隆禅師をはじめ、元から多くの禅僧が来ています。そんな方について学べばいいのではないでしょうか。昭建は大陸に渡りたいのですか」

「よく分かりません。ただ、唐・天竺と辿れば、より本物の仏法に触れることが出来るのではないかと思えるのです」

「あちらでは多くの寺が山中にあると聞いています。修行するには、権力や俗世間から離れる必要があるのでしょう。多くの寺が公家や武士の菩提寺となっているこの国の有り様とは大分違うようです。私も是非行ってみたい」

「共に参りましょう。私の兄は商人になると言っています。兄が船で連れて行ってくれます」

「それは楽しみです。それまでに、いろいろ学んでおく必要がありそうです」

それからの日々、昭建は充実した時間を過ごすようになった。

午前中を自らの勉学にあて、経典や様々な書物に接した。分からない言葉や文章は、宗隆をはじめとする先輩僧が丁寧に教えてくれた。

午後は、雑務をこなしながら積極的に外へ出ることを心がけた。

住持・蔵山老師の侍僧としてあちこちの寺を訪れる中で、この国の仏法が持つ広がりを実感したからである。天台や真言の寺には東福寺と全く異なる雰囲気が漂い、住持や僧侶の物腰も同じ仏教とは思えないほどだった。何がどう違い、どちらが自分にふさわしいのか、自分の目で確かめたいと思ったのだ。

時間があれば実浄の極楽堂を訪れて法要に参加した。実浄も昭建の充実した日常を知って黙認した。

東山の山中に斎場がつくられたことが人々に知られ、町中や河原に遺棄される死体は減ったらしい。ところが、今度は六波羅の周辺に捨てられる死体が増えた。夜中に捨てておけば極楽堂が処分してくれると思われているらしかった。

「放っておくわけにもいくまい」

実浄たちは近隣から苦情が出ないよう、夜明け前に起き出して死体を処分した。

いつものように極楽堂の朝の法要を終えて中小路の屋敷を訪れようとした昭建を、鴨川の河原で弥助が待っていた。

弥助は二条康智の使用人であり、最近はほとんど会う機会がなかった。

「弥助さん、久し振りですね。お元気そうで何よりです」

「こちらこそ、ご無沙汰しております。今日は、どうしてもお話ししておかなければならないことがあってお待ちしておりました」

「清子さんのことですか」

「ご存知なのですか」

「いいえ、何も知りません。しかし、中小路の爺様の様子を見ていると、何かあるのだろうと感じていました。最近は、清子さん本人も様子がおかしい」

「私も最近まで、あんな娘さんが何処のお屋敷にいたんだろうというぐらいにしか考えていなかったのですが、近くの屋敷の雇人が昭建さんのことを心配して知らせてくれました。清子は、今流行りの白拍子だそうです。うちの康智公が中小路様に紹介したようです。昭建様を中小路家の後継にするには、美しい女性を近づけることが一番だと……」

「確かに、美しい方です」

「もう半年以上経ちますが、何かありましたか」

「中小路の屋敷以外で会ったことはありません。それに、私は僧侶です。妻を娶ることは出来ません」

「昭建様のことですから大丈夫だと思いますが、一つ間違うと人生を踏み外します」

「有り難うございます。皆が傷つかない方法を考えます」

昭建は、その日もいつものように中小路家で清子と共に昼食をとり、いろいろな都の話を聞いた。その内容は、宮中の噂話から町家のもめ事まで、驚くほど多岐に渡っていた。

「清子さんは、そんな話を何処で聞いてくるのですか」

「父や雇い人が教えてくれます。昭建さんにお話ししようと、一生懸命覚えてきます」

「私は、故郷のこと以外、話してあげられるようなことがありませんでした。それに、もう少しすると、僧侶になるための修行に入ります。暫く、こちらに来られなくなります。お蔭で、楽しい時間を過ごしました。心よりお礼を言います」

「もう、会えないということですか」

「数年間は無理だと思います。受戒すれば、更に難しくなります」

清子は全てを理解したようだった。

ある朝、朝課を終えた昭建は住持の蔵山に呼ばれた。蔵山は七十歳を超えて体調を崩し、最近は弟弟子にあたる無為がその代役を務める機会が増えていた。

隠寮に入ると、床に臥した蔵山の姿があった。

「昭建がまいりました」

「入りなさい。そして手を貸してくれ」

昭建の手を借りて床の上に坐した蔵山は見違えるほど痩せていた。

「以前から昭建に伝えておかなければならないことがあり、気になっていた」

昭建が用意してきた白湯を渡すと、うまそうに飲んだ。

「白湯がこんなに甘いとはのう。渇いてみるものじゃ」

表情に少し赤味がさしたようだった。

「昭建は、詩文を覚え受戒して大きな寺の僧侶になることが目的の童行とは少し違うようだ。その上、将来は唐・天竺へ渡って学びたいと聞いた」

「僧侶は全ての人を救うことが出来ると聞いて育ちました。僧侶になるために唐・天竺へ行って学ぶ必要があるのなら、是非、行ってみとうございます」

「この国の仏教は今、大きな転機を迎えている。護摩を焚いて国の安穏や公家の繁栄を祈禱するものから、人はどう生き、どう死んでいくのかを考える本来の仏の道に帰ろうとしている。経典を読めば誰もが分かることだ。仏陀は、そのために家を捨てて厳しい修行に耐え、大悟されたのだ」

「老師が宋に渡られたのは仏の道を求めてのことでございますか」

「宋に渡って禅の奥義を極めた我が師・円爾弁円禅師の勧めもあって海を越えた。仏の道とは何であるか、禅とは何であるかに触れることは出来たが、悔むことも多い。何よりも、滞在を許された三年の間に言葉の壁を乗り越えることが出来なかった。今、鎌倉には宋が滅んで元となった彼の国からやってきた多くの僧がいる。受戒した後は鎌倉に移り、彼らから言葉を学べ。そして、海を越え、よき師を求めて年月を限らず修行せよ。全てを学び尽くすのだ」

「京の都では修行出来ないのでしょうか」

「ここにいたのでは、比叡山に気を遣って自由な修行さえ出来ない。一朝一夕に、公家たちの思いが変わることはないだろう。無為にも鎌倉へ移るように言ってある。鎌倉から京の都に新しい風を送るのだ」

それだけ言うと、蔵山は横になってしまった。

受戒を間近にしたある日、昭建は宗隆に呼ばれた。

「昭建、受戒では僧として守るべき戒律を仏の前で誓わなければなりません。その中には、女性と交わらないという戒律もあります。大丈夫ですか」

「女性と交わるというのは、性的な関係を意味しているのでしょうか」

「そうです。婚姻だけでなく、それ以外でも性的な関係を結ぶことは許されません」

「大丈夫です。私は出家した身です」

「中小路家で、度々女性と会っていたのではないですか」

「清子という人です。いい香りがする美しい女性でした。心が動かなかったかと言えば嘘になりますが、今はもう会っていません。私は、仏道を歩むことを選びました」

「何人もの僧が、女性のことで進む道を誤りました。道を変えるなら、受戒する前にした方がいい」

「私は予定通り受戒し、僧侶になって仏法を極めます」

# 出家

暫くして、昭建は比叡山で受戒した。授戒会は、一年に一度だけ戒壇院を開けて営まれる行事で、戒壇が東大寺と延暦寺にしかないところから、他宗の僧侶もどちらかで受戒せねばならず、延暦寺の権威の象徴のようになっていた。その年は三日間で五十名ほどが受戒した。ともあれ、昭建は国が認めた官僧になったのだ。

受戒を終えた昭建は正式な東福寺の僧として、朝晩の勤行以外にも様々な務めを果たすことになった。それまでは、侍僧として住持の身の回りの世話をしているだけだったが、一人の僧として様々な法要に参列するようになった。

殊に、藤原摂関家の一翼を担う二条康智が吹聴したこともあって、昭建を名指しで依頼してくる法要が増えた。

あちこちの寺や公家の館を訪れる中で、昭建は自分たちが特権的な地位にいることを知った。国が認める僧の数が限られていることもあるのだろうが、どこへ行っても丁重なもてなしを受けた。僅か十五歳で、僧侶としての修行も何も修めていない昭建にさえ過分と思える饗応がなされた。そして、同行する僧侶の多くが当たり前のようにそれを受け入れていた。法要の後には酒や鳥肉、魚などの食事が用意され、皆、素知らぬ顔で飲食した。

「食事は布施行である。供されたものを食べないのは布施を拒否することに等しい」というのが、先輩僧たちの言い分だった。決して酒や鳥肉、魚に手をつけることのない昭建が特別な存在として注目されるほどだった。

昭建は、祖父・弥頼の葬儀に参列した大山寺の僧を思い出していた。色とりどりの衣を身に纏い、勿体をつけた仕草で人々の嘲笑を受けていた僧に、今、自分がなっているのではないかと愕然とした。

覚明は、ここから抜け出すために大山寺を離れ、福岡の宿の施療院で病に倒れた人々を看病しているのだ。そして、実浄たち遊行の聖は、僧侶に弔いを依頼することさえ出来ない人々のために河原で汗にまみれて名もない死体の供養をしていたのだ。

「よき師を見つけ、学ぶのです」

「唐・天竺へ行って本物の仏法を学ぶのだ。そして、銭などなくても皆が救われる世をつくってくれ」

覚明と実浄の言葉が蘇った。

昭建は、体調を崩して退いた蔵山順空に従ってその隠居所へ移った宗隆を訪ねた。

「禅の修行をするにはどうすればよいのでしょう。ここでは、正式な修行は出来ないのでしょうか」

「禅は師資相承といいます。自ら師を選び、その師の下で道を究めるのです。そのためには、修行道場に入る必要があります。殊に最近は、宋から公案禅が伝えられたこともあって、朝晩、師に参禅する必要があります。ところが、東福寺は三宗兼学の道場で、今は禅の修行道場をつくることが出来ないのです」

「私の師は無為昭元老師ですか」

「無為老師は得度の師です。本師はこれから自分で見つけるのです」

「私がそんな方と出会う機会があるのでしょうか」

「求め続ければ必ず出会うことが出来るでしょう。それまでは、今まで通り自らを磨くことです」

「しかし、あちこちの公家や武士の館を訪ねて勤行するだけの今の暮らしには耐えられません」

「東福寺には坐禅堂があり、毎朝、何人か集まって坐っています。正式な修行道場ではないので参禅はありませんが、心を静め自分を見つめることは出来ます。初めての者には坐禅の基本も指導してくれます。行って、体験してみてはどうですか」

「宗隆様は参加されないのですか」

「私も東福寺にいる間は参加していました。今は蔵山老師のお側にいることが務めです」


翌朝、夜が白みはじめた時間に坐禅堂を訪れた昭建は目の前の光景に驚いた。薄明かりの中で、二十人ほどの僧が坐っていたのだ。その多くは、顔を見知った僧だった。誰もが目を半分開いて岩のように動かなかった。

〈これが坐禅なのだ〉

昭建は動くことも出来ず、坐禅堂の入り口で立ち尽くした。

「カーン」

どこかで柝《ひょうしぎ》が打ち合わされる音がすると、張りつめていた堂内の空気がゆるんだ。坐っていた僧侶たちは合掌して立ち上がると、三々五々、昭建の傍らを通って境内へ散っていった。

「昭建か」

見知らぬ若い僧が近づいてきた。

「私は隆玄。昨晩、宗隆があなたのことを伝えに来ました。加わるのなら、坐禅の基本を教えます」

「是非、お願いします」

誰もいなくなった坐禅堂で、隆玄は足の組み方から呼吸の仕方まで丁寧に教えてくれた。何度も繰り返しているうちに、昭建は次第に坐ることが苦にならない姿勢に出会えたような気がした。しかし、一つ分からないことがあった。

「坐っている間、こころはどこにあればいいのでしょう」

「私にも分かりません。師の蔵山老師は、『心を無にせよ』と言われましたが、その無が分からないのです。それを求めることが坐禅なのでしょう」

「毎朝、坐っているのですか」

「毎朝です。時を告げる大鐘の前に方丈の鐘が三つ鳴ります。それを合図に、皆、集まってきます」

「明日から参ります。よろしくお願い致します」

「ここでの坐禅は、ほんの入り口にすぎません。一日も早く師を見つけて、修行道場に入ることです」

昭建は、仰ぎ見ることさえ出来ない頂きの麓に佇んでいるような気がした。

翌日から、昭建は一日も欠かすことなく朝の坐禅に通った。

最初は線香一本が限度だった足の痛みも、十日もすると線香二本分坐っても平気になった。ところが、足の痛みがなくなると今度は周囲が気になり、心をどこに置けばいいのかますます分からなくなった。

「坐禅に精神を集中する呼吸方法があります。自分で自分の呼吸を数えるのです。十まで数えたら、また一に戻ります。大切なのは、下腹に気を集めてゆっくりと吐き切ることです。吐き切れば自然に吸うことが出来ます。周囲を忘れて坐禅に集中出来るまで、それを繰り返すのです」

それが隆玄の答えだった。

やってみると雑念が入る余地は減り、集中し易くなったように感じられた。

新たな世界が開けるまで目の前の道を進む以外になかった。

それから約半年、昭建は東福寺の僧としての務めと早朝の坐禅を何とか両立させた。坐禅はやればやるほど奥が深く感じられ、坐り続ける以外、極める術がないことが分かった。

実質的な東福寺住持である無為は、昭建の坐禅堂通いを知っているのかどうか、顔を合わせても何も言わなかった。しかし、坐禅堂に通い始めて以来、京都から離れて宿泊が必要な出仕の回数が極端に減ったことを考えると、昭建の動向は全て把握されているように思えた。

そんなある日、久しぶりに遠出の依頼があった。あちこち法要が重なり、人手が足りないのだという。

昭建は無為と共に、江州の田上に開眼する龍祥寺の法要に加担することになった。住持に無為の高弟が晋山するため、全国から会下の僧が集って法要を営むという。

昭建は初めて東山を越えた。峠を下ると目の前に湖が見えた。

「琵琶湖だ。ここからはほんの一部しか見えないが、琵琶の形をしている。比叡の山から見ると、その大きさが分かる」

共に隠侍を務める先輩の僧が教えてくれた。

一行が湖畔に出ると船が待っていた。人が十人は乗れる大きさで、普段は荷物を運んでいるようだった。岸を離れると帆を上げ、滑るように水面を走った。

琵琶湖は湖だということが信じられないぐらい大きかった。沖に出ると小さな波が立っていたが、ほとんど揺れを感じることもない快適な船旅だった。

対岸に着くと迎えの僧が待っていた。

「老師、遠路を有り難うございます。皆、お会い出来ることを楽しみにしております」

そこから更に田園地帯を歩くと、山並の麓に龍祥寺があった。禅宗の寺らしく、本堂の他に三十人以上が坐れる坐禅堂や、住持が暮らす隠寮を備えていた。

隠寮に入った無為を、多くの弟子たちが訪れ挨拶した。

「老師、久方ぶりの参禅、よろしくお願い申し上げます」

多くの僧が同じことを無為に告げた。

「どれだけ練れたか楽しみだ」

無為も同じ返事を繰り返した。

その夜、坐禅堂は言うまでもなく、本堂や庫裏に至るまで、あちこちで坐禅する僧侶の姿があった。四月に入ったとはいえ、夜はまだ冷え込む季節だったが、境内は坐禅する僧侶の熱気でむせかえっていた。

「カーン」

何処からともなく鐘の音が聞こえると、坐禅していた雲水が三々五々立ち上がって、隠寮に向かった。

「皆、久しぶりに無為禅師に参禅出来るとあって、いささか興奮しているようだ」

あっけにとられている昭建に壮年の僧が囁いた。

「参禅です。皆、無為禅師に公案の見解をお示ししている。お会い出来なかった間に、どれだけ練り上げたか判断していただくのです」

「禅の修行には公案が必要なのですか」

「今の臨済禅では必要とされています。数千あるといわれる公案を師の指導を受けながら一つひとつ練り上げ、階段を上るように成長していくのです」

「それほど大切なものなら、どうして東福寺で参禅しないのですか」

「都には、まだ比叡山や高野山の力が残っているからです。だから心あるものは鎌倉や九州に掛搭しているのです」

「ここにいる方たちは、そんなに遠くから来ているのですか」

「皆、もう一度無為老師に参禅したいと考えて集まってきたのです」

「無為老師は鎌倉へ移られるのですか」

「今すぐかどうかは別にして、近いうちに移られるでしょう。今のままでは弟子を育てることは出来ない」

話をしている二人の前を、参禅を終えた何人もの若い僧が通り過ぎていった。そのほとんどが顔を真っ赤にして脂汗を流していた。

「一対一の真剣勝負です。皆、見事に跳ね返されてしまいます。私も、最初の一つを通るのに一年半かかりました。公案は何千則あるのに、一つに一年半かかったのです。それが修行です。私はこの寺の住持・大峰昭宗。さて、私も列に並ばねば」

昭建は合掌して見送るしかなかった。

その夜、庫裏の片隅で衣にくるまっていた昭建は、脂汗を流して目の前を通り過ぎた僧の姿を忘れることが出来なかった。脂汗を流すほどの一対一の真剣勝負とはどんなものなのだろう。

身体は疲れ切っているにも拘らず眠ることが出来なかった。尿意を感じて東司に向かった昭建は、月明かりに照らされた庭に蹲る黒い影を見つけて足を止めた。よく見ると、それは坐禅する僧だった。ほぼ等間隔に並んで、大勢の僧が坐禅していた。あたかも、月明かりを浴びることで心身を清め、感覚を研ぎ澄ましているように見えた。

残り二日間、住職の大峰と無為が交代で導師を務め、法要は無事に円成した。早朝と夕方には参禅が行われ、僧たちは競うようにして隠寮の廊下に並んだ。

二日とも、住職の大峰が列に加わる姿が見られた。師から悟境に達したと認められた弟子には印可というものが与えられ、弟子を指導する立場になるのだと昭建は聞いていた。無為の高弟として龍祥寺を開いた大峰も印可を受けているはずだ。その大峰が何故、参禅の列に並ぶのか昭建は理解出来なかった。

参禅を終えた大峰に思い切って尋ねてみた。

その答えは、十五歳の昭建に進むべき道をはっきりと示すものだった。

「自ら道を求めない者が、どうして人を導き、道を指し示すことが出来よう」

それだけ言うと、大峰は禅堂に入って静かに坐禅を始めた。

三日間の法要が終わった後、昭建は龍祥寺に留まることを大峰に願った。許しが出れば、そのままここに残って修行するつもりだった。

大峰の答えは意外なものだった。

「私はまだ人を育てるほどの力量を備えていない。何より、無為老師がご健在な間、私は修行僧の一人にすぎない。昭建は鎌倉へ行くといい。鎌倉は京の都と違って自由に禅の修行が出来る」

突然、鎌倉という選択肢が示され、昭建はどう返事していいのか分からなかった。

大峰は構わず続けた。

「鎌倉の禅興寺に約翁徳倹老師という宋で八年間修行された方がいる。この法要にも、京都から鎌倉へ移って修行している僧が加担に来ている。彼らが帰参する時に同行するがいい。京都であれこれ迷っているより、鎌倉でみっちり修行することだ。一日も早い方がいい」

昭建の報告を聞いた無為は大いに喜んだ。

「ここで旅支度をして、すぐに発て。約翁老師は蘭渓道隆禅師の法嗣。今、最も勢いのある禅僧だと聞いている。その膝下で思う存分鍛えて貰うがいい。私もそのうち鎌倉へ移るつもりだ。再会を楽しみにしている」

二条家には東福寺から連絡することになり、慌ただしく昭建の鎌倉入りが決まった。

鎌倉からは四名の僧が加担に来ていた。禅興寺から来ていたのは鈍庵翁俊で、もともと無為の下で修行していたが、二年前に窮屈な京都での修行を嫌って鎌倉に移ったらしい。二十歳ということだったが、既に、修行僧らしい落ち着きを身につけていた。

「鎌倉へ行けば全てが解決するというわけにはいきませんが、京都にいるよりはずっといい。あなたには求めるものがあるようだ。鎌倉で見つからなければ、元の国に渡ればいい。共に精進しましょう」

鈍庵は屈託なく言い切った。

旅は思っていたより厳しかった。基本的には臨済宗の寺に泊めて貰うのだが、寺によって待遇に大きな差があった。食事や宿泊施設だけでなく、翌日の食糧まで心配してくれるところもあったが、ほとんどは建物の片隅を提供してくれるだけだった。この旅は春ということもあって何とか凌げたが、季節によっては眠ることとさえ出来ないだろう。

昭建が一番驚いたのは、そんな中でも鈍庵たちが朝晩の坐禅を欠かさないことだった。少しでも時間があれば、四人の僧が競うように坐った。寺の縁側や庭は勿論、寺が見つからなくて野宿した折には、空腹のまま河原で坐った。

昭建も共に坐ってみた。最初の二、三日は周囲が気になって落ちつかなかったが、龍玄に教わった呼吸法を試してみると、どこでも坐れるような気がした。不思議なことに、空腹の方が坐禅に集中出来ることも発見した。

何よりも、自然の中で坐っている修行僧の姿が美しいことに感動した。月明かりの下で坐っている姿は、まさに仏そのものだった。

江州を出発して十日ほど経ったある日、一行は箱根の山を越えて小田原の大法寺に掛錫した。その寺は約翁にゆかりの僧が住職をしているらしく、手厚いもてなしを受けた。

翌日には鎌倉に入るということもあって、汗と埃で色が変わってしまった衣を洗い、体を湯で拭いた。野菜がたっぷり入った雑炊を食べた後、住職が旅をねぎらう席を設けてくれた。

「長い旅を御苦労さまでした。無事で何より。明日は鎌倉です。今日はゆっくり休んで、疲れを癒して下さい」

皆に、酒と干し柿などの菓子が振る舞われた。

酒を前にして戸惑っている昭建に代わって鈍庵が口を開いた。

「有り難うございます。我らは未だ修行中でございますれば、酒は遠慮いたします。皆様は遠慮なく」

「我らも修行中……」と言いながら、三人の僧は酒の魅力に勝てなかった。住職と三人の僧は酒を、昭建と鈍庵は菓子を食べて和やかな時を過ごした。

「昭建さんは美作の出と言われたが、昔、ここ小田原から美作に嫁いだ方がいた。何でも、嫁ぎ先は都から流された公家の一族らしいが、彼の地で大成功を収めたらしい。北条家にゆかりのある高木家の姫だが、大切にされて幸せな一生を終えられたと聞いている」

「それは我が建家のことと思われます。五代前の先祖が都から追放され、美作で建を名乗りました。二代目の篤頼という方が、関東から妻を迎えたと聞いております。その方々のお蔭で今の繁栄があります」

「何と不思議な御縁ではないか。百年の時を越えて、美作と小田原が繋がった。高木家がこの寺を立てる際には、美作から過分の寄進があったと聞いている」

「祖父の時代でしょうか。私は全く記憶がありません」

「高木家の当代が知ったら、どんなに喜ぶだろう。禅興寺に昭建さんを訪ねさせます。何しろ、血が繋がっているのだから、必ず力になってくれます」

# 相見

翌日の早朝に小田原を発った四人は、まだ陽のあるうちに鎌倉に入った。建長寺と円覚寺に帰る三人の僧と別れ、昭建は鈍庵に案内されて禅興寺に向かった。

源頼朝が鎌倉に幕府を開いて百十年余り。北条氏が執権として権力を握ってから百年の年月が流れた鎌倉は、京都とは全く違う風情だった。全てが簡素で、気持ちがいいほどあっさりしていた。武士がつくると、町はこうなるのだろう。

「京の都は、公家と武士が入り乱れて何も出来ない。東福寺も円爾弁円禅師をお迎えしたのだから禅宗のはずなのに、公家どもに気を遣って三宗兼学の道場にしてしまった。今は建仁寺も同じらしい。鎌倉には公家がいない。だから思う存分、禅の修行が出来る」

禅興寺が近づいたのだろう。鈍庵の足が少しずつ早くなった。

「あれが禅興寺です」

指差す方向に目を上げると、緑の山肌に甍が点在していた。

「禅興寺は、北条時宗公が父親の時頼公が開いた最明寺という寺に、建長寺の開山でもある蘭渓道隆禅師をお迎えして創建されました。代々、蘭渓禅師の弟子が住職を務め、今は約翁徳倹老師が務められている。修行僧は常に二百人余りいる。ぼんやりしていると参禅することも出来ない」

三門の下に立った昭建は、京都の寺とあまりに違う建築様式に驚いた。大陸の寺は見たこともないが、これが唐風なのだろう。

「渡来の祖師方は建築の技師などを伴って海を渡って来られた。だから、建長寺や円覚寺には、こうした異国情緒が漂っている。修行道場の制度や規則も彼の国のままだ。これから少しずつ、この国に合ったものに変えていく必要があるでしょう」

伽藍も全て、都の寺とは雰囲気が違っていた。三門、仏殿、法堂などが斜面をそのまま利用して配置されていた。石段を上がらない限り、次の建物に辿りつくことは出来ない。庫裏や方丈も地形を生かして配置されており、境内は自然の荒々しさをそのまま残していた。建物は全て唐風で、装飾の彫刻には見たこともない動物や文様が施されていた。昭建は一瞬、異国に迷い込んだのではないかと思ったほどである。

翌朝、昭建は約翁徳倹に相見することになった。

約翁については、蘭渓道隆の四傑の一人として厳格な家風を守り続けているという印象しかなかった。その厳しさを求めて、昭建は鎌倉までやってきたのだ。

役僧に案内されて隠寮に入ると、驚いたことに約翁がそこに坐っていた。

六十歳ぐらいだろうか、柔らかな微笑みを浮かべて昭建を見つめた。

「東福寺の昭建、当寺への掛搭を求めて挨拶に参りました」

役僧は無為が記した書状を捧げて約翁に渡した。約翁は、書状を見ることもなくそのまま傍らの文箱に入れると、待ちかねたように声をかけた。

「昭建、今日から諱を元光と改めよ。私は昨晩、仏たちが天から降りてきて山河を光り輝かせる夢を見た。目が覚めて、何が起こるのか楽しみにしていたら、お前がやってきた。あまねく世間を照らす光となるよう励むがいい」

厳しい見性を求められるに違いないと考えていた昭建は低頭する以外なかった。

その頭上を、恐ろしい言葉が通り過ぎた。

「元光、昭建の名と共に過去を全て捨てよ。生まれ変わって生死を極めるのだ。若い故に時が残されていると思うな。今という瞬間を生きるのだ」

約翁の表情から微笑みが消えていた。

「元光を僧堂に迎え、単を与えよ」

「委細、承知」

役僧の声が境内に響き渡った。


約翁にとって、元光は貴重な原石だった。

受戒して官僧の資格を得ることが出来る公家や地方豪族の子弟の多くは、自ら望んで出家したわけではなかった。生きる術として、親から僧侶という職業を与えられるのだ。それ故に、修行が厳しければ、居心地のいい場所を求めてすぐに道場を移った。漢詩や和歌を弄ぶことが僧侶の嗜みだと勘違いしている者も大勢いた。

約翁は師の蘭渓禅師に従って建仁寺にも遷ったが、京都で禅の修行が出来ない原因の一つは、修行僧の多くがそれを望まないからだと考えていた。

そうした中で、元光は自ら望んで出家し、厳格な修行を求めて鎌倉に下って来た稀な存在だった。六十歳を超えて出会った最後の法嗣になるかもしれないと考えていた。

何としても一人前の禅僧に育てる決意だった。

昭建はその日から禅堂の末端に席を与えられた。

後で分かったことだが、僧堂に入るには漢詩や偈頌をつくるなどの厳しい試験があるらしい。約翁のひと言で決まることは異例らしかった。

周囲の奇異な視線が集まる中、鈍庵が朝起きてから寝るまでの僧堂生活を指導してくれた。その内容は東福寺や三聖寺の暮らしとは大きく違っていた。

最も大きな違いは、僧堂に入った修行僧は朝課と坐禅、作務と呼ばれる掃除以外はほとんど何もしないことだった。寺の雑務には専任の僧があたっているようだった。

蘭渓道隆や無学祖元が来朝して開創された鎌倉の寺々は、南宋の禅林の制度や暮らしをそのまま採用していた。住持が中国人だったこともあり、日常生活そのものが大陸風であり、説法も中国語で行われていたという。

やがて、住持が日本人の弟子に受け継がれるようになると、少しずつ日本化が始まった。元光が禅興寺に掛搭した時代は、まさにその過渡期にあったのだ。

約翁は宋で八年修行している間に中国五山の諸師に歴参しており、様々な僧堂を体験していた。中にはまるで貴族のような暮らしをしている住持もいれば、修行本位に枯淡な暮らしを貫いている住持もいた。

約翁は日本と中国での体験を生かして、理想の僧堂をつくり上げようと模索していた。

# 修行

十日もすると、元光は僧堂の暮らしにすっかり馴染んだ。奇異の目で見ていた先輩の修行僧も、辛いはずの僧堂生活に自然に溶け込んでいく元光を見て、徐々に態度を変えていった。

隣単の僧は文照と名乗った。筑紫の出身で、歳は元光より三歳上らしい。筑紫の豪族の四男で、幼い頃から書物が好きだったというだけで、無理やり出家させられたという。詩文に親しんでいたために、漢詩の試験も問題なく通ってしまったらしい。

作務の合間に言葉を交わすようになった。

「もうすぐ雨安居という厳しい修行に入ると聞きました。僧侶になれば、ずっと書物を読んで詩でもつくっていればいいと言われたのに、ここは違うようです。あなたは、それを分かっていて来たのですか」

「はい。本物の修行がしたくて京都の東福寺から移ってきました。怖くもありますが、楽しみでもあります」

「東福寺では修行出来なかったのですか」

「禅だけを学ぶことが出来ないのです。天台や真言も学ばなければならないことになっているようです」

「ここへ来て初めて知ったのですが、禅は書物から離れることを目指しているそうです。私はどうして京都ではなく、鎌倉に来てしまったのだろう」

「師によっても修行内容に違いがあるようです。自分にふさわしい師に出会うことが大切だと聞いています。この国で出会えなければ、海を渡ればいいと言われました」

「十六歳で、そんなとんでもないことを考えているのですか。何より、もうすぐ始まる厳しい修行に耐えられるかどうかですね」


数日後、昭建は約翁の隠寮に呼ばれた。

「無事に僧堂生活を送っているらしい。三日もすると雨安居の接心に入る。接心に際しては、皆、公案というものを心に抱いて坐っている。公案が何か分かるか」

「祖師方の言行を通して坐禅工夫するための課題だと心得ています」

「祖師の語録を読んだことがあるか」

「あります。『臨済録』と『無門関』です」

「それは話が早い。それで、理解出来たか」

「全く分かりませんでした。ただ、文字を目で追ったに過ぎません」

「では、『無門関』の第一則を最初の公案としよう。『趙州狗子』と言われているものだ。『趙州ちなみに僧問う。狗子に仏性有りや。州いわく、無』と言われているものだ。この『無』の境涯を示せ」

「承知いたしました」

そう言って隠寮を出たが、元光には『無』の境涯を示すことの意味がよく分からなかった。『無』と言った趙州の心を推し量るということなのか。

考えながら単に戻ると文照が待っていた。

「何の公案をいただきましたか」

「『無門関』の『趙州狗子』です。分からないのは、師が言われた『無の境涯を示せ』ということです。趙州和尚のこころを推し量れということなのでしょうか」

「私は『臨済録』の『赤肉団上に一無位の真人有り』という公案をいただいているのですが、一ヶ月たっても全く分かりません。しかし、祖師のこころを推し量るということではないようです。『自分のこころを持ってこい』と厳しく言われました」

ますます分らなくなってしまった。持ってこいという自分のこころとは何なのだろう。

雨安居の接心の前日、僧堂の責任者である首座の祥龍が元光と文照を自分の部屋に呼んだ。

「明日からは勝手に単を離れてはならない。また、朝晩の二度鐘が鳴る。住持に参禅して見解を述べるように。それから承知していることと思うが、参禅の室内での言行は決して他人に漏らさぬこと。それぞれがどんな公案を抱いているのかも他の人間に話してはならない」

文照が思わず息を呑んだ。

「どうした。誰かに話したのか」

「申し訳ありません」

二人揃って低頭した。

「禅の修行の目的は己事究明にある。己自身を究めることが全てだ。他人に相談してどうする。分からないことがあれば、役位の僧に尋ねよ。勝手に判断して僧堂を乱してはならない。それから昭建、小田原の高木家から多額の喜捨があった。修行に励むことだ」

その後、本堂で全員揃って総茶礼が行われた。文照は緊張して茶碗を持つ手が震えていた。

「勉旃、勉旃……」

約翁の叱咤が全員を包み込んだ。


接心は予想を遥かに超えた厳しさだった。僧堂生活に慣れていないということもあったが、長時間の坐禅で足が痛くて公案どころではなかった。一定の時間を置いて禅堂内を歩く経行の時間があるのだが、とても間に合わなかった。

朝晩、鐘が鳴ると修行僧の多くが師の待つ隠寮へ参禅に向かった。

しかし、元光も文照も師の前で披歴出来るような見解に辿りつけないでいた。何よりも、足の痛みを克服して接心の時間の流れに自分を同化させることに精一杯だった。

一度も参禅することなく三日経った。

百人近い修行僧がいるのだから、新参の元光が参加しなくても約翁の心に留まることはないと思っていたが、周囲の様子を見ているとそれでは済まなくなることは明らかだった。

しかし、足の痛みは薄れたが、何故か坐禅に集中することが出来なかった。東福寺で半年かかって辿りついた境地の手前で跳ね返されているような気がした。そこから先へ入ることが出来ないのだ。大勢で坐っているからなのか、その原因は分からなかった。

そんな中、何か答えを用意しておかないと大変なことになるのではないかという思いで、『趙州狗子』に取り組んだ。

〈犬にも仏性はあるのか〉という問いには、仏教では当然〈ある〉と答えざるを得ないだろう。一木一草、全てに仏性が宿るというのが仏陀の教えである。

それに対して趙州は〈無〉、そんなものはないと答えた。当然あるものを、〈無〉というからには、何か理由があるということなのだろう。答える必要がないほど、当然のことだという意味ではないだろうか。

見解は、〈仏性はあそこにもここにも、あらゆるものに宿っております。有るのか無いのか、それさえ考える必要もないということです〉に落ち着いた。

暫くすると鐘が鳴り、修行僧が急ぎ足で隠寮に向かった。行くべきかどうか迷っていると、首座の祥龍が元光と文照の前に立った。

「参禅しなければ僧堂にいる意味がない」

文照が居た堪れなくなって単を下りると、走るようにして隠寮に向かった。元光も早足で続いた。

隠寮の前には、十数人が列をつくっていた。皆、廊下に坐り込んで目をつむり、考えを纏めているようだった。

「有り難うございました」

悲鳴のような声に続いて、隠寮から修行僧が一人転がるように出てきた。紅潮した顔は汗まみれで頭から湯気が出ているようだった。

続いて入室した修行僧は、すぐに出てくると、下を向いたまま足早に禅堂に向かった。見る間に文照の順番が来た。よく見ると手足が震え、既に汗をかいているようだった。

「行ってくる」

心配していると、意を決して立ち上がり、自分の声に背中を押されるように入室していった。

意外にも、文照は長い時間出てこなかった。元光の後ろに並んだ修行僧が、何かあったのではないと腰を浮かせたところで襖が開いた。

姿を現した文照は別人のように落ち着いていた。何があったのか分からないが、何度も参禅を経験した修行僧のような風格さえ漂わせていた。元光に視線を送って頷くと、ゆっくりと禅堂に向かった。

文照を見送った元光を促すように、役僧が奥の襖を指し示し、襖を開けて部屋に入る仕草をした。

　元光も意を決して、参禅室の襖を開けた。

「元光でございます」

　意外にも、柔らかい表情の約翁がいた。

「三日や四日の坐禅で入室出来るとはたいしたものだ。元光に与えた公案と、その見解を述べよ」

　元光は低頭すると勇気を振り絞った。

「いただいた公案は『趙州狗子』でございます。趙州和尚の『無』の意味は、仏性はあらゆるものに宿っているため、有るのか無いのかを考えることに意味がないのではないかと推量致します」

　約翁はしばらく何も言わなかった。

　追い出されると思い、元光が低頭したまま後ずさりすると、噛んで含めるようにゆっくりと言葉を発した。

「禅とは人の思いを推量することではない。自己を究めるのだ。知恵を働かせている間は真理に近づくことなど出来ない。趙州和尚が『無』と発した境涯を自分のものとすることだ。

元光、坐りきってみよ」

約翁はそれだけ言うと、ゆっくり頷いた。

元光は体中から汗が噴き出していることに気づいた。参禅のために姑息な知恵を絞った自分が堪らなく恥ずかしかった。禅堂に帰った後も、体中から汗が噴き出して止まらなかった。

その夜、開枕の鐘が鳴った後、坐具を抱えて禅堂を出ていく修行僧に気づいた。夜坐だ。龍祥寺の境内や庭で坐っていた修行僧の姿が浮かんだ。

元光も布団を抜け出して衣を身につけ、坐具を持って庭に出てみた。禅堂から出ただけで周囲の空気が変わった実感があった。

境内は建物の影がはっきり分かるほど明るかった。空を見上げると、満天の星空に半月が浮かんでいた。この空の下でなら集中出来るかもしれないという予感がした。

改めて見てみると、建物の縁側や軒下に多くの修行僧が坐っていた。皆、一定の距離を置き、そこが定位置であるかのように整然と坐っていた。毎日の営みの中で自然に決まった位置なのだろう。

元光は月明かりを全身に浴びたいと思い、出来るだけ建物を離れて庭に出てみた。中央に池をつくり、周辺を石の回廊で結んだ異国情緒溢れる庭である。その水辺に、ちょうど一人が坐れるほどの石があった。坐具を置いて坐ってみると、坐禅するために置いてあるのではないかと思われるほど身心共にぴたりと納まった。

いつものように呼吸を整えるために一から十まで繰り返して呼吸を整えた。最初は池に流れ込むせせらぎの水音が気になったが、いつの間にか忘れることが出来た。

頭に浮かんだのは約翁の言葉だった。

「知恵を働かせるな。趙州和尚の境涯を自分のものとすることだ。坐りきってみよ」

今はただ坐るしかなかった。その向こうに何があるのか分からないが、坐る以外の道は示されていないのだ。

池の縁に坐る十六歳の修行僧を、半月が包み込むように照らした。

その日から、ひたすら坐禅する元光の姿があった。新参の修行僧には、朝課や作務などの準備や片付け、禅堂での雑事などあったが、朝夕の坐禅と夜坐以外にも僅かな時間を惜しむようにして坐った。

ひと月経った頃には体が僧堂生活に馴れ、禅堂で坐っていてもより集中出来るようになったという実感があった。

それでも、夜坐で感じる集中力とは次元が違うように思われた。庭で坐っていると、冷たい外気に晒されているにも拘らず、目に見えない大きなものに抱かれている感覚があった。最初、元光はそれが仏性ではないかと考えた。目には見えないが、何時もそこに存在し包み込んでくれる存在。それこそが仏性ではないのか。ならば、犬にも仏性はあるはずだ。それを『無』と言い放つ趙州和尚の境涯とは何なのだろう。

考えれば考えるほど分からなくなった。

「知恵を働かせるな。坐りきってみよ」

坐り切らない限り答えは出ないのだろう。

六月に入ると大接心の準備が始まった。七日の間、横にもならずに坐禅を続けるのだ。参禅と食事、東司以外は単を離れることさえ許されない。参禅は朝晩二回、見解のあるなしに拘わらず全員が行なう総参になる。

元光は経験がないために想像するしかなかったが、周囲の緊張感が日を追って高まっていくのが手に取るように分かった。中には暫暇と称して僧堂から逃げ出す修行僧もいた。首座の祥龍でさえ顔つきが変わり、修行僧たちに注文をつける機会が増えた。

梅雨の走りのような雨が降る日に大接心が始まった。茶礼もなく、前日の薬石の席に明日から総参であることを告げる張り紙があっただけだったが、僧堂全体が一気に張り詰めた空気に包まれた。

振鈴で起床して用を済ますと、いきなり坐禅だった。二炷坐ると経行の時間があったが、すぐに単に戻って坐禅を続けなければならなかった。次の二炷目が立てられて暫くすると鍾が鳴り、古参の修行僧から順に隠寮に向かった。皆、緊張感で顔が強張っていた。

元光も列に並んだが、新しい見解があるわけではなかった。

「禅とは人の思いを推量することではない。自己を究めるのだ……」

趙州の『無』が、巨大な影となって元光に覆いかぶさっていた。

四日間参禅したが、約翁の口からは一言も発せられなかった。ただ低頭するだけの日が続いた。目新しい見解を示すことが出来ないのだから当然のことだったが、何か手掛かりが欲しかった。このままでは、最初の公案に数年かかるという噂話が現実になりそうな気がしていた。

しかし、大接心の間は横になることが許されていないために、疲れが溜って体力は限界まで来ていた。新しい考えなど浮かびそうになかった。古参の僧たちは、坐ったまま眠る坐睡で体力を維持しているのだが、元光のような新参の修行僧にとって、坐禅の姿勢で眠ることは至難の技だった。舟を漕ぐように体が揺れ、前か後ろへ倒れてしまうのだ。中にはそのまま眠ってしまう僧もいたが、役僧に禅堂の外に連れ出され、二度と単に帰ることはなかった。

五日目の早朝、さすがに参禅が辛くなってきていた。しかし、総参と決まっている限り行かないわけにはいかない。ウトウトしながら、どう見解を示せば約翁が言葉を発してくれるのかを考え続けていた。

その時、突然、隣の単に坐っていると思っていた文照が目の前を横切った。東司へ行っていたのだろうが、いないことに全く気づいていなかった自分に驚いた。いつも、隣の単には文照がいると思い込んでいたのだ。

「あっ!」

元光は思わず声を発した。

仏性などないのだ。誰もが、全てのものにあると信じ込んでいる仏性そのものが、実は無いのだ。だからこそ、趙州は『無』といったのだ。犬に仏性がないのではなく、仏性そのものが存在しないのだ。

「無。もともと、仏性などありません」

その朝の参禅で元光が発した言葉である。

「では、仏性とは何だ。お前は、ないはずの仏性を求めているのか」

約翁は、それだけ言うと黙ってしまった。

つかんだと思った趙州の『無』が、またするりと逃げ出したような気がした。


残りの二日間、それ以上の見解を示すことが出来ずに大接心は終わった。しかし、雨安居の接心が終わった訳ではなく、練り返しと称する接心が続いた。参禅は独参になり、見解のある者だけが参禅室に入ればよかった。

元光は一度も参禅することなく、雨安居は残り二日となった。

「元光は、明朝参禅するように」

薬石の後、祥龍が伝えた。

翌朝、鍾が鳴るとすぐに元光は隠寮に向かった。さすがに大接心の後だけに参禅する修行僧は少なかった。

「元光が参りました。いただいている公案は『趙州狗子』。仏性のありかは未だ分かりません」

低頭する元光の頭の上で、約翁の笑い声が聞こえた。

「元光、齢は幾つだ」

「十六歳でございます」

「仏陀でさえ、お悟りを開かれたのは三十路の半ばを過ぎておられた。急ぐな。本当に仏性など何処にもないのか、誰にも真実は分からない。いろいろ体験を重ねる中で練り上げていけばいい。今は、道を切り開いて前に進むための準備をしておくのだ。いずれ、元の国へ渡る日も来るだろう。漢語を学び、その準備をしておけ。日常の会話だけでは大切な法を受け継ぐことなど出来ない。私は彼の地で大いに後悔した。幸い、今は多くの大徳が海を越えてこの国に来ている。その方たちの下で、出来る限り彼の国の言葉と心を学んでおくのだ」

「この国にいたのでは仏法は分からないということですか」

「京の都を考えてみれば分かるだろう。天皇家や公家たちが仏法を政に利用し、多くの僧侶が本来の活動を忘れて右往左往している。権力と無縁にならなければ修行など出来はしない。彼の国の寺が山深い地にあるのは、権力と距離を置き修行専一に励むためでもある。ここ鎌倉も、京の都ほどではないにしろ雑事が多いと蘭渓禅師も嘆かれていた」

「彼の国では、どのような修行が行われているのでしょう」

「いつの日か、自らの目で確かめるといい。それまでは、彼の国を理想化してはならない。何も特別なことが行われているわけではない。今、鎌倉で行われている修行道場の規矩は蘭渓禅師が伝えられたものだ。しかし、形は伝えられても、そのこころを伝えることは難しい」

「こころは失われてしまっているということですか」

「形にとらわれればこころを見失う。形を、この国に見合ったものに変えながら、こころを忘れずに伝えなければならない。政とは無縁だ。仏法の目的は自己を究めること以外にない」

その言葉を聞いた瞬間、元光は仏性のありかを知ったように思えた。自己を究めるということは、自らの中の仏と出会うことなのだ。

雨安居が終わって周囲を見廻すと、相当の人数の修行僧が僧堂を去っていた。皆、大接心を経験して自信を失うらしい。

「毎年のことだ。志のある者だけが残ればいい」

多くの無人の単を目の前にして戸惑う元光や文照に、祥龍は何事もなかったように笑っていた。

「次は師走の臘八大接心が待っている。それまでに、せいぜい自分を磨いておくことだ」

季節は既に夏の気配に包まれていた。京都と違って海からの風もあり、格段に過ごしやすそうだった。

朝晩の勤行と坐禅以外は自由な時間が与えられることもあって、元光は漢語を学ぶことを願った。

「建長寺に浄空という若い渡来の僧がいる。昨年来たばかりで、まだこの国の言葉を自由に操ることが出来ないそうだ。互いに教え合ってはどうか」

隠侍を通して約翁の言葉が伝えられた。

浄空は元光と同じ齢だった。南宋の王家の血筋に生まれたが、元の侵攻で両親を失い、寺に逃げ込んで出家したのだという。それでも命の危険を感じた住持が遠い縁を頼って海を渡らせ、建長寺に入れたらしい。

一緒に漢語を学びたいという文照を伴って建長寺を訪れた。

ひ弱な若者を想像していたが、浄空は小柄ながら凛々しい面構えをしていた。渡来して一年余り経っていることもあって、日常の会話には不自由しないらしい。

「詩文なら幼い頃から教養として教え込まれましたが、禅はほとんど学んでいません。お役に立てるかどうか自信がありません」

「日常の会話から教えて下さい。難解な用語は、共に考えましょう」

「詩文も教えて貰えると有り難い。今、この国で詠まれている漢詩はあまりに軟弱すぎる」

「偈頌と漢詩が混在しているのです。つくり手が僧侶であるなら、そこに境涯が詠み込まれていなければならないでしょう。韻を踏むなどの技術にとらわれて、大切なことが忘れられているのです」

「僧侶として、ある境涯に達しないと偈誦は詠めないということなのでしょう」

元光の言葉に文照は言葉を返せなかった。

雨安居の接心で、文照は得意の漢詩を通じて見解を示そうと考えた。約翁にも許され、最初のうちは自分でも満足のいくものが出来ていた。ところが、大接心に入るとすぐに行き詰ってしまった。自らの心境に進歩がないのに詩が詠めるわけがない。

　あまりの辛さに逃げ出して京都へ帰ろうと思ったが、約翁のひと言で踏みとどまった。

　それは、大接心最後の参禅だった。何とか『赤肉団上に一無位の真人有り』の公案を漢詩に詠み込み、自らの境涯らしきもので結んでみたものの、それまでとあまり変わり映えしなかった。すぐに追い出されることを覚悟していると、予想外の言葉が返ってきた。

「文照。西行法師を知っているか」

「この国を代表する和歌の詠み人でございます」

「武士を捨て出家した西行法師は、当初、歌詠みの僧と蔑まれていた。ところが、諸国を遍歴して修行を重ねる中である境涯に達した。それ以来、西行法師が詠む歌は人々の心に深く染み入るようになり、歌聖と呼ばれるに至った。その境涯を察することが出来るか」

「見当もつきません」

「『歌は真言なり』。自分が詠んでいる歌は仏の言葉だという。そう思えば、歌をないがしろにすることは出来まい。文照も、漢詩を仏の言葉だと思って詠んでみるといい」

　その日から、文照は詩をつくることが出来なくなった。そして、接心最後の日の参禅では白紙を差し出した。

「勉旃、勉旃。文照、楽しみにしているぞ」

文照は、その日一日涙が止まらなかった。拙い漢詩を読み続けてくれたばかりでなく、進むべき道まで示してくれたのだ。

それ以来、文照には幼いころから親しんで来た漢詩が全く違うものに見えた。西行が到達した頂きは遥か高みにあるにしても、その存在を知っただけで歩み続けることが出来るように思えたのだ。

そして、その日から夜の庭で坐る文照の姿が見られるようになった。自らを高めない限り、詩など詠めないことを悟ったのだ。

その年の夏から秋に掛けて、建長寺と禅興寺を行き来しながら学ぶ三人の姿が見られた。二ヶ月もすると、二人とも漢語の日常会話は不自由なく話せるようになった。経典に親しんで来たので、読み方に苦労することはなかった。殊に、文照は韻を踏むことを常に意識していただけに、見事な発音で浄空を驚かせた。

浄空もほとんどの物の和名を覚え、敬語や謙譲語を学ぶ段階にまで到達していた。

登るべき頂きを目指してひたすら歩み続ける……。

それは三人にとって至福の時間だった。

九月に入って蜩が鳴き始めた頃、いつものように建長寺で三人が集まっているところに禅興寺から使いが来た。元光を訪ねてきた難波の商人を案内してきたというのだ。

難波の商人といえば和泉屋藤兵衛しか思い浮かばなかったが、和泉屋がわざわざ元光を訪ねる理由が分からなかった。

待たせてあるという書院へ入ると、懐かしい頼兼の笑顔がはじけた。

「駒。会いたかったぞ。今は、元光と名を変えたそうだな」

「頼兼の兄上。これは夢のようだ。何と逞しくなられたことか」

「昨日、鎌倉の港に入った。ここで荷と人を積んだら二、三日内に元の国に向かう」

「いよいよ、海を越えての商いですか」

「戦より貿易だ。元の王もやっと気づいたらしい。幕府の鑑札を貰って、正式な商いを始める」

「今は難波にいるのですか」

「故郷の高田を屋号にして、難波に小さな店を持った。今回は和泉屋と一緒に船を出すことにした」

「父上や母上はお元気ですか」

「ふた月ほど前に美作に帰った。二人ともお元気だ。禎頼の兄上が妻を娶り、姉上が備中に嫁いだ」

元光の脳裏に、家族で過ごした幼い頃の日々が昨日のことのように蘇った。

「今、こうしてここにいることが信じられません」

「鎌倉で信じられないと言っていたのでは、唐・天竺はどうなる。約束通り、駒が行きたい所なら、地の果てへでも連れて行ってやるぞ」

その夜は文照と浄空も交えて、夜遅くまで語りあった。

元との交易は、まだ完全に認められているわけではないようだった。少しずつ実績を積み重ね、互いを認め合っていくしか方法がないというのが頼兼の考えだった。

浄空から元の情報を得て、頼兼は大いに喜んだ。

「一度交易してしまえば、自然に道が開ける。互いに欲しくてしようがない珍しい品物が手に入るのだから、止める理由などない。あるとすれば、それぞれの国を治めている者の欲望や意地が邪魔する時だろう。元の王が遊牧の民の血を引いているといっても数代前のことだ。

きっとうまくいく」

「誰もが自由に海を渡って往来できる日が来るのでしょうか」

「来る。いや、来るようにしなければならない」

「私も早く行ってみたいものです」

「いつでも声をかけてくれ。必ず無事に送り届ける」

「兄上の船で海を越えるなど、本当に夢のようです」

頼兼は三日間鎌倉に滞在し、元に向かって出航していった。幕府の親書を携えた武士と大量の銀を積んだと聞いた。


秋が深まると、僧堂は接心に向けて準備を始める。臘八の大接心は、仏陀が七日間坐禅して成道したという故事に因んだもので、寒さが伴うだけに雨安居の大接心より厳しいと言われていた。

首座の龍祥から、漢語を学び続けるなら修行本位の立場から寺の雑務をこなす立場に移して時間をつくるという話があったが、元光と文照はそのまま修行することを望んだ。何より、やっと手掛かりがつかめた境地を確認しておきたかった。

接心が始まってみると、驚くほど多くの新参者がいて驚いた。元光の単が中央付近に移動したほどだった。多くは、正式な僧堂修行を求めて京都からやってきた修行僧だった。

このままでは京都から修行僧が居なくなってしまうという危機感から、東福寺や建仁寺でも禅の修行が出来るようになるらしいという噂が真しやかに流れた。何よりも、禅に帰依する法皇や公家も出てきたことが大きいという。そして、京都で正式な僧堂が開単される時には、約翁が指導に向かうという話も伝わってきた。

接心も一度経験しているだけに、落ち着いて迎えることが出来た。何より、参禅とは何なのかが分かったことで、坐禅に対する考え方が大きく変わった。

「坐りきれ」という約翁の言葉の意味が腑に落ちたことで、目的が明確になって坐禅の苦痛から解放された。また、自己を究めるためには、日々の暮らしを精いっぱい生きるしかないことも直感的に理解出来た。

「今朝は振鈴の音で起床し、無事、朝課を勤修致しました」

接心の最初の参禅で元光が示した見解である。

約翁は、こう返した。

「無事、是れ貴人」

こんなやり取りが繰り返された雪安居明けの日、約翁は元光に新しい公案を示した。

『如何なるかこれ仏法の大意』

提唱する臨済に、ある僧が仏法の肝心の所は何かと尋ねたところ、臨済は手にしていた払子を静かに立てた。僧が「かーつ」と一喝すると、臨済が払子で僧を叩いたというものである。

「『趙州狗子』を透過したわけではない。この公案に参ずればより深みがえられよう」

元光は、ただ低頭した。

# 京都へ

年が明けても、禅興寺には修行道場にふさわしい落ち着いた時間が流れていた。修行僧が二百人近くいながら人の声がほとんど聞こえないという異様な空間だったが、誰もそのことに気づかないほど統制が取れていた。約翁が目指してきた理想の僧堂が形づくられようとしているのかもしれない。

元光、文照、浄空の三人は定期的に集まり、漢語と日本語を教え合いながら、至福の時を過ごしていた。

そんな空気を一変させたのは、桜の花が咲き始めた頃に執権・北条師時が約翁に遣わした使者だった。上洛して、建仁寺住持を務めよというのだ。

噂としては耳に届いていていたが、そんなに早く実現するとは誰も考えていなかった。何しろ、蘭渓禅師でさえ思い通りにいかなかったのだ。天皇家や公家の一部が禅に帰依したといっても、権勢を恣《ほしいまま》にしてきた比叡山や高野山がおとなしくしているとは思えない、というのが山内の大勢だった。多くの修行僧が京都から移ってきているだけに、その意見には説得力があった。

しかし、禅興寺は北条氏の氏寺に等しい。その経営の全てを頼っていると言っても過言ではない。その北条氏が使者を遣わした以上、約翁の上洛は動かし難いというのが役僧たちの意見だった。

五月に入ると、約翁が師時を訪れ上洛を承知した。建仁寺住持就任は後宇多法皇の勅命だという。

今度は、誰が随行し、禅興寺はどうなるのかが話題になった。修行僧にとって、住持が変わるということは師が変わることを意味する。皆、約翁の徳を慕って集まってきているだけに動揺を隠せなかった。

そんな中で、元光は二度目の雨安居の接心を迎えようとしていた。

僧堂では、接心が近づくと修行僧は多忙になる。修行に集中するために、衣・食・住に惑わされることがないよう準備しておくのだ。

元光も自分の身の回りの品々を点検し、文照と共に繕いなどの支度をしていた。

突然、役寮から呼び出された。

「文照と元光は約翁老師に随行して上洛することになった。この接心は役寮の従僧として、侍僧の仕事を学ぶように」

それは突然のことだった。やっと鎌倉での僧堂生活に慣れ、進むべき道が見え始めたところだ。出来れば、新しい住持の下で修行生活を続けたいと思った。

「このまま禅興寺で修行を続けるわけにはいかないのでしょうか」

「約翁老師は京の都に修行道場を開単するために上洛されるのだ。老師の下で修行を続けるがいい」

それ以上、返す言葉が見つからなかった。

「また、禅興寺へ帰ってくるのでしょうか」

文照は紅潮していた。都に行けることが嬉しいらしい。

「今は分からない。しかし、老師が帰られるのなら当然一緒だろう」

「いつ、上洛するのでしょう」

「霜月か師走になる。臘八を終えてから、移られるのかもしれない。心配するな。役寮に居ても坐禅は出来る」

しかし、役寮の従僧の仕事は想像以上だった。仏殿や法堂での法要の準備。日々の食事の支度。老師の部屋の清掃や参禅の準備など、二百人以上の僧侶が動くためには信じ難いほどの時間が必要だった。一年間それに気づかず、役寮の僧侶を軽く見ていた自分が腹立たしかった。

他にも、寺を維持するために、最大の外護者である北条家やその御家人、都の公家や新興の地方豪族との折衝など、修行道場には似合わない雑務が数多くあった。修行だけを目的とするなら、京都のみならず、鎌倉もふさわしい場所とは言えないようだった。唐の時代から、名僧たちは権力から距離を置くために、山深い地に寺を建立してきたという話が初めて理解出来た。

鎌倉の山々が新緑に包まれる頃、元光は十七歳になった。

「お頼み申す」

雨安吾を無事に終えた七月のある日、禅興寺の玄関に聞き覚えのある声が響いた。

「どーれ」

役寮にいた元光が返事をすると、先方でも声の主が分かったようだった。

「高田屋頼兼、只今参上」

玄関に出ると、頼兼の真っ黒に日焼けした笑顔が待っていた。

「どうして駒が迎えてくれるのだ」

「僧堂から役寮に移りました」

「さっき聞いたばかりだが、約翁老師が都の建仁寺に移ることと関わりがあるのか」

「はい。私も一緒に移るように言われております」

「それは駒にとっていいことなのか、それとも意に染まないことなのか」

「分かりません。しかし、約翁老師について行きます」

「そうか、あとでゆっくり話そう。今は、元から連れてきた僧侶を案内してきた」

頼兼の後ろに、糞雑衣を着て小さな荷物を抱えた三人の若い僧侶が立っていた。

一年前の八月から、頼兼は元との間を二往復した。現在の王は日本と闘うことを望んでおらず、幕府が平和を願う使者を送ったこともあって、商売は順調だという。しかし、今も元の国内では蒙古人と漢民族の間に様々な問題が横たわっており、かつての南宋の寺は迫害され続けているらしい。そのために、今回も十人を越える僧侶が日本に渡ることを望み、港の役人も見て見ぬふりをして乗船させたという。日本から帰国した僧などの情報から、京都より鎌倉の方が来日僧に理解があると考えて、ここまで乗船してきたのだという。

ところが、幕府の役人も僧の数が多いために処分に困り、取りあえず各寺で数人ずつ引き受けるということになった。鎌倉の大きな寺の開山は南宋からの渡来僧であり、受け入れ側に抵抗はないようだった。

身分の高い僧から建長寺、円覚寺などの順で二、三人ずつ受け入れることになり、禅興寺には三人の若い僧が入寺することになったのだ。

元光が浄空から学んだ漢語で挨拶すると、ホッとした様子で微笑んだ。

「駒は漢語が話せるのか」

頼兼が目をむいて驚いた。

「約翁老師の勧めもあって、将来、唐・天竺へ渡るために学んでいます。まだ、日常の会話が出来る程度です。仏法を語り合えるまでになっておく必要があります」

「日常の会話が出来ればたいしたものだ。彼らに、日本語を教えてやってくれ。約翁老師の上洛の折には必ず迎えに来る。船で難波の津に入れば、都はもうそこだ。勅命なら話も早い。幕府の役人に話しておく」

「師走になりそうです。海は荒れませんか」

役寮で話に加わった文照が心配した。

「大丈夫。一番大きな船を使うつもりだ。波にも強いし荷物もたくさん運べる。何より、年寄りには身体が楽だ」

元光は備前への旅で、船の便利さに驚いたことを思い出していた。

「船でどこまで行くのですか」

「難波の津に入って船を替え、淀川を遡れば都はすぐだ。駒は都に落ち着いたら、一度美作に帰って両親に顔を見せることだ。皆、会いたがっている。私がいくら立派になったと言っても信用出来ないようだ」

「お許しが出たら、そうします。私も皆に会いたい」


夏の終わりに、禅興寺の次の住持として東福寺開山円爾弁円の法嗣で約翁の弟弟子にあたる直翁智侃が決まったが、秋の深まりと共に僧堂は落ち着きを失っていった。

随行の僧は元光と文照の他に、鈍庵たち京都出身の僧が三名発表されているだけだった。僧堂だけでも首座・書記など六役があり、寺の運営にもそれ以上の人数が必要だと考えられており、当然、役位の僧が数人追加されると思われていた。殊に、今回の上洛が勅命によるものだけに、都では旧仏教側との厳しい勢力争いが待っていると予想される。それを乗り切るためには、約翁が気心の知れた古参の弟子たちを同行するのは当然だった。

雪安居が近づいたある日、山内の動揺を治めるために最終発表が行われた。しかし、そこにあるのは最初に示された五名の名前だけだった。

「禅興寺がそのまま都に移って何の意味がある。新たな修行道場を築いてこそ価値がある。残る者は、新たな住持と共に禅興寺を盛り立てよ」

雪安居の茶礼で約翁は言い放った。

僅か五人で、栄西以来、多くの禅僧が成し得なかった京都における修行道場開単に挑もうというのだ。

〈約翁禅師に参禅出来る最後の大接心かもしれない〉

その年の臘八大接心は、次の住持に決まった直翁も代参を務め、大いに盛り上がった。

元光と文照も役寮の務めを半ば放棄して二人に参禅した。

そして、元光は大きな発見をした。同じ蘭渓道隆の法嗣であり、二人とも大陸での修行経験がありながら、指導法に大きな違いがあるのだ。

約翁がじっくり修行僧の見性を待つのに対して、直翁にはぐいぐいと引っ張って行くような力強さがあった。

それが時々耳にする家風と言われるものだとしても、修行僧にとっては見過ごすことが出来ない問題だと思われた。

先人たちも自らが納得出来る家風を求めて行脚し、時には海を渡ったのだろう。


大接心が終わるのを待っていたかのように、約翁は京都に向かうことになった。随行する僧は僅か五人。船を仕立てて迎えに来た頼兼が拍子抜けするほど荷物は少なかった。

頼兼が用意した新造船は長さ十丈、幅四丈、高さ三丈余りの巨大な船だった。船底が深くて着岸出来ないため、小舟に乗って沖に出て乗船した。

全員の乗船を確かめると船内を掛け声が飛び交い、高田の屋号を染め抜いた帆を上げて勢いよく冬の相模湾に船出した。

頼兼が自慢するだけあって、冬の海に出ても安定しているように思えた。

「風にもよりますが、十日もあれば難波津に着きましょう。船を乗り換えて淀の川を遡れば、都には年内に入れます」

頼兼が自信満々に約翁に伝えた。

「私が大陸に渡った船はもっと小さかった。心強い限りだ」

「元の国の港には、信じられない大きさの南蛮からの船が停泊していました。まだ、私たちには学ばなければならないことがたくさんあるようです」


「今日は富士の山が美しい」

船人の声で全員が甲板に出た。

冬の青空に真っ白な富士山が屹立していた。その姿は、美しさを越えて荘厳だった。約翁が数珠をとりだして合掌した。

「元へ行くには大海原を越えなければなりませんが、今度の航海はずっと陸を見ながらの旅です。ゆっくり寛いで下さい」

その日から、約翁は随行の五人に建仁寺での僧堂運営についての思いを少しずつ語った。その内容は修行本位の簡潔で分かり易いものだった。

当時の鎌倉の禅林では、蘭渓道隆や無学祖元をはじめとする南宋からの渡来僧が大陸で行っていた寺院経営の様式をそのまま踏襲していた。しかし、この禅は貴族化しており、大きな組織と巨額の資金を必要とした。住持の周りには常に五人ほどの侍者がいて日常生活の世話をするなど、当時の貴族の暮らしを踏襲していたのだ。

約翁は蘭渓の下で修行しながら、語録に見える唐代の祖師たちの修行本位の禅に憧れを抱いていた。

海を渡ったのは、その禅を求めてだったと言える。そして、八年間滞在し、中国五山の住持に歴参したが、師と仰ぐ人物に出会うことが出来なかった。

そこで、都市から遠く離れた天目山の大覚正等禅寺を訪れた。寺は山深い地にあり、まるで隠遁するかのようにひっそりと修行していた。

許されて住持の高峰原妙老師に参禅したが、来日した師の蘭渓道隆とあまりに違う師家がいることに驚いた。

高峰は、語録に出てくる言葉の意味を一つひとつ解説しながら、公案を紐解いた。唐の時代と南宋では言葉の意味も変化し、逸話そのものに飛躍がある。その時代背景系に基づいて吟味すれば、もっと地に足が着いた解釈が出来るというのだ。

高峰は、その原因は僧侶が権力と結びつき、独立性を失ったことにあると喝破した。権力者の興味を引くために、突然の悟りという奇跡を演出する必要に迫られ、公案の有り様自体を変えてしまったというのだ。

「人の心は弱いものだ。そのために、戒律がある。しかし、戒律もまた人がつくったものだ。

自分たちの都合に合わせて変えることが出来る。だから、権力に近づかないことだ。私たちが天目山に籠って修行する理由はそこにある」

しかし、三十歳代だった約翁には一足飛びに悟境に達する南宋の禅も魅力的だった。高峰も大陸で出会った師家の一人として記憶の奥に仕舞い込んでしまった。

高峰の存在が気になり始めたのは、自らが師家として修行僧に接し始めてからだった。閃きだけで公案を透過していく修行僧もいたが、決して長続きしなかった。じっくり公案と向き合い、悩み苦しみながら参禅した者の方が大成する確率が高かった。

鎌倉では、蘭渓や無学が逝去し、日本人が住持を務めるようになっても、行事や生活は変わることなく南宋の様式が受け継がれていた。

約翁は、そうした僧堂の暮らしそのものを簡略化し、修行だけを目的にした寺をつくりたいと考えていた。今、変えておかないと、権力に取り込まれてしまった旧仏教と同じ轍を踏むことは明らかだった。

だからこそ、少人数の若い修行僧だけを連れて京都に向かう決心をしたのだ。鎌倉から遠く離れた建仁寺入寺は絶好の機会になるかもしれないという思いがあった。

途中、水と食料を積みこむために二ヶ所ほど寄港し、八日目に紀伊串本の港に入った。

「順調に来ています。この調子なら明後日には難波に着きます」

大海原を渡って元の国へ行ったことが自信になっているのだろう。頼兼は二十歳を過ぎたばかりとは思えないほど大人びて見えた。


雪だった。

明るく広大な海原を航海していた日から僅か五日。約翁一行が到着した京の都は雪に覆われていた。それも、都の人々が近年経験したことがないほどの大雪だった。

「雪履なしではとても歩けない。様子を見よう」

頼兼は山崎の津に宿を見つけて、暫く逗留することを考えているようだった。

「少しでも早く建仁寺に入りたい」

約翁は、すぐに出発することを願った。

「このままでは無理です。どうしてもと言われるなら馬を用意します」

「お願いしたい」

約翁の脳裏には三十年余り前に建仁寺に入った師・蘭渓道隆の姿があった。蘭渓は栄西が開創した後、三学兼修の道場だった建仁寺に入り、臨済禅の寺としての立場を確立させた。

その後、北条時頼の死去などで建長寺に帰るのだが、流言讒訴《ざんそ》を受けて甲州に幽閉されてしまった。その間に、建仁寺は旧勢力によって再度、三学兼修の道場の色合いを濃くしてしまったのだ。

約翁の建仁寺入寺は、師が果たせなかった積年の思いを背負っていた。

約翁の言葉を受けて、馬と雪から足を守るための鹿の皮、藁靴、大きな笠が用意された。

半日かけて辿り着いた都は一面の雪に覆われていた。強大な権力を象徴する大伽藍も、僅かに人々の命の営みを支える掘立小屋も、強烈な悪臭を放つ河原の塵埃も、等しく真っ白な雪に覆われていた。

建仁寺の三門が見えると約翁が馬を降りた。

「雪が、権力も身分も全て仮の姿だということを教えてくれているようだ。この穢れなき純白の世界に、この国の禅を共に打ちたてようぞ」

笠をはずし、衣の雪を払うと膝まである雪道に力強く歩を進めた。朝、剃ったばかりの頭に雪が容赦なく振りかかったが、約翁は笠を元光に渡すと叉手の姿勢で三門に向った。同行していた頼兼が雪を掻くために前に出ようとしたが、鈍庵に止められて行列の後ろに回った。

それほど、約翁の気迫は凄まじかった。

そして、一行が三門まで十丈ほどの距離に達した時、驚くべき光景が繰り広げられた。雪景色の中に突然百人近い僧が現れたのだ。

雪の中、一行の到着を待ち続けていたのだろう。笠も衣も雪に覆われ、参道の並木と一体になっていた僧が一斉に笠をとり、約翁に向かって低頭したのだ。僧たちの肩に積った雪の高さが、約翁への期待の大きさを告げていた。

約翁は一瞬立ち止まったが、気力を振り絞るように三門に向った。そして、真っ白な境内に向かって身体を投げ出すように三拝した。

〈必ず、この地に純禅の道場を打ちたてる〉

元光も文照も溢れる涙を止めることが出来なかった。


建仁寺では、十名ばかりの役僧を残して、ほとんどが僧堂で修行出来るようになった。鎌倉から同行した五名は、もともと建仁寺にいた古参の僧の下で実務を担当することになった。

元光には湯薬という役職が与えられた。侍者の中でも、常に住職に近侍する役位であり、一般にはそれなりの経験を積んだ僧が就くと考えられていた。鈍庵や文照もそれぞれに年齢や経験を越えた役職に就いたために、山内を様々な意見が飛び交った。

自分たちの存在が改革の邪魔になっているのではないかと案じた鈍庵が、約翁にそのことを告げた。

約翁は微笑みながら答えた。

「古から、『人をよく用ふる者は、うちに親をさけず。外に讎《しゅう》をさけず。これ材、これ用いるのみ』と言うではないか。噂をいちいち気にしていたのでは何も出来ん。五人を同行した意味を考えよ」

年が明けると二月十五日の仏涅槃会に向けて接心の準備に入った。

新住持を迎えて初めての接心でもあり、最初は全員に緊張と戸惑いがあったが、約翁が全員に相見することで解消された。

新しい体制も約翁が考え抜いたものだけに、すぐに受け入れられた。何よりも、勅命によって都での禅の修行が公に認められたという喜びが僧の間に満ちていた。

厳寒の中、参禅を知らせる鍾の音が夜明け前の隠寮に鳴り響いた。

三月、元光に外出の許しが出た。中小路家から再三提出される要求に役僧が困惑し、元光に訪問を指示したものだった。

役僧の気の毒そうな笑顔に見送られて三門を出ると、京の都は二年前のままだった。

元光は中小路家がある御所の方向とは反対の、東山に向かって歩きだした。ずっと気になっていた実浄の極楽堂を訪ねることにしたのだ。

六波羅は建仁寺からは目と鼻の先だった。見慣れた家並みを抜けると、極楽堂の額を掲げた小さな門が見えた。建築中だった白木の堂がなければ、見過ごしてしまいそうな門だった。

門を入ると、思っていた以上に奥行きがあった。寺の伽藍というより、町家風の建物が数軒並んでいた。

「食わないと元気になれんぞ」

聞き覚えのある実浄の声が聞こえた。

開け放たれた入口に立って声をかけた。

「お願い致します」

もの凄い勢いで実浄が現れた。

「建仁寺に入ったと聞き、いつ来るかと待っていた」

墨染めの衣をたくし上げて帯にはさみ、袖は襷掛けした紐で留めてあった。袈裟もつけず、以前の遊行僧の姿に戻ったようだった。

「申し訳ありません。なかなか外出する機会がありませんでした」

「僅か二年で人はここまで変われるものか。若いということは素晴らしい。名も元光になり、大変な出世をしたと聞いている」

「出世など無縁です。師の身の回りのお世話をしているだけです」

「それを世間では出世というのだ。ところで、修行は順調か」

「鎌倉ではみっちり坐禅出来ました。京都でも続けるつもりです」

「都では禅に対する風向きが少し変わったようだ。東福寺も修行道場を開く準備に入ったらしい」

「約翁老師の上洛は後宇多法皇の勅命です。公家も僧侶も従わざるを得ないでしょう。大切なのは、どう変わるかです」

「どう変えようとしているのだ」

「僧侶が公家や幕府と結びついていたのでは、まともな修行など出来ません。元の国では寺の多くは山中にあって権力と距離を置いているそうです」

「比叡山や高野山のようにか」

「比叡山や高野山も当初は修行道場にふさわしい地として選ばれたのです。それが、いつの間にかもう一つの権力になってしまった。約翁禅師は建仁寺で、都の中心に修行道場が出来るかどうか試しているのだと思います」

話をしている二人の横を、若い遊行僧が湯を運んでいった。

「極楽堂はうまくいっているのですか」

「斎場へ運ぶ遺体は別の場所に安置所をつくった。極楽堂は生きている者たちが病と闘う場になった。今、施療院に二十人ほどいる」

「費用はどうしているのですか」

「幕府が出さざるを得なくなった。毎年、決まった銭をくれる。それから、町衆の布施が大きい。時には米や薬草を運んでくれる」

「実浄さんの志が皆さんに理解されたのです。やはり、何事もやってみることですね」

施療院を案内されたが、驚くほど清潔で気持ちのいい施設だった。

「以前に見た福岡の施療院より立派です」

「昨年、その福岡へ行って覚明からいろいろ教えて貰った。隣の建物は、流行病の人たちを隔離するために建てた」

「覚明さんに会われたのですか。お元気でしたか」

「あちらも町衆のお蔭で立派になった。皆が施療院の存在を認めたのだ。後継ぎも出来たらしい。覚明はもう一度僧侶の勉強をしたいと言っていた」

「立派な僧になられるでしょうね。是非、一度お会いしたい」

「覚明も会いたがっていた。会えば驚くだろう」


元光は東福寺へは立ち寄らなかった。無為は元光たちと入れ違いに鎌倉の円覚寺に住持として入った。やっと、修行道場で思う存分弟子を鍛えることが出来るようになったのだ。

極楽堂を出ると北に向かった。御所に近い中小路家を訪ねるためである。

篤充は驚くほど老けこんでいた。もともと小柄だったが、一回り小さくなったように見えた。

「何と、もう一人前の僧侶になってしまったようだ」

「頼兼さんが都に来るたびに顔を出してくれます。珍しい土産と一緒に、あなたの近況を運んでくれていました」

篤充とは反対に、苫子はふっくらして一回り大きくなったようだった。

「奎子に会いたければ、何時でも美作へ連れて行ってくれるそうだ」

「建家の子供たちは逞しく心強い限りです」

「禎頼の兄上以外は、皆、家を出てしまいました。両親に申し訳なく思っています」

「長男以外は家を出て生きていくのがこの国の定めのようなものだ。一生懸命生きて出世することが何よりの親孝行になる」

「建家は、もう安心です」

「いえ、修行に終わりはありません」

「この家を継げば、もっと楽が出来る」

篤充が腹にしまってあった言葉を吐きだした。

「父上、その話はもう終わっています。今や建仁寺住持の湯薬という大切なお役を務めているのです。邪魔をしてはなりません。そうそう、白拍子の清子は、今では都一の舞の名手になりましたよ」

苫子がつくってくれた野菜がたっぷり入った雑炊を食べて、中小路家を辞した。

雨安居の大接心が終わる頃には、建仁僧堂はすっかり落ち着いた。

元光も僧堂の修行僧に混じって坐り、約翁に参禅することが出来た。

「答えを急ぐな。坐れば、自ずから分かる」

何かが摑めそうで摑めないまま、性急に答えを出そうとする元光を約翁は静かにたしなめた。

京都の夏は、鎌倉に比べると酷いものだった。風もなく、まるで地の底から生ぬるい湿気が湧きあがるようだった。

雨安吾で百人を超える修行僧の参禅を受けた約翁には堪《こた》えたようだった。鍛えているとはいえ、約翁は六十二歳になっていた。

八月に入ると食が細り、朝夕の勤行も辛そうだった。しかし、決して弱音を吐くことはなく、いつもと変わらぬ日常を過ごしていた。

境内が蟬しぐれに包まれた午後、元光は陰寮に呼ばれた。

「元光、鎌倉以来ご苦労だった。本日をもって湯薬の職を解く」

突然の言葉にどう答えていいのか分からなかった。

「そこで頼みがある。私に代わって、大和の国へ行って来て欲しい」

約翁は十六歳の時に東大寺で受戒した。その折に、せっかく大和に来たのだからと、知恵の仏をまつる安倍の文殊院に参籠して修行の成就を願った。七日の間、文殊菩薩の傍らに坐って、願掛けをしたのである。

今回、久しぶりに上洛したことでもあり、接心が明けたらお礼の参拝に行くと先方に知らせたらしい。そこで、元光に代参を頼みたいというのだ。

「そのまま七日間、参籠してくるといい。僧堂修行も大切だが、時には外へ出ることも必要だ」


安倍の文殊院は北東に三輪山、南西方向に大和三山を望む絶好の場所にあった。過去には、安部氏の氏寺として建立された安倍寺という法隆寺に匹敵する巨大な寺があり、文殊院はその塔頭の一つだったらしい。

住持の円覚は、自分がまだ小僧の頃に参籠していた約翁を覚えているらしく、弟子の元光が参籠することを喜んでくれた。

朝夕は文殊院の僧と共に勤行し、残りの時間は文殊菩薩の脇に設けた単で坐った。円覚が覚えていた約翁の参籠をそのまま再現したもので、参禅のない七日間の接心だった。

仏師快慶が彫ったという文殊菩薩の脇には、四体の脇侍像が付き従うように安置されていた。その一体である善財童子は文殊菩薩の弟子で、悟りを得るために師を求めてあちこち巡歴したという。

若き日の約翁はその姿に自らを映し、師を求めて海を渡ったのだろう。肉体の衰えを自覚した今、元光にその故事を伝えたかったのかもしれない。

あっという間の七日間を終えて建仁寺に帰った元光を待っていたのは、更に衰弱した約翁の姿だった。目は落ち窪み、身体全体の血管が透けて見えるほど痩せていた。粥以外のものはほとんど食べていないという。

元光は御所に使いを出し、後宇多法皇に約翁の病状を伝えて薬師の派遣を願った。その上で、何とか精をつけて貰いたいと考え、高麗から渡来した人参などを粥に混ぜて枕元に運んだ。

文照に約翁を抱き起こして貰い、御所に使いを出したことを告げた瞬間だった。約翁の平手が元光の頬に飛んだ。

「生死事大、無常迅速。死のない生などない。人の死を憂うる前に、自らを鍛えよ。時を無駄にするな」

絞り出すような教えだった。元光の中で壁がまた一つ崩れた。

〈生死さえ、答えは自分の中にしかないのだ〉

御所から来た薬師は数種類の薬草と丸薬を処方した。ほとんどが渡来僧によってもたらされたもので、全て植物から抽出されたものだった。滋養をとるために雉や魚肉を与えると、植物だけを食べ続けてきた約翁にはかえってよくないということだった。

十日ほどすると、侍僧から約翁に生気が蘇ってきたという報告があった。何とか薬師が処方した丸薬を呑んで貰っているということだった。何より、秋を感じさせる風が吹き始め、暑さの峠を越えたことが幸いした。


翌年も京都は大雪と酷暑に見舞われ、約翁は何度か床についた。

弟子たちの間で、約翁をこのまま京都に置いておくことは出来ないという意見が噴出した。建仁寺の改革が順調に進んだこともあって、鎌倉へ帰ることが真剣に話し合われるようになった。

しかし、住持として禅興寺に帰ったのでは身体を労わることは出来ない。暫くの間、静かに隠棲出来る場所が必要だった。

そこで、元光が鎌倉へ帰って場所を探すことになった。

二年前に上洛した道を逆に辿り、頼兼の船で鎌倉に着いた元光は建長寺に浄空を訪ねた。共に言葉を教えあった友は、渡来僧で住持になった一山一寧の侍僧になっていた。約翁の住まいについて心当たりがあると知らせてきたのだ。

「都での活躍、鎌倉にも聞こえています」

二年の間に、浄空は見事な日本語を操るようになっていた。

「もう日本人だと言ってもおかしくないほど上達しましたね。私は漢語をすっかり忘れてしまった」

「使えばすぐに思い出します。私は日本の僧に囲まれているから上達しました。今の建長寺の住持は大陸からやってきた一山一寧老師です。元光も老師について勉強するといい」

「落ち着いたらそうさせて貰います。ところで、約翁老師の住まいの件ですが、適当な場所があると聞きました」

「実は、山内に一山老師に住んでいただくための隠居所を建てました。老師が、龍峰庵と名づけられました。しかし、今はまだ老師はお元気で、僧堂での暮らしが気にいっています。約翁老師のことをお伝えしたところ、よろしければお使いいただくようにということでした。

山内の奥まった所にあり、暫く休まれるにはふさわしい場所だと思います」

「一山老師にご挨拶させて下さい。お礼を申し上げなければなりません」

もともと一山は元の政治使節として来日した。二度の日本侵攻に失敗した元は、闘うことなく日本を従属させるための使節として、当時交流があった禅僧を派遣することを思いつき、正安元年（一二九九）に一山を日本へ向かわせた。

ところが、その時一山が携えてきた国書が元への朝貢を促す、日本を見下したような内容だったために、鎌倉幕府によって伊豆の修善寺に幽閉されてしまった。命が助かったのは、同行した西澗子曇が以前に来日して鎌倉に知己が大勢いたからだと言われた。

その後、一山の禅僧としての地位や人となりが明らかになると幽閉が解かれ、火災で衰退していた建長寺が再建されるのに伴って住持に迎えられたのだ。

相見した一山は約翁と同じ年頃だと思われたが、額には深い皺が刻まれていた。

「京都建仁寺の僧・元光。ご挨拶に参りました」

漢語で挨拶する元光に一山は微笑みで答えた。

「浄空から聞いていたが、見事な漢語に驚いた。先が楽しみというものだ。龍峰庵は、遠慮せずにお使いいただくよう伝えてくれ。お会い出来る日を楽しみにしている」

# 鎌　倉

鎌倉入りは、臘八の大接心だけは済ませたいという約翁の希望があって、十二月になった。二年前には、臘八の大接心を終えて京都へ旅立ったのだ。

そして、今度も約翁の一声で、元光以外の侍僧は全て建仁寺に残ることになった。やっと落ち着いた建仁僧堂に波風を立てたくなかったのだろう。

年末に鎌倉に到着した約翁は、船旅とはいえさすがに疲れていた。元光は、全ての行事や訪問を年明けに繰り延べし、龍峰庵に入って身体を休めて貰うことに専念した。


やっと歓迎の宴が開かれたのは年が明けた一月の半ばだった。

その日、鎌倉では珍しい雪が降った。約翁は京都入りした日の大雪を思い出しているのか、暫く建長寺の雪景色を眺めていた。

「もう、二年経ったのか……。元光、私に構うな。己と向き合い続けるのだ」

禅興寺からも大勢の弟子が招待され、鎌倉の禅僧が全て集まったような賑わいだった。

元光は円覚寺住持になっていた無為昭元にも数年ぶりに出会った。

「私への気遣いは無用だ。約翁老師の下で励め」

慈愛に満ちた眼差と言葉だった。

約翁の京都での活躍を称える挨拶などがあり、最後に、その日の境涯を漢詩にするよう筆が廻された。

元光は固辞したかったが、約翁と無為、一山がいる前で詠まないわけにはいかなかった。

各寺の住持が詩を披露すると、歓声ともため息ともつかない声が上がった。そのほとんどが大陸での修行生活を経験しているだけに、見事な出来栄えだった。

「元光、修行の成果を披露せよ」

無為から声を掛けられた。

暫借空華示半標
普通年事未迢々
西天此土飄零恨
縦使春風吹不消

「空中の花を借りて、達磨大師が半身を現した。普通の年の出来事は、まだ遠い昔のことではない。西方の国も、この国も家風が零落してしまった恨みは、たとえ春風が吹こうと消えはしない」

「素晴らしい。とても二十歳前の僧が詠んだとは思えない」

一山が手を打って称賛した。

その後も、約翁の体調は一進一退を繰り返した。他に侍僧がいないこともあって、元光が付きっきりで世話をした。辛くもあったが、充足した日々だった。

それは、庭の白梅が一輪咲いた日だった。

「元光、梅が花をつけた。すぐに暖かくなる。私はもう大丈夫だ。こんなところにいないで、お前にはやるべきことがある」

「今、私がやるべきことは、老師にお元気になっていただくことです」

「何度言ったら分かるのだ。今は二度とない。立止まってはならない。歩み続けるのだ」

「私は老師の下で、様々なことを教えていただいております」

「私がお前に教えられることはもうない。あとは自ら研鑽する以外に道はない。そのためには様々な師について学ぶのだ。金沢に恵雲律師という大徳がいる。この方について毘尼の学を学べ」

〈今は老師のお側にいる必要があります〉

その言葉を口に出すことは出来なかった。

禅興寺に侍僧の代わりを頼むと、元光は恵雲律師の下に向かった。

律宗は、奈良の忍性が北条時頼の時代に律宗復興のために鎌倉に入って以来、幕府の支持を受けて活動を続けていた。厳しい戒律を宗旨とする律宗は、禅と共に鎌倉武士の感性に合致するものだったのだろう。

恵雲は東大寺戒壇院第五代の長老を務めていたが、鑑真和上の法脈に連なるところから幕府によって鎌倉に近い金沢に召し出された。年齢は五十歳を越えたあたりだろう。

相見した元光の前には二百巻余りの経典が積まれていた。

「この国には今、四律五論が伝えられている。律を自分のものとするには、先ずこれらを読む必要がある。その上で、何なりと聞きに来るがよい」

元光は、少しでも早く約翁の下に帰りたかった。そこで、寝る間を惜しんで二百巻余りの経典に挑んだ。

律とは、仏陀が出家の弟子の悪行を戒めた際の禁止事項や罰則などを集めたもので、他の経典と同様に編纂時期はまちまちのようだった。

一つひとつの項目はともかく、そこには出家者としての矜持が事細かに記されていた。あまりに当たり前のことがもっともらしく書かれていて思わず吹き出してしまいそうな内容もあったが、仏の道を広めるにはそこまで厳しく規定しなければならなかったのだろう。仏陀の苦労が偲ばれた。

ひと月もすると、睡眠不足と運動不足から体調に異変をきたした。僧堂では経行や作務で足や身体を動かすが、ただ坐って学んでいるだけの生活では血の巡りそのものが悪くなるのは当然だった。

しかし、一日も早く龍峰庵に帰ることを願う元光は、そのまま経典を読み続けた。

二ヶ月目が近づいた頃、尿の色が真っ赤に染まった。痛みはなかったが、さすがに経典を閉じて横になった。

三ヶ月目に入り、全ての経典を読み終えた元光は恵雲に相見した。

「四律五論を読み終えたらしいが、どうだった」

恵雲は弟子から、元光が血の小便をしながら経典に向かっているという報告を受けていた。そこまでして、師を思う弟子を育てた約翁が羨ましかった。

「律もまた、己自身でございました」

元光が理解した素直な言葉だった。戒も律も一人ひとりの問題でしかないのだ。仏陀が、どんな気持ちで戒めの言葉を吐いたのかを思うと涙が溢れそうになった。

「『禅は律なり』というのが約翁老師の言葉だった。老師はいい弟子を育てられた。ここで学ぶことも、約翁老師の下で学ぶことも同じなら、大切な師の下へ帰るがいい」

恵雲は自分が手にしていた数珠を元光に渡した。

「龍峰庵に帰ったら、老師にこの数珠を示すがよい」

数珠は約翁から『禅は律なり』の言葉と共に贈られたものだった。それを、『律もまた己自身』と喝破した元光に贈ったのだ。

約翁は、僅か三月足らずで帰庵した元光に驚いたが、恵雲から授かったという数珠を見て全てを理解したようだった。

その日から、三ヶ月前と同様に約翁に仕える元光の姿が見られるようになった。

その翌年、建長寺で一山一寧の隠侍を務める浄空から、渡来僧の侍僧を務めて欲しいという依頼があった。前の執権・北条貞時が元から呼び寄せた曹洞宗の僧で、名は東明慧日。貞時が、鎌倉に臨済宗だけでなく曹洞宗も広めようと招聘し、禅興寺や円覚寺の住持に任じたが、うまく溶け込めなかったという。

まだ、四十歳に達していないこともあって、何とか日本で活動させたいと貞時が一山に相談したらしい。一山は約翁に面倒を見て欲しかったらしいが、約翁の体調を考慮して、言葉が分かる元光を傍に置くことに落ち着いた。

一山の考えでは、禅興寺も円覚寺も参禅を基本にした修行道場であり、曹洞宗の東明が住持を務めること自体に問題があるように思えた。

果たして、曹洞宗の僧が臨済宗の寺の住持を務めることが可能なのかどうか、元光が隠侍を務めながら様子を見ることになったのだ。

東明は、元で臨済宗の師についたこともあったらしい。何よりも、元では曹洞宗と臨済宗の間に大きな壁は無く、たまたま受業の師が曹洞宗だったに過ぎないという。

蘭渓道隆も両派の違いについて、「済・洞を論ずることなかれ」と言っている。

また、当時は道元禅師が伝えた曹洞宗が、越前から関東に進出を図っていた。元光はその事実も東明に告げ、接触が必要なら仲介すると告げた。

一山、約翁、元光と臨済禅を理解している僧侶と会話出来たことで、東明も自分の立場が納得出来たようだった。

そんな中で東明が選択したのは、円覚寺山内に白雲庵という庵を建てて暮らすことだった。暫く静かに暮らして考えを整理したいという。

当面、元光は建長寺と円覚寺を行き来することになった。


その年の十一月下旬、臘八の大接心に向けて建長寺の修行僧と共に庭で夜坐をしていた元光の頭上が、見たことのない紅に染まった。修行僧の多くが訝しげに空を見たが、皆、すぐに坐禅に戻った。

「火事です。鎌倉の町が燃えています」

暫くして、若い僧が息を弾ませて駈け込んで来た。

夜坐の静寂は一瞬で破られ、坐っていた修行僧は組んでいた足を解いた。

「本当に火事なのか。その目で、確認したのか」

「裏山に上ってみました。町の三分の一が炎に包まれています」

そこへ浄空がやってきた。

「一山老師が、僧の半分は町に向かって人々を助け、あとの半分は寺に残って怪我人の受け入れや食事の準備をするようにおっしゃっています。僧堂の修行僧は寺に残って下さい。私は侍僧たちと一緒に町に向かいます。元光和尚、仕事の分担をお願いします」

それだけ言うと、浄空はもう駈け出していた。


火は、一晩鎌倉の町を焼いて鎮火した。明け方、浄空たちは多くの怪我人を伴って帰って来た。

元光は僧堂に怪我人を収容し、家を失った人たちは境内の塔頭寺院に収容するように告げた。

「僧堂はまずい。もうじき臘八の大接心が始まる」

古参の修行僧が訳知り顔につぶやいた。

浄空が怒りで声を震わせた。

「本気でそう思っているのですか。建長寺は鎌倉の皆さんに支えて貰っている。今、恩返ししないでいつするのですか」

元光も同感だった、こんな時に僧堂で坐禅していたのでは、何のための修行なのか分からなくなってしまう。一山や約翁がそれを許すはずがないと思えた。

「仏陀の意に添うように」

僧堂を怪我人に開放すべきかどうかを首座の僧が一山に尋ねた際の答えだった。

正解などないのだ。自分たちが正しいと思う道こそが、仏陀の意に添うことだと一山は教えているに違いない。

元光たちは怪我人を僧堂の単に寝かせ、水や食料を運びこんだ。

それから約ひと月、修行僧たちは怪我人の看護に汗を流した。

そして、年が変わる直前、足を骨折していた最後の一人が、家族に抱えられて町へ帰っていった。

その後、建長寺では正月を返上して七日間の大接心が行われた。

「仏陀の成道がひと月遅れてしまった」

一山は楽しそうに笑った。

後に鎌倉の大火と呼ばれるこの火事によって、商家や民家だけではなく、勝長寿院や荏柄社など源氏ゆかりの寺社も数多く焼けた。

二月十五日の涅槃会の法要の後、参列した僧が全員書院に集まって偈頌を詠んだ。宋の貴族社会で行われていた風習が南宋になって禅宗の寺に取り入れられ、渡来の僧が日本に伝えたらしい。いつの頃からか多くの僧が集まった時の恒例行事になっていた。

その集まり毎に代表者を決め、代表者は全員の偈頌の中から気に入った作品を選んで校正、添削する。最後に、選ばれた作品を各人が一枚の紙に書き写し、墨跡として残すのだ。

その日の代表は約翁だった。

詠み手の僧が次々に偈頌を読み上げ、最後の作品になった。

　桃李春風二千歳
　謝郎不在釣魚船

［ももとすももの花が咲き、春風が吹き始めてから二千年が経過した。漁夫の謝三郎は、もう釣り船の上にはいない］

それを聞いた約翁は静かに微笑むと元光に視線を送った。そして、何事もなかったかのように最後の一作に選んだ。

その場に居合わせた者は全て、元光が約翁の法嗣になったことを認め、言葉を使うことなく心が通じ合う師弟を羨ましく思った。

その年、鎌倉は穏やかな気候に恵まれた。季節もゆっくりと変化し、人々は四季の移り変わりを存分に楽しむことが出来た。

そんな環境の中で、約翁の体調も目に見えて回復した。

「元光、接心を再開しよう」

突然の言葉だった。

元光の脳裏に、百人余りの修行僧が並ぶ隠寮の風景が浮かんだ。

「建長寺、禅興寺、どちらの僧堂をお使いになられますか」

両寺とも、約翁が代参を務めるといえば断ることはないだろう。

「ここ龍峰庵でいい。今、ここに出入りしている僧は何人いる」

「全て合わせて二十数名かと思われます」

「それでいい。僅かな人数でも修行出来なければ、早晩、仏道は廃る。かつては、師と弟子がたった二人で修行していたのだ。形にこだわることなどない」

元光は、七年前の雪の建仁寺を思い出した。あれ以来、約翁はこの国の修行道場の有り様を模索し続けているのだ。

「承知いたしました。雨安居の準備を致します」

従来の形式にとらわれなければ、二十数名の僧堂はそんなに難しいものではなかった。修行本位という約翁の意を受けて、副司や典座の人数を極力減らして役割を兼任させ、誰もが修行し易い環境を整えることにした。

坐禅堂は、開山堂として建てられていた建物に手を入れて転用した。後は、少しずつ調整しながらやっていくしかなかった。

約翁の開単を聞いて、あちこちから掛搭したいという声が届いたが、まだ体調に不安があるという理由をつけて断った。

元光は、約翁の体調に細心の注意を払いながら接心に臨んだ。疲れが出るようなら朝晩どちらかだけの参禅にするつもりだったが、修行僧の人数が少ないことが幸いしたのか全く問題ないようだった。

修行僧の間からは、参禅の時間をゆったり取って貰えると、喜びの声が聞こえてきた。修行道場は、これくらいの人数が丁度いいのではないかとさえ言われ始めた。

大接心が終わる頃には、約翁も修行僧の名前とそれぞれに与えている公案を全て記憶するなど、新たな修行道場のあり方に自信を深めたようだった。

雨安居の接心が明けると、元光が約翁に呼ばれた。

「当分の間、このままでやってみたい。皆との距離が縮まったように思う」

それから二年間、龍峰庵では二十数名の修行僧が約翁に参禅した。

その間に元光は二十近い公案を与えられた。短いものでは、その接心の内に次の公案に移ることもあったが、約翁は一つひとつ噛みしめるように見解を確認した。

その要諦は『己事究明』『生死事大』以外、何もなかった。坐って自分を見つめることでしか、仏性のありかを知ることなど出来ないのだ。

「もう、私がお前に伝えることは残っていない。新しい師を求めて旅に出るがいい」

「いいえ。私にはまだ生死について何の確信もありません。もう暫くこちらに置いていただきとうございます」

元光は無為昭元以来、複数の師家に参禅したが、約翁は特別だった。

他の師家が公案を直感的な悟りへ導くために用いるのに対して、約翁は常に理論的な説明を加えた。禅が興隆し、教養として権力者に取り入れられる前の形はこうだったのではないかと感じさせるものだった。

僧堂を組織から変えようとしているのも、約翁が考える修行を確立させるためなのではないかと思われた。

百人を超える修行僧を相手にしていたのでは、一人ひとりとじっくり向き合うことなど出来るはずがない。僧堂の組織が肥大化すると共に、参禅の内容も変貌したのではないかとさえ思えた。

最も適切な修行とはどんなものなのか……。

やはり、海を越えて自分の目で確かめる必要があるのかもしれない。

しかし、何よりも元光は約翁が心配だった。自分が離れることで、肩の荷を降ろした心境になってしまうのではないかと危惧したのだ。

そんな時、建長寺の浄空から、約翁に住持について貰いたいという申し入れがあった。一山が体調を崩したらしい。

約翁と入れ替わり、龍峰庵で静養したいという意向のようだった。断ることは出来なかった。一山の体調が戻るまでという条件をつけて、約翁は建長寺住持に就任した。

元光が共に建長寺に入れば、一山の弟子たちを押しのける形になるという配慮から、約翁の後を受けて来日僧の東里弘会が住持をしている禅興寺に帰ることになった。

禅興寺では副寺という役職に就いた。住持の相談役である。

来日僧の東里を支えるというのが就任の理由だったが、実際にはほとんど何もすることがなく、自由な時間がたっぷり出来た。

早朝から深夜まで、参禅の際に約翁が口にした言葉を一つひとつ反芻しながら、坐禅三昧の日々を過ごした。一人で坐ることで集中力が増すことも分かり、改めて坐禅の力を知ることが出来た。

最初は百人余りで競い合いながら修行することも必要なのだろうが、外から見てみると無駄が多いことも分かった。約翁が少人数の僧堂を開単した理由もそこにあったのだろう。


そんな思いを抱いて坐っているところへ、頼兼が訪ねてきた。

二年振りだろうか、見違えるほど立派な大人になっていた。鼻の下に髭を蓄え、見たこともないような衣を羽織っていた。

「建長寺で約翁老師に会って来た。『元光は一人前の禅僧になった』と寂しそうだったぞ」

それだけ言うと、元光を力いっぱい抱き寄せた。嗅いだことがない甘い香りと共に、潮の臭いがした。

「お久しぶりです。兄上こそ、見事な商人になられた」

「最近、自分は商人に向いていないことが分かった。金勘定より、あちこち走り回って物を運ぶ方が性に合っているようだ。商売は商人に任せて、物を運ぶ仕事をしている」

「いずれにしても、見知らぬ国を訪ね、見たこともないような人々と出会うのですから、ご自分の夢は果たしている」

「駒の方こそ、約翁禅師が一人前と認めるほどの僧になったのだ。どんな厳しい修行をしたのか知らんが、たいしたものだ」

「今回も幕府のご用ですか」

「いや、鎌倉の商人たちが座というものを作ったらしい。同業の商人同士の寄り合いのようなものだ。今は七座あると聞いた。彼らが、物を運んでほしいと言ってきた」

「異国と商売したいということですか」

「九州や難波だけでなく、日本中で商人が力をつけてきた。もう、公家や武士だけの時代ではない。物が往き来すれば人々の暮らしが変わり、間違いなく国が豊かになる」

「物だけでなく、人も交流しなければなりません」

「その通りだ。元に渡りたければいつでも連れて行くぞ」

「実は、昨日もそんなことを考えていました。そこに兄上が現れたので驚きました」

「その気になったらいつでも言ってくれ。しかし、その前に一度美作へ帰らんか。父上と母上に立派になった駒を見せてやってくれ。さすがに父上は歳をとられた。元気づけて欲しい」

「皆様、息災ですか」

「皆、元気だ。兄上は立派に惣領を務めておられる。子も四人出来た。後継も育っている。姉上も幸せに暮らしておられる。しかし、父上と母上はお前に会いたいに違いない。今回の鎌倉入りの本当の目的は、駒を美作に連れて帰ることだ」

「兄上、私は出家した身です。以前のように両親に甘えることは出来ません」

「そう言うな。私にも出家のなんたるかは分かっている。しかし、会いたいのをじっと我慢している父や母を見ているこちらの身にもなってみろ。高田にずっといろと言っているわけではない。ちょうど、爺様の十三回忌がある。その法要に参列するということなら問題なかろう」

# 帰郷

十年ぶりの故郷は時間が止まったままだった。高田川の流れも、周辺に広がる田畑も、館の姿も何も変わっていなかった。

しかし、時の流れは人を大きく変えていた。

父・尚頼は髪が薄くなり、痩せたせいで驚くほど老けて見えた。母は以前と同じように美しかったが、髪に白いものが混じり始めていた。禎頼は驚くほど太り、備前から迎えたという妻に頭が上がらないようだった。

一番変わったのは、元光自身だった。父や母も、頭を剃り墨染めの衣を着た元光にどう接していいのか分からないという様子だった。

「父上、母上、長い間の無沙汰、お許し下さい」

「何と、あの駒がこんな立派になったか」

二人の目から涙がこぼれた。

「頼兼から話を聞いていましたが、実際に会うまでは信じられませんでした。本当に立派になられた」

「私が言ったとおりでしょう。もう駒は一人前の僧侶です。師の約翁老師も認められました。後は、私が元の国へ送り届けて、最後の仕上げをして貰います」

「海を渡るのか」

「まだ何も決めていません。機会があれば行ってみたいと思っています」

「駒は今、約翁老師から元光という名をいただいて、鎌倉の禅興寺にいます。建長寺や円覚寺と共に幕府が創建した大寺です。いずれ、それらの寺の住持になりましょう。その時には、建一族を挙げて支援しなければなりませんぞ」

「私はまだ修行中です。先のことなど何も分かりません」

「それにしても良い時に帰ってくれた。二日後に父・弥頼の十三回忌を営む。是非、導師を務めてくれ」

「私も法要に参列するつもりで帰って参りました。しかし、導師は大山寺の方がお務めになられるでしょう」

「駒が都に上った年から大山寺の僧は、我が家の法事には参加していない。導師は、ずっと覚明さんが務めている」

「覚明さんは福岡にいるのではないですか」

「今は、書写山にいる。修行をやり直したいのだそうだ。福岡にいる時に、無理を言って導師を頼んだ。それ以来、我が家の法事の導師はずっと覚明さんが務めている」

「今年もいらっしゃるのでしょうか」

「勿論だ。鎌倉へ立つ前に立ち寄って、駒を連れて帰ると伝えてある。一緒にお爺様の供養が出来るとは夢のようだと喜んでいた」

「私も夢のようです」


十三回忌の法要には、山陽道・山陰道に散っている建一族が全て集まった。

普段は特に連絡を取り合うこともないが、凶作や新たな土地に入植する際などには、宗家を中心に一族が助け合った。

年忌法要は美作周辺の者たちだけで営んできたが、十三回忌ということと、元光が参列するという噂が流れたために播磨や因幡からも大勢参加した。

一族から僧侶になったのは元光が最初で、鎌倉や京都の大寺で有名な師について修行していることは一族の間では誰もが知っていた。いずれは、どこか大きな寺の住持になるだろうが、ともあれ故郷に寺を建てて住持に迎える必要があると考えていた。守護職に遠慮していた一族の菩提寺を、身内から僧侶が出たことで堂々と創建出来るのだ。

十年ぶりに出会った覚明はまるで仙人のように痩せていた。五年前に福岡の施療院を出て書写山に上ったという。厳しい修行を自らに課しているのだろう。

「元光と名乗られているそうですね。立派な禅僧になられた」

「覚明さんは福岡にいらっしゃるとばかり思っていました」

「施療院は後をやってくれる人が育ち、もう一度自分を見つめ直すために書写山に上りました。今は、七年かかる修行の途中です」

「いつも、年忌法要をお願いしていると聞きました。ご修行中、誠に申し訳ありません」

「何を言われる。建家の皆様には随分お世話になりました。ことに、弥頼様には可愛がっていただきました。こちらからお願いして供養させていただいてきたのです。元光さんと一緒に供養出来るなど、本当に夢のようです。お爺様はどんなにお喜びでしょう」

「この場を用意してくれた家族に感謝するばかりです」

「ご親族も大勢集まられた。あなたへの期待は大きい。皆さんのお気持ちを大切にして上げて下さい。菩提寺をつくることも遠慮なさってはいけません。今日は、是非、導師を務めて下さい」

「私はまだ修行僧に過ぎません。菩提寺をつくることはともかく、今は、私が住持になることは考えられません。いつの日か、それにふさわしい僧になれたら引き受けさせていただきます」

覚明に従ってきた若い僧と三人だけの法要だったが、気持ちのいい十三回忌になった。参列者の全てが、建一族に精神的な支柱が出来たことを実感した日でもあった。


その二日後、元光は高田を離れることになった。

「十一月中には鎌倉へ帰らなければなりません。禅僧には休むことが出来ない大切な修行があります」

臘八の接心は建長寺の約翁に参禅したいと考えていた。逆算すると、出来るだけ早く美作を発たねばならなかった。二、三日の猶予はあると思われたが、このまま過ごせば必ず甘えが出るに違いない。父母のいる故郷は、今の元光には優し過ぎる地だった。

旅立ちに先立ち、親族と近隣の一族が集まって宴が催された。

「駒がこんなに立派になって帰ってくれました。何やら、遠くへ行ってしまったようで寂しくもありますが、出家という幼い頃よりの夢を果たしたのです。兄として、共に喜びたいと思っております。しかしながら、父と母の心中は察するに余りあります。何時の日か、元光が両親の傍らで暮らせるよう、建一族の菩提寺を建てる所存です。皆様のご助力をお願い致します」

長兄、禎頼が一族を代表して挨拶した。

「皆様、長の無沙汰、お許し下さい。祖父の法要に参列させていただいたこと、心より御礼申し上げます。私は、いまだ修行中の身でございます。いつの日かこの地に帰り、父母の傍らで過ごせるよう精進致します。その日まで、父と母をよろしくお願い申し上げます」

出家という言葉の意味を嚙みしめて、元光は故郷への思いを断ち切るように旅立った。

# 権力の狭間

鎌倉へ帰った元光は、禅興寺から建長寺の約翁に通参した。接心の折だけ僧堂に入り参禅するのだ。

この機会に、漠然と感じていた約翁と他の師家たちの違いがどこにあるのかを明らかにしたいと考えていた。

約翁もまた、健康が回復して思いがけず訪れた愛弟子の参禅を心から喜んだ。自らが六十年余りの人生で辿りついたものの全てを元光に渡したいと願った。殊に、僧堂の改革に着手する年齢があまりに遅かったことを悔いていた。分かっていながら、思いきることが出来なかったのだ。

一握りの才に恵まれた者だけが出世するのではなく、誰もが高みを目指すことが出来る僧堂をつくるためには、どのような修行をすればいいのか……。

「元光、海を越えよ。そして、私が究めることが出来なかった禅を学び、この国に伝えるのだ」

元光は、以前、建仁寺に向かう船中で約翁が語った中国における禅の歴史を思い出した。時代によって、語録の解釈さえ異なっているのではないかということだった。

そこで、建長寺、円覚寺、禅興寺の書庫に入って語録を全て調べてみた。大半が同じ版によるものだったが、中には逸話の内容さえ異なっているものが見つかった。そして、それらの多くが古い時代のものだった。

元光は、海を渡る時期が近づいて来たことを自覚した。

しかし、それから暫くの間、元光は鎌倉を離れることが出来なかった。

建長寺にいる約翁と一山は年齢的なこともあって、外部との折衝がほとんど出来なかった。何よりも健康面での不安を抱えており、元光自身が二人から目を離すことが出来ない状態だったのだ。

その上、円覚寺と禅興寺にいる東明と東里は言葉の壁があって、全てを元光に任せきっていた。

時々鎌倉に立ち寄る頼兼は、元光が海を渡る決意を固めたことを感じており、いつでも準備が出来ていることを伝えた。

「今は、人のことを構うな。己の人生を考えろ。いつまでも若くないぞ」

出会うたびに、苛立ちが増すようだった。

変化は思わぬところからやってきた。後宇多上皇から一山に、南禅寺住持の勅命が下ったのだ。

一山は既に七十歳になっており、龍峰庵に隠棲していたが上皇の願いを断ることは出来なかった。殊に、京都では朝権回復を目指す天皇家と幕府の間に様々な軋轢が生じており、一山の南禅寺住持もそうした動きと無縁ではあり得なかったからだ。

そして一山から元光に、南禅寺に同道するように要請が来た。侍香として傍らにいて欲しいということだった。元光の東福寺や建仁寺での経験が、一山には心強く思えたのだろう。

しかし、元光は約翁の傍らを離れたくなかった。約翁が目指す、この国の修行道場づくりを支え、自分の目で確かめたかったのだ。

そんな元光の心を読んでいたかのように、一山は一年の期限を切って元光の上洛を約翁に依頼した。

約翁の意向を受けて龍峰庵を訪ねた元光は、衰弱した一山の姿を目にして驚いた。とても、京都まで旅が出来る状態ではなかった。京都の厳しい気候に身体を蝕まれた約翁の姿が頭をよぎった。

「老師、上洛には暫く時を置きましょう。今のお身体では、旅は無理です」

「時を置いて回復するものなら急ぎはしない。この国に来て十五年、やっと恩返しが出来るかもしれないのだ。この身が鎌倉と京都の橋渡しに役立つなら、是非、使って貰いたい。今でなければ手遅れになる」

元光はその日のうちに、兄の頼兼に使いを出した。船の旅しか考えられなかった。

八年ぶりの京の都には緊張感が張り詰めていた。

前年に皇位を廻る争いに幕府が介入した文保の和議と呼ばれる話し合いがあり、持明院統と大覚寺統が交互に皇位につく両統迭立が提案されたが、その結論は得られていなかった。都入りする直前に花園天皇が譲位して後醍醐天皇が即位したが、幕府の求心力の低下もあって一触即発の状態だった。

一山の南禅寺住持も、そうした権力闘争の中で決められた妥協案だった。南禅寺が最初に皇室が発願した禅宗寺院であるところから、力関係を保つために両統の影響力が及んでいない一山を鎌倉から招いたに過ぎないのだ。そこには、宗門や僧侶の意向は全く考慮されていなかった。

一山自身も日本での大陸風の僧堂運営に疑問を感じ始めており、船中で様々な改革案を話し合ったが、それらを実行する体力はもう残っていなかった。

何度か御所に招かれ、渡来僧として初めて上皇に仏道を説くという栄誉に輝いたが、その威光が僧堂の運営に反映されることはなかった。

何よりも、皇室発願の寺という存在そのものが、南禅寺の上に重くのしかかっていた。何をするにも、上皇への上申が必要だった。

改めて、〈権力に寄り添うな〉という約翁の言葉が思い出された。

文保元年の京都は頻発する地震に悩まされていた。正月三日以来、人家や寺が崩壊する揺れが五月まで続いたのだ。不安定な政情と相俟って、人々の心には言いようのない不安が渦巻いていた。

そして、やっと揺れが治まったかと思うと、早々と雨の季節がやってきた。田畑は水で溢れ、田植えどころではなかった。この時点で、凶作が約束されてしまったようなものだ。

そんな中、南禅寺の僧堂では雨安居の準備が進められた。

僧堂には百五十人以上の修行僧がいた。他に、寺を経営維持するための僧が同じぐらいの人数いた。それでも、約翁が建仁寺で実践した簡素化の影響で、半分近くに減ったのだという。

接心が始まれば、当然のように修行僧は一山に参禅することを望むだろう。後宇多法皇が鎌倉から呼び寄せた住持である。誰もが一度は参禅し、教えを請いたいと願うに違いない。

しかし、京都盆地全体を覆うような湿気と激しい寒暖の差に、一山の体力は日に日に衰えていった。決して断ることがなかった御所への招聘も、断らざるを得ない状況になっていた。法皇は薬師を派遣し、病気療養に努めるようにという文を届けたが、一山の体力が回復することはなかった。

元光は京の都を出ることを何度も進言したが、一山は静かに微笑むだけだった。

仕方なく、元光は鎌倉に使者を送り、西澗子曇に上洛を求めた。西澗は建長寺、円覚寺の住持も務めた経験があり、上皇や修行僧を満足させることが出来るのは、渡来僧の西澗しかいないと考えたのだ。

一山に告げると、「元光を京都に同行してよかった」と頷いた。しかし、その微笑みは少しずつ力を失っているように見えた。

西澗は上洛するとすぐに参内して上皇に禅を説き、大接心では百人を超える修行僧の参禅を受けるなど、その役割を見事に果たした。

一山に代わって南禅寺住持を務めるという話も出たが、あくまで一山の代理であることを貫き通した。天皇家や公家との交流に、鎌倉とは異質なものを感じとっていたのかもしれない。


梅雨が明けると、京都をうだるような暑さが襲った。盆地に溜った熱気は夜になっても冷めることはなく、健康な者でさえ眠れない夜を過ごした。

元光はせめて夏の間だけでも近江の国に移ることを願ったが、一山は聞き入れなかった。南禅寺住持として死ぬことを心に決めているようだった。

蟬しぐれが境内に降り注ぐ八月初旬、一山は元光を陰寮に招いた。

「元光、もう私に残された時間は少ないようだ。世話になったお礼に、法号を贈りたいと思うが受けてくれるか」

法号は、師が弟子に与えるものである。本来なら、約翁から贈られるべきものだ。しかし、元光は今、一山の侍香である。その上、一山は死を覚悟していた。

「有り難くお受けいたします」

一山は隠侍を呼ぶと紙と筆を用意させ、震える手をなだめるように文字を書いた。

『鐵船』。思いもよらなかった文字が浮かび上がった。

「鎌倉から京へ、そして南禅寺の暮らしと、私は元光という船に守られて人生最後の旅をしているようだった。そして、その船には鋼鉄のような信念が宿っていた」

鐵船は深々と低頭した。

そして、やっと夏の暑さが終わり、京の都に遅い秋が訪れた十月、一山は静かに息を引き取った。

死の翌日には国師号が贈られた。

五十二歳で海を渡り、建長寺を再建して円覚寺の住持を務め、遂には京都に入って南禅寺に入るなど、その人生は波乱に満ちたものだった。

約翁に続いて一山が京都に入ったことで、皇室や公家の中で純粋禅の流れが加速され、京都の禅林は大きく発展することになるのだ。

西澗が固辞したこともあって、次の住持は万寿寺にいた南浦紹明の法嗣・絶崖宗卓に決まった。人選には権力者たちの様々な駆け引きがあったらしいが、鐵船には関わりのないことだった。

一山の葬儀を終えると、すぐに鎌倉へ旅立った。


鎌倉へ帰るとその足で建長寺に約翁を訪ねた。何よりも、師の体調が気になっていた。十ヶ月ぶりに出会った約翁は疲れきっていた。いくら寺の仕組みを簡略化したといっても、住持である以上、やらなければならないことは山のようにあった。七十歳を超えて住持を務めること自体が無茶なのだ。

「只今、京都から戻りました」

「ご苦労だった。一山老師は無事旅立たれたか」

「都を離れてご静養されるようにお勧めしたのですが、この国に恩返しがしたいとおっしゃって、南禅寺に留まられました」

「この老体が役立つなら、私も同じことをするだろう」

約翁は、一山を偲ぶように目を閉じた。

「一山老師から、法号を授かったそうだな」

「鐵船でございます」

「私に遠慮することはない。名乗るといい」

「承知致しました。本日より建長寺に入り、老師のお側に仕えさせていただきます」

周囲の意見を聞くこともなく、鐵船は約翁の侍衣になった。一日も早く住持を辞して、龍峰庵に隠棲して貰わなければならなかった。

翌日、鐵船は禅興寺に東里弘会を訪ねた。約翁の体調を伝えて建長寺住持就任を依頼し、時の執権北条高時に退山願いを提出した。

北条氏は既に権力を失っており、天皇家や公家に伺いをたててからしか返事出来ないようだった。

結論が出るまでは、鐵船が盾になって約翁の負担を軽減するしかない。

僧堂の参禅以外の務めを古参の弟子に代わって貰うことで、約翁の負担は軽減され、ひと月もすると表情に生気が戻った。

「今しばらくご辛抱下さい。住持を東里老師に代わっていただくように手配しております」

「鐵船、私に構うな。それより、一日も早く海を渡り、よき師を求めよ。今、この国の禅は間違った方向に進もうとしている。正しい道を示す道しるべとなれ」

約翁は自らが大陸で体験した修行専一の禅に強い憧れを抱いていた。少なくとも修行道場は権力から遠く離れ、誰にも邪魔されることなく思う存分坐ることが出来る場でなければならないと信じていた。

「今、大陸で修行専一に仏道を行じているのは、天目山の中峰明本老師だと聞く。時を違うな。ご健勝の内に膝下に参ずるのだ」


鐵船は兄の頼兼に、元に渡る時が来たようだという文を送った。

幼い頃からの夢でもあったが、いざ実行に移すとなると乗り越えなければならない壁が数多くあることが分かった。

先ず、元に渡ることが出来るかどうかである。

官僧である鐵船は、幕府が認めさえすれば堂々と海を渡ることが出来る。しかし、日本と元の間には微妙なわだかまりが存在していた。何しろ、三十年前には国を挙げて戦った相手である。その上、渡来僧に憧れ、日本の修行の有り様に疑問を抱いている僧が数多くおり、数十人が元に渡る日を待っているらしい。

遊行僧なら勝手に海を越えてしまえばいいのだろうが、官僧として建長寺にいる鐵船には出来なかった。

また、元に渡っても受け入れてくれる寺がなく、あちこち流浪して悪事を働く僧が出現したことから、元での修行先を担保しなければならなかった。そのためには、天目山と連絡を取り、入山の許しを得る必要があった。

文を送って二ヶ月後、頼兼が鎌倉を訪れた。

「やっと機が熟したようだ。何も心配するな。天目山への文を受け取りにきた。東里老師か約翁老師に紹介状を書いて貰えば、必ず受け入れられるだろう」

「今度は何時、元に行かれるのですか」

「私は年に二度ほどだが、いろいろな船が行き来している。普通は、秋から冬にかけて北風に乗って日本を出発し、春から夏にかけて南風に乗って帰ってくる。今も九州の博多には、二十人余りの僧が海を越えるために風を待っているはずだ。風さえ摑めば、四、五日で元の国に着く。信用出来る仲間に文を託しておく。三月もすれば、返事が来るだろう」

「では、東里老師に文をお願いしてみます。二、三日お待ち下さい」

「行くなら、誰か一緒の方がいい。仲間がいた方が何かと心強い」

「分かりました。中峰老師の下で修行出来るとなれば、海を越えたい僧はたくさんいます。心当りに声をかけてみます」

しかし、それから半年経っても天目山からの返事は届かなかった。日本からあまりに多くの僧が渡ったために、入国制限をしているという噂が立った。

一方、建長寺では体調が回復した約翁を中心に、修行専一の寺院運営が実現しようとしていた。

何よりも組織の無駄を省いて運営に関わる人数を減らし、形式を重んじて大仰だった行事を大幅に簡略化した。そうすることで、僧堂に入る僧の割合が倍増し、禅寺らしい簡素で厳格な雰囲気が生まれた。

約翁も参禅以外の行事から解放され、修行僧と共に充実した日々を送っていた。

そんなある日、幕府から思いもよらない知らせが届いた。

今度は約翁に南禅寺住持の勅命が下りたというのだ。

一山の後を受けた住持の絶崖宗卓が体調を崩したということだったが、天皇家や公家、幕府の間で影響力を競い合っているに過ぎないのだ。誰が南禅寺住持の任命権を行使出来るのかを確認し、権力の在り処を確かめようとしているに違いない。

鐵船はすぐに約翁の体調が優れない由を幕府に伝えた。あの寒さと湿気、夏の猛暑の中に七十歳を超えた約翁をおくことは考えられなかった。建長寺住持の座さえ、一日も早く辞して貰いたいのだ。

しかし、最初の天皇家勅願寺院である南禅寺住持の座は僧侶にとって特別な存在だと考えられているようだった。周囲からは、是非受けるべきだという声が聞こえてきた。北条高時をはじめとする幕府の要人たちも、何故断るのか理解出来ないようだった。古参の弟子からは祝いの文や品物が届いた。

南禅寺住持に興味がないとは言えず、体調不良を理由にするしかなかった。

幕府もまた、体調を理由にされたのでは強制することも出来ず、半年余りの時が流れた。

約翁の南禅寺入寺に再び火をつけたのは、旧仏教側の意外な行動だった。

鎌倉仏教の興隆による勢力の減退を恐れていた南都の東大寺や興福寺、比叡山の延暦寺などは、度々、守護神である八幡神社や日吉神社の神輿を都に担ぎ込んで朝廷に強訴していた。

平安時代末期には、それに対抗する手段として武士が台頭したと言われるほど頻繁に行われていたのだが、鎌倉幕府が力を持っている間は沈静していた。ところが、幕府の力が衰え、朝廷の間で二統が並立するような状態になったために、再び強訴が復活したのだ。

元応元年（一三一九）、東大寺の僧が八幡神社の神輿を担いで御所に押し寄せた。強訴の理由は、朝廷が八幡神を蔑にしているということだったが、実際には京都に禅宗が進出したことに対する不満をぶつけたという理不尽極まりないものだった。

ところが、その行動が南禅寺住持の不在を朝廷に思い出させ、幕府への再確認に繋がってしまったのだ。

「やはり、都が私の死に場所だったようだ。鐵船、私を都に送り届けたら、すぐに元に向かうのだ。これ以上、時を無駄にしてはならない」

約翁は覚悟を決めたようだった。

「権力の近くにいれば必ずこうなる。帰国した後も、決して近づいてはならない。修行専一に、山に籠って己を磨くのだ」

鐵船が三十歳になった元応二年（一三二〇）、約翁は第五代南禅寺住持に就任した。今回も、出来るだけ少人数での上洛をということで、建長寺からは鐵船を入れて三名の侍僧が同行しただけだった。

建仁寺には文照をはじめとする約翁の弟子が大勢いたが、転錫は一切認めなかった。約翁は、権力の象徴とも言える南禅寺で再び自分が目指す修行道場をつくり上げようと考えていた。

しかし、その頃、都では後醍醐天皇が天皇親政を目指して後宇多上皇と熾烈な権力争いを演じており、上皇の勅命を受けて入寺する約翁にとっては、厳しい環境だった。

南禅寺に入ると、約翁は鐵船を役僧から外した。

「すぐに元に渡る準備を始めよ。建仁寺や東福寺にも声をかけ、共に海を越える仲間を探すのだ。そして、準備が整い次第、出発せよ」

約翁は七十歳を超えた自分のために鐵船が渡航を躊躇することに耐えられなかった。天目山の大覚正等禅寺にいる中峰明本も五十歳を超えていると聞いていた。もし、自分のせいで鐵船が中峰に参禅出来ないようなことになれば、取り返しがつかないと考えていた。

渡航の誘いには、最初に約翁が京都に入った際に同行し、そのまま建仁寺に残っていた鈍庵翁俊と東福寺の可翁宗然が声を上げた。

可翁は大陸に渡って虚堂智愚に嗣法した南浦紹明の法嗣で、師の影響もあって元に強い憧れを抱いていた。

二人とも、中峰に参ずることに異存はなく、天目山までは行動を共にすることで一致した。

難波にいる頼兼に使者をたてると、使者と一緒に本人が南禅寺にやってきた。様々な文様が縦横に配された見たことのない衣装を纏い、約翁への土産を唐櫃一杯に詰め込んで運んで来た。中味は朝鮮人参や漢方薬など、約翁の健康を案じての物がほとんどだった。

すぐに、鈍庵と可翁を呼んで一緒に話を聞いた。

「十二月から正月にかけて一番いい風が吹く。少し波があるかもしれんが、明州なら四、五日で着く。博多で風待ちをするから、十一月に入ったら京都を出発するつもりでいて欲しい。難波から博多までも船で行く」

「兄上が元まで送ってくれるのですか」

「私が行かなくて、誰が弟を送るのだ。向こうにいる間、世話をしてくれる明州の商人も紹介しておく。何かあった時に頼るといい」

都を離れるまでの約三ヶ月。鐵船は朝晩約翁に参禅し、最後の教えを乞うた。

「時を限らず、良き師を求めて参禅せよ。敢えて、この国に戻る必要もない。納得出来るまで己を究めるのだ。そうすれば自ずと道は見えてくる。私も含め、先人たちが残した言葉や行動にとらわれるな。求め、学び、鐵船の仏法をつくりあげるのだ。もう会うこともあるまい。さらばじゃ」

約翁の最後の言葉だった。

## 渡海

元に渡って必要なのは言葉だった。やっと海を渡っても、多くの僧が言葉の壁に阻まれて志を果たすことが出来ずに帰国していた。

鐵船は、鎌倉で渡来僧から文照と共に漢語を学び、一山や東里に仕えることで日常の暮らしに不自由することなく操ることが出来たが、鈍庵や可翁はほとんど話せなかった。

そこで、東福寺にいた義明という渡来僧が教育係として博多まで同行し、旅の間に漢語を教えることになった。義明は二年前に来日するまで、天目山で中峰の膝下にいたということもあり、可翁が是非にと頼んだらしい。

出航の準備が出来るまで、難波の津にある頼兼の高田屋で待つことになったが、その間も漢語を学ぶことに明けくれた。鐵船も発音などを確認した。

義明によると、中峰は都市の大寺への入寺を拒み続け、幻住庵と名づけた庵をあちこちの山中に結んで暮らしているらしい。決して権力に寄り添うなという約翁の教えをそのまま実践していくるように思えた。

「明日、出航するぞ」

頼兼がそう告げたのは、禅僧が臘八の大接心が気になり始める十一月の下旬だった。日本から運んでいく海産物や干し椎茸、工芸品などを集めるのに手間取っていたらしい。

船は以前に乗ったものより更に大きくなり、巨大な帆には丸に高田の字が大きく染め抜かれていた。乗り込んでいる船人も五十人近くいるのではないかと思われた。

「そのまま元に向かうのですか」

「いや。途中、安芸と長門の港に寄って荷を下ろす。京の都で織った着物や飾り物だ。地方の守護や地頭が欲しがるらしい。国がどうなるか分からんというのに長閑なものだ。安芸では、銀と干したアワビを積む手筈になっている。博多では、暫く風を待つかもしれん」

難波からの船旅は、瀬戸内を行くこともあって波もなく、穏やかなものだった。船には、後部に高さ一丈余りの高楼がついており、周辺の景色を楽しむことが出来た。常に陸か島影が見えていることで安心感が生まれるのか、船旅は初めてだという可翁も楽しんでいるようだった。

十一月下旬とはいえ、瀬戸内の海にはまだ秋の気配が残っていた。頼兼の気遣いで、鳴門の渦潮や源平ゆかりの屋島などを楽しみながらの旅になった。

難波を出て十日目、海が急流となって流れる音戸の瀬戸を通って安芸の港に入った。平清盛が宮島に通うために海路を開いたと聞いていたが、あまりの潮の速さに皆、息を呑んだ。

「ここがなければ、大きく回り込まなければならない。権力者も、時にはいい仕事をする」

顔色が変わった可翁をからかうように頼兼が笑った。

安芸では、船が大き過ぎて着岸出来ないために岸壁から離れたところに錨を降ろした。錨を降ろすと同時に数槽の小舟が漕ぎ寄って来た。

「福岡の備前屋さんから文を預かって来た。何やら、美作の人が息子さんに宛てたものらしい。この船に乗っているから届けろということだ」

「有り難う。その手紙の主は私の家族だ」

頼兼は革袋に入った手紙を受け取ると、鐵船を振り返った。

「美作に駒が海を渡ることを知らせておいたのだ。そして、安芸の港に立ち寄るから、何かあれば備前屋に言付けるように伝えた。間に合ってよかった」

文は父と母、長兄の禎頼からのものだった。

父と兄からの文には幼い頃からの夢を果たそうとしている息子と弟への激励と喜びの言葉が溢れていた。帰国した折には、一族の力を結集して、必ず高田に寺を建立するという決意も述べられていた。

しかし、母の手紙には喜びや激励の言葉は見当たらなかった。

〈駒が比叡の山で戒を授かり出家の身となった時から、あなたは私の子ではありません。仏の子となったのです。しかし、母は悲しんではいません。多くの悲しみや苦悩を背負った衆生の一人として、鐵船和尚に導いていただきたいと願っております。元の国での修行を成就され、無事、帰国されることを美作から祈っております〉

鐵船はその日一日、涙が止まらなかった。

それから十日後。船は博多に着いた。十二月の半ばを過ぎたということもあるのだろうが、目の前には瀬戸内とは全く違う海が横たわっていた。

鉛色の空を映した波が大きくうねり、そこに漕ぎだす全てを呑み込みそうな気配が漂っていた。

「この海を越えていくのか……」

船酔いで青白い顔をした可翁が呟いた。

「北風が吹いたら出発する。四、五日もあれば明州に着く。それまでは、博多の街で待って貰う。美味い物もたくさんあるが、僧侶には縁がない物ばかりだ」

博多の港は船が着岸出来る深さがあるようだった。大勢の人たちが船を迎えた。

「あそこにいるのが玄海屋甚右衛門だ。元の国にたくさんの知り合いがいる。何かの折に役立つ人物を紹介してくれるそうだ」

頼兼が指差す先で、小柄で品のよさそうな商人が微笑んでいた。

その夜、玄海屋で開かれた宴には三十人近い人々が集まった。席は全て椅子で、足の長い大きな卓が四つ置いてあった。

主賓は鐵船たち三人の僧で、壁を背にして正面に坐った。同じ卓に頼兼と玄海屋が座ったが、他の席には日本人らしき人物を探すのが難しいほど、様々な姿の人々がいた。

中には、明らかに南蛮から来たと思われる色白で大柄、青い目をした男が、色の黒い従者らしい子供を従えて座っていた。皆、玄海屋の商売仲間らしく、思い思いに歓談し、和やかな雰囲気が漂っていた。

僧侶を除いた参加者全員に透明な器に入った真っ赤な飲みものが配られると、玄海屋が立ち上がった。

「皆様、よく来て下さいました。今日は、私の商売仲間であり、よき友でもある高田屋さんの弟さんをご紹介するための宴です。京都や鎌倉の寺で修行を終えられ、更に飛躍するために元に渡られます。先ず、天目山を目指されるそうですが、その後のことはどうなるか分かりません。大きな声では言えませんが、元そのものがいつまで続くのか分からなくなっていまます。しかし、何があってもお助け出来るようにするのが、日頃、高田屋さんにお世話になっている者の務めです。もし、お訪ねになられた折には、くれぐれもよろしくお願い致します。それでは、乾杯します。思い切り飲んで下さい」

全員が飲み物を手に立ち上がった。

「乾杯」

玄海屋の声に唱和して、聞いたことのない言葉が飛び交った。皆、一気に真っ赤な飲み物を飲みほした。

頼兼が気の毒そうな顔をして、三人を振り返った。

「葡萄から作った酒だ。飲み易くて美味い。いくらでも飲める。酒は飲めないし美味いものも食べられないとは……」

続いて、大皿に盛られた料理が卓に載せきれないほど運ばれてきた。

僧侶には、いい香りがするお茶と元から来た調理師が作ったという料理が準備された。料理はどれも初めて見る物ばかりで、原料が分からないほど念入りに調理されていた。

顔を見合わせている三人を見て、義明が近寄ってきて説明した。

「何だか分からないものは、ほとんどが豆をすり潰して調理したものです。私が見たところでは、僧侶が食べていけないものは並んでいません」

鎌倉で渡来の僧が典座を務めて元の国の料理をつくったこともあったが、それとは全く味が違った。まるで、鳥や魚ではないかと思わせるような歯ごたえと味なのだ。

「油の使い方と調味料を工夫しているのです。南宋の時代に、寺が貴族化して食事が贅沢になったことがありました。その頃に考えられた料理です」

暫くすると、どこからともなく音楽が聞こえてきた。どこか離れた場所で演奏しているらしく姿は見えなかったが、聞いたことがない旋律だった。

それを待っていたように玄海屋が立ち上がった。

「ポルトガルという遠い国からやってきたロマーニオさんの船人が音楽を奏でてくれています。姿は見ない方がいいそうなので、庭で演奏して貰っています」

紹介されたロマーニオという大男が立ち上がり、大仰に頭を下げた。酒に酔ったのか、顔は真っ赤になっていた。

「では、今日の主賓にご挨拶をお願いしましょう。高田屋さんの弟、鐵船元光和尚です」

客の中に元の商人が何人かいることを感じた元光は、漢語で挨拶することにした。

「鐵船元光です。修行のために元の国に渡ります。よき師に出会い、禅の正法を学びたいと願っております。皆様のご協力をお願い致します」

客の中から拍手が起こり、ゆったりとした品のいい衣装を身につけた大柄な男が立ち上がった。

「今まで聞いた日本人の漢語で一番美しい。それぐらい話せれば、難しい禅の問答も心配ないでしょう」

「趙玄勇。私より弟の方がうまいというのか。それは聞き捨てならん」

答えたのは頼兼だった。鐵船は、頼兼の漢語を初めて聞いた。

「高田屋さんの漢語は人をたぶらかすために使われるが、弟さんの漢語は真実を突き詰めるために使われる。美しくないはずがない」

「駒。今とんでもないことを言っているのが、明州の商人・趙玄勇だ。口は悪いが、人の面倒見はいい。元の国で何かあった時には彼を訪ねるといい」

趙が鐵船に向かってゆっくりと頭を下げた。

「鐵船さんは既に一山一寧禅師などの有名なお坊さんについて修行を終えられたと聞いています。この上、元に渡って何をしたいのですか」

「修行は一生続くものだと心得ています。よき師がいるのなら、どこまでも訪ね、学ばせていただくのは当然です」

「多分、修行に終わりはないのでしょう。しかし、多くの留学僧が言葉の壁に跳ね返されて挫折したと聞いています。だから皆、経文や書物を持ってすぐに帰ってしまう。あなたほど話せれば大丈夫です。思う存分、修行して下さい。元の国の商人を代表して支援させていただきます」

「趙も船団を組んで一緒に明州へ帰る。向こうの事情を詳しく聞いておくといい」

翌日からの風待ちの間、毎日のように趙玄勇が様々な人たちを連れて、鐵船たちを訪ねてきた。言葉は、それぞれについている通事が漢語に訳した。

「この世界は果てしなく広く、実に様々な種類の人間がいる。ロマーニオの国・ポルトガルには元から陸続きで旅が出来るそうです。但し、地獄のような砂漠を越えなければならないらしい。そして、その向こうにはまた、果てしない海が広がっているという。きっと、まだ誰も知らない国がたくさんあるに違いありません」

　ロマーニオが言葉をつないだ。

「今から五十年前、ヴェネツィアの商人・マルコポーロが元の国に入り、この国をジャポンとして世界に紹介しました。『東方見聞録』というその本の中で、この国には黄金の宮殿があり、屋根が金で葺かれていると書かれています。私はその本を読んで東洋に憧れ、黄金の国をこの目で確かめたくてここまでやってきました」

「この国には本に書かれているほど黄金はなかったが、ロマーニオは気に入ったようです」

「何よりも人が素晴らしい。皆、勤勉で正直です。商売相手として、これ以上の条件はありません」

「私も同感です。この国の商人は自分のことより相手のことを心配します。そんな国は世界中どこを探してもありません。いつの日か、この国の商人が世界を席巻するに違いありません」

　あまりのほめ言葉に、鐵船たちは苦笑いするしかなかった。

「今日、ロマーニオを連れて来たのは、世界にはいろいろな宗教があり、様々な神がいることを皆さんに知って貰おうと思ったからです」

「仏教は、アジアと呼ばれているこの地域だけの宗教です。私の国があるヨーロッパでは、イエスという人が唱えたキリスト教が信じられ、砂漠の国ではマホメットという予言者が教えを広めたアラーの神を信じるイスラム教が盛んです」

可翁が興味津々という様子で尋ねた。

「それで、ロマーニオさんはどのような神を信じているのですか」

「私は、イエスが説いた唯一絶対の神を信じています。その宗教では、この世は神がつくったと言われています。人もまた、神がつくったのです」

「それでは、日本の神と同じです。日本の誕生を伝える『古事記』という書物には、神がこの国をつくり、その子孫たちが国を治めていく様子が描かれています」

鈍庵が真面目な顔で答え、ロマーニオがおおげさに驚いて見せた。

「日本の神がいるのに、どうして元の国に仏教を学びに行くのですか」

鈍庵が、鐵船を振り返った。

「先ほどお聞きした宗教をはじめ、多くの宗教は神を絶対的な存在として祈ります。しかし、私たちが学んでいる禅では、私たち一人ひとりが本来仏であると教えています。勿論、私が仏になれるわけではありませんが、仏に近づくことは出来るかもしれません。そして、仏に近づけば、人はどう生きればいいのかが分かるのではないでしょうか。少しでも仏に近づくために、元に渡ってよき師の下で修行したいのです」

「仏に近づいて、何をしたいのですか」

「悩み苦しむ人たちの力になりたいと思っています。公家や武士、百姓などの身分に関わりなく、全ての人の力になりたいのです」

趙が口をはさんだ。

「天目山に行って中峰明本老師の下で修行すれば、仏に近づけるのですか」

「それは、お会いしてみないと分かりません。しかし、お会いすれば必ず道を示して下さる予感があります」

「この国で一通りの修行を終えた鐵船さんには、それを確かめるだけでも意味があることなのでしょう。一日も早く、中峰老師に会えるように手配しましょう」

年末から正月にかけても北風は吹かなかった。その間、鐵船たちは趙や玄海屋を通じて様々な国の人々と会い、多くの知識を得た。

釈迦が仏教を広めた天竺では、その後多くの国が生まれては消え、つい最近また新しい王国が誕生したらしい。そして、驚いたことに仏教は既に衰退し、様々な神を祀る伝統的な宗教を人々は信じているという。その宗教の中にも、瞑想という坐禅に似た修行方法があるらしい。

三人の思いは、元の国を超えて遥か彼方へ飛んで行きそうだった。


「風が吹くようだ。仕度しておくように」

頼兼からそう伝えられたのは、一月の半ばを過ぎた頃だった。

しかし、博多の街は穏やかな日和で、皆、のんびりと正月気分を楽しんでいた。

可翁が心配そうに呟いた。

「こんな長閑な日和が続いているのに、風など吹くのだろうか」

「海を知り尽くしている頼兼さんが言うのだから、必ず北風が吹くでしょう。私たちに出来ることは、支度して待つことしかないのです。お世話になったこの離れも元のように掃除しておきましょう」

鈍庵が身の回りの物を片づけ始めた。

その日は趙たちも顔を見せなかった。やはり、仕度に追われているのだろう。

翌朝、鐵船は寒さで目が覚めた。前日とは打って変わって、街の空気が全て冷気に入れ替わってしまったような気がした。空を見ると、鉛色の雲がどんよりと広がり、不気味な雰囲気が漂っていた。

遅れて起きてきた鈍庵と可翁も空を見て出発を覚ったらしく、急いで部屋に戻った。粥座を終えて、やっと明るくなり始めた頃、頼兼が急ぎ足でやって来た。

「いい風が吹きそうだ。すぐ、船に乗ってくれ。準備が終わり次第出航する。三日もあれば、明州に着けそうだ」

博多まで同行して漢語を教えてくれた義明に別れを告げると、三人は急いで港に向かった。三隻で船団を組むらしく、港は人と荷物で混乱していた。

船は三隻とも全く違う構造のように見えた。趙の所有だと思われる船が一番大きくて豪華だったが、重心が高く荒海には不向きに思えた。もう一隻は、どこの国の船だか分からなかったが、余計な構造物が全くなくて、見るからに速そうだった。しかし、甲板には風除けもなく、冬の海を渡るには過酷そうに思えた。

三人は急かされるように、頼兼の船に乗り込んだ。

既に風が出始めたのか、停泊中にも拘らず船は上下に揺れていた。

「急げ。岸にぶつかると船が傷む。早く離れるのだ」

「まだ、積み荷が残っています」

「沖へ出して、小船で運べ」

船人たちの声が飛び交い、アッという間に船は岸を離れた。

そして、沖で小船一艘分の荷物を積むと、すぐに帆を上げ、港の出口へ向かって疾走した。

港を出た途端、船は大きく揺れ始めた。目の前には、見たこともないような鉛色の海が延々と続いていた。

高楼にいると揺れが大きく、時には波を被るかもしれないということで、三人は船底に近い場所に移った。ところが、そこは船が大きく上下する度に、船底が破壊されてしまうのではないかと思われるほどの音が響いた。底板一枚向こうには鉛色の海が口を開けているという実感があった。

可翁は船酔いと恐怖で布団にくるまってしまい、鈍庵はしっかりと固定された荷の間に居場所を見つけて坐禅を組んだ。二人とも、周囲は全く目に入らないという様子だった。

鐵船は甲板に上がってみた。

船人たちは何事もないようにそれぞれの持ち場についているようだった。頼兼は、鐵船たちが空けた高楼にいた。

「馴れない者にはちょっときついかもしれん。しかし、三日の辛抱だ。船底で寝ていれば元に着く」

「他の船はどこにいるのですか」

「この風ではどうなっているのか分からん。趙の船は安定が悪いから早くは走れない。もう一隻は波を被って、水を汲みだすのに必死だろう。早いが、荒海では危険な船だ」

「大丈夫なのですか」

「船人は、いつも死と隣り合わせで生活している。今まで、何人がこの海で命を落としたか分からないくらいだ。日本に攻めてきた元の兵士は数万人が溺れ死んだといわれている。しかし、誰かが船を出さなければ、外の国と交流することは出来ない。特に、日本は島国だ。海を越えなければ何も始まらない」

「ずっと、この状態が続くのでしょうか」

「これ以上ひどくなることはないだろう。後で、鹿皮でつくった寝具を届ける。体を濡らさないようにしてくれ。腹を冷やすと、元に着いても暫く寝込まなければならなくなる」

それから三日間、可翁はほとんど何も食べずに寝ていた。鈍庵も半日で坐禅が出来なくなり、横になってしまったために、鐵船が二人の面倒をみることになった。

「申し訳ない……」

もう、吐く物もないのだろう。可翁は、それだけ言うのが精いっぱいだった。


三日目の夕方、頼兼が船底に下りてきた。

「元の国が見えた。無事、明州の寧波に着いたようだ」

「船から降りることが出来るのですか」

可翁が声を絞り出した。

「もう一晩我慢してくれ。夜、港に入るのは危険だ。明日の朝、明るくなったらすぐに着岸させる」

鐵船は頼兼と共に甲板に上がった。

無事到着したことで、船人たちも安堵したのだろう。その表情からは緊張感が消え、交わす言葉も弾んでいるように聞こえた。

「あれが元だ」

頼兼が指差す彼方に、黒々とした陸地が広がっていた。

「あそこへ上陸すれば、ロマーニオたちの国へも陸続きで行ける」

「行ってみたいのですか」

「勿論行く。俺は船乗りだから船で行く。見たこともない人や動物、食べたことのない料理や貴重な宝物。交流すれば、お互いどれほど潤うか想像も出来ない」

「皆、それぞれの国で精一杯生きているのでしょうね」

「どこへ行っても、いい奴もいれば悪い奴もいるだろう。それはそれで面白い」

「どのような神を、どんな風に信じているのか、見てみたいものです」

「いつでも連れて行ってやる。その気になったら言ってくれ」

「兄上に、本当に元まで連れてきていただきました。夢のようです。ロマーニオさんの国にご一緒出来る日を楽しみにしております」

湾に入ったのだろうか。揺れが小さくなったような気がした。

翌朝、船人たちの声で目が覚めた。可翁と鈍庵も起きて、船を下りる仕度をしていた。

甲板に出ると、すぐ近くに趙の船がいた。遅れて到着したらしい。船べりに立った趙が、鐵船たちに気づいて大きく手を振った。

「あの船は甲板に贅沢な部屋をつくって安定が悪くなった。金を儲けて太り過ぎた商人みたいなものだ。放っておけば命を落とす。今度の航海で懲りただろう」

頼兼がにこやかな表情を趙に返しながら呟いた。

港のすぐ近くにある趙の屋敷は想像を超える広さだった。周囲を人の背丈の倍以上ある土塀で囲み、正面には鋼鉄製の扉をつけた巨大な門が付いていていた。

「まるで城のようだろう。日本の商人とは規模が違う」

塀の中は、池を中心に建物が並び、それぞれが石の橋で繋がっていた。池の中心には島があって、石でつくったお堂のような建物が建っていた。

「今は緑も何もないが、春になるとあちこちで色とりどりの花が咲いて美しい。夏には、数えきれない柳の葉が風に揺れる。騒がしい港とは別世界だ」

「ここに泊まるのですか」

「天目山に使者を送ると言っていた。往復に十日ぐらいかかるらしい。その間は、ここに泊めて貰うといい。私は荷を降ろしたら次の港に向かう。後は、趙に任せておけば、うまくやってくれる。帰国する時には、ここに連絡すればいい。必ず、無事に送り届けてくれる。

皆の修行の成就を祈っている。また、必ず日本で会おう」

その夜は趙の屋敷で盛大な歓迎会が催された。商人だけでなく、役人らしき人物や僧侶までいた。鐵船たちをいろいろな人に紹介しておきたいという趙の思いからららしかった。

最後に一人の僧が挨拶に立った。まだ四十代だろう。厳しい修行で磨きあげたに違いない精悍な面構えをしていた。

「遠いところをよく来られた。この国の僧を代表して歓迎する。私は、ここ寧波にある阿育王寺の住持、巌隆。かつて、あなたたちの国へ渡った僧侶は、戦乱が怖くてこの国を逃げ出した者ばかりだ。そんな僧侶から受けた教えは何の役にも立たん。きちんと修行し直して帰って欲しい。天目山の中峰老師に弟子入りするつもりらしいが、老師はもうお歳だ。それに、山の中に住んで世間と隔絶している。そんな宗教などあり得ない。会えば、すぐに落胆するだろう。その時は、いつでも阿育王寺に来るといい。喜んで修行を受け入れる」

元でも、寺や住持によって様々な考え方があるのだ。何が正しいのか、自分で体験する以外に方法はないのだろう。

翌日から三人は、屋敷の一室を借りて朝夕の坐禅を始めた。天目山に登る前に、身心を整えておく必要があると感じてのことだった。

夜坐は、島の中央にある建物で坐った。部屋はなく、風が吹き抜ける構造になっていることもあって冷え込みは厳しかったが、湖の岸辺で坐っているような感覚があって、連日そこに坐具を持ち込んだ。

「何も、わざわざそんな寒い所で坐らなくてもいいでしょう」

趙は呆れかえったが、三人の顔つきが少しずつ変わっていくことに気づいて、口を噤んだ。趙の家族や使用人たちも、少しずつ近寄り難くなっていく異国の僧を、ただ不思議そうに見ていた。

寧波到着からちょうど十日後、天目山から使いが帰って来た。

「既に、日本にいる中峰老師のお弟子さんから、鐵船さんたちが天目山に登ることは知らされていたようです。齢を重ね、以前のようにはいかないだろうが、私も相見を楽しみにしているとのことでした。過去に、多くの日本人僧が入山しており、受け入れに問題はないようです」

全員の間に安堵の気配が流れた。

「但し、天目山は想像以上の寒さです。防寒の準備を怠らないようにして下さい」

「受け入れ準備が出来ているのなら、日を置かない方がいいでしょう。準備は出来ています。いつでも出発出来ます」

趙が三人を振り返った。

「明朝、出発します。皆様には心から感謝しています」

鐵船が代表して答えた。

「礼は、修行が成就した時にお聞きします。それまでは、何でもお手伝いします。三人とも、困った時には私を思い出して下さい」

翌日の早朝、二台の馬車に大量の食料と、頼兼が日本から運んできた銀を積んで出発した。馬車の前後には屈強な四人の男が警護につき、三人の僧以外は全員が武器を携えていた。

「旅の無事を祈っています」

趙玄勇は行列が見えなくなるまで、門前に佇んで見送っていた。

# 天目山

寧波を出発してから五日後の昼過ぎ、一行は天目山の麓に着いた。しかし、天目山は深い雲に覆われ何も見えなかった。

「今から登ったのでは、到着が夕刻になります。明日の早朝に出発して、午前中の相見ということにしましょう」

案内役の趙の部下は、山上の天候が心配のようだった。山麓でこれだけ冷え込んでいたのでは、山の上は雪になっているかもしれないと思ったのだろう。

「まだ昼過ぎではありませんか。登りましょう。ここまで来て待っている手はない」

可翁の言葉に案内人は仕方なく説明した。

「山の上は多分雪が降っています。それに、こちらでは夕刻に入山する習慣がありません」

鈍庵がポツリとつぶやいた。

「しかし、このまま雪が降り積もれば、ますます山に登ることは難しくなる」

鐵船も、少しでも早く中峰に相見したかった。

「今から登れば、明るいうちに着けるのですか」

「馬車を別の日に登らせるようにすれば、明るいうちに着けるでしょう」

「ではそうしましょう。ここまで来ているのです。少しでも早く中峰禅師にお会いしたい」

案内人は、これから登ることを知らせるために、部下の一人を中峰の元に送り、警護の男二人を加えた六人で、雲に向かって歩き始めた。

道が木立の中に入ると、急激に温度が下がった。革履を履き、衣の上から合羽を羽織った。登るにつれて、少しずつ雪の量は増えているようだった。

寺の総門らしき建物が見えた時、使いが下りてきた。

「もう登って来られましたか。中峰老師はこんな雪の日にわざわざ登ってくることはないとおっしゃっていました。麓で旅の疲れを癒し、ゆっくり来ればいいということでした。それをお伝えしようと急いで下りて来たのですが……」

「すまないが、改めて到着を知らせてくれ」

案内人の言葉を受けて、使いは踵を返した。

「私たちも急ぎましょう。日が暮れる」

門に着くと、そこは粉雪が舞う銀世界だった。

「また雪だ」

鐵船は、約翁と共に建仁寺に入った折の雪景色を思い出していた。季節外れの雪を踏みしめて三門をくぐる約翁の前に、百人余りの修行僧が低頭する姿を見て、約翁が目指す僧堂改革の成功を確信したのだった。

天目山には迎える僧の姿はなかったが、純白の雪景色が海を越えてやって来た修行僧を包み込んでくれているように思えた。

「行きましょう」

三人は、降り積もった粉雪に新たな足跡を印した。

正面の本堂らしき建物に近づくと、使いに導かれるように僧侶がやって来た。

「何と、この雪の中を登って来られたか。中峰老師は既に隠寮に戻られた。しかし、万一、あなたたちが入山した時には、知らせるように言い残された。今、使いを出しました。ともあれ、建物の中に入って下さい」

「いえ、ここでお待ちいたします」

三人は大雄宝殿の掲額がある建物の前に並び、叉手の姿勢をとった。

「入山が許されなければ、腕を切り落とすとでもいうのか」

僧侶は呆れたように引き上げていった。

それからどれほどの時間が経っただろう。鐵船の肩に積った雪が滑り落ちるのを待っていたかのように、大雄宝殿の扉が音をたてて開いた。

奥から素足のまま履をはき、糞雑衣を纏った一人の僧が現れた。中峰明本その人に違いない。

齢は五十歳代だろうか。その表情は溢れるような慈愛に満ちていた。

三人にゆっくりと目を移し、鐵船を招くように頷いた。

「鐵船和尚、禅師のもとへ」

隠侍らしい僧の声で、鐵船が進み出た。

中峰は冷たくなった鐵船の手を取ると、その大きな手で包み込むようにして温めた。そして、語りかけた。

「私は宗祖と違って、あなたたちの到着を心待ちにしていた。しかし、何かの行き違いで、こんな雪の中で待たせてしまった。間違って、片腕をなくされては大変だ。だから、雪がやんでから登ってきなさいと使いに伝えたのだ」

初めて聞く中峰の声だった。言っていることは凡そ理解出来たが、杭州訛りのせいだろうか、聞き取れない部分があった。

中峰はそれを察したのだろう。鐵船の左腕を摑むと、袖を捲り上げながら、楽しそうに言葉をつないだ。

「この腕に私が言いたかったことを伝えよう。使いにはこう言ったのだ」

筆をとると、鐵船の腕にさらさらと文字を書いた。

〈明日来也〉

鐵船は肩に積っていた雪を手に取ると、その文字を擦って消した。そして、こう続けた。

「生死事大　光陰惜しむべし　時人を待たず」

すると、背後から声が起こった。

「人身受け難し　今既に受く　仏法聞き難し　今既に聞く　この身今生に向かって度せずんば　更にいずれの所に向かってか　この身を度せん」

鈍庵と可翁の声だった。それは、中峰が弟子たちに説き続けてきた座右の銘とも言われる言葉で、三人は揺れる船の中で何度も漢語で唱和したのだ。

中峰は大声を上げて笑い、天目山に響き渡る声で告げた。

「三人に単を与えよ。そして、すぐに温かい飲み物と食事を準備せよ」

「承知いたしました」

数十人の声が唱和し、建物や回廊の奥から糞雑衣に身を包んだ修行僧が姿を見せると、深々と低頭した。皆、雪をついて登って来た日本人僧に敬意を表すと共に、慧可断臂の逸話に思いを馳せて集まっていたのだ。

三人は突然のことに驚いて、声も出なかった。


翌朝、改めて中峰に相見することになった。

前日の雪が嘘のような青空だった。中峰は、境内の奥に粗末な庵をたてて暮らしていた。入口に幻住庵の額が掛かっていた。

中峰は信じられないほど日本の事情に詳しかった。鐵船が約翁に嗣法し、一山と共に南禅寺に入ったことまで知っていた。

「多くの修行僧が日本からやって来て、聞きもしないのに事情を知らせてくれるのだよ。それに、私にも海を渡らないかという誘いが何度かあった。素晴らしい先輩たちが何人も行っているのに、今更、私が何をしに行くのかと言って断ってきた。そうしたら、思いがけずお前たちが訪ねてきた。長く生きてみるものだ」

しかし、弟子入りを希望する三人の要望はあっさりと退けた。

「鐵船は既に約翁禅師の法を継ぎ、鈍庵と可翁も師家について修行を重ねてきたではないか。何を今更、私に弟子入りする必要がある。何より、私も年をとって弟子を育てる体力と気力が衰えた。もう僧堂は他の者に任せてある」

「では、暫くの間逗留し、参禅することをお許し下さい」

「喜んで受けよう。私も楽しみにしている。僧堂で坐り、気が向いたら幻住庵を訪れるがいい」

鐵船は中峰の生き方の中に、約翁が目指す修行道場の有り様や僧侶の生き様に対する答えがあるに違いないと確信した。

天目山大覚正等禅寺の僧堂は、驚くほど自由だった。寺の運営に携わる僧と修行僧に分れてはいるが、数人の役僧を除くと、ほとんど上下関係が存在しないように見えた。

「ここには、あなた方のように一通りの修行を終えた僧も来るし、初めて修行道場に入るような若者もきます。だから、出入りも多い。位階をつくっても意味がありません。それに、中峰老師は全ての僧に平等に機会を与えよと常におっしゃっています」

戸惑う鐵船たちに首座の僧が説明した。

「日本の僧堂の仕組みは、蘭渓道隆禅師をはじめとする渡来の僧が作られたと聞いています。しかし、ここことは全く違う」

「日本に渡った老師方は、ほとんどが大きな都市の寺の住持でした。貴族や文人が近くにいるために、どうしても大仰になるのです。その反省から、ここでは全てを簡略化しています。役僧の数を減らし、出来るだけ多くの僧が修行出来るようにしているのです」

「こうした形の修行道場は、今までどこにも存在しなかったのですか」

「逆です。今のような大仰な道場が現れたのは宋の時代になってからです。唐の時代、僧堂はもっと修行本位の簡素な組織でした。信仰を広める中で権力と近づき、どんどん世俗化が進んで組織が肥大したのです。中峰老師はそれを嫌って、都市の寺にはお入りになりません。こうした山の中で、ずっと修行を続けています」

翌日の朝から参禅に幻住庵を訪れた。

鐵船は既に嗣法している師家として認められているために、公案を与えられることはなく、約翁に参禅してきた案録を順に確認していくような形になった。訛りのせいだろうか、度々、発音を確かめなければならなかった。

中峰は、時には鐵船の見解に驚きながら、一つひとつ丁寧な説明を加えた。

鐵船は、語録の言葉には様々な深い意味が込められていることを初めて知って驚いた。

「宋の時代になって、貴族たちは僧侶に天才を求めたのだ。突然のひらめきで悟りを得て、全てを理解してしまうような僧侶だ。だが、そんな人物はめったにいない。仏陀や達磨も、長い修行の果てにあの境地に至ったのだ。だから、古い語録では、多くの修行僧が理解出来るように、もっと丁寧に逸話が記されている。それが何時の頃からか、一打や一喝に省略されてしまった。一打や一喝で悟るためには、そこに至る長い経験が必要なのに、それを無視して天才的なひらめきだけを求めたのだ」

「師の約翁禅師も同じことを言われました。偶然の悟りなどない。大地に根を下ろして修行せよと」

「海を渡った僧侶の多くは、宋の時代の語録を携えていったと聞く。私が知っている全てをお前に与える。国に帰ったら、多くの修行僧を導くのだ」

その後も、鐵船は毎日のように幻住庵に通い続けた。

最初は確認が必要だった言葉も、すぐに理解出来るようになり、三ヶ月たった頃には案録の確認作業はほぼ終わった。

鐵船はどうしても中峰に確認しておきたいことがあった。

「禅師は、禅と念仏は同じとおっしゃっているとか。その本意をお聞かせ下さい」

「本意などない。共に仏陀の教えから流れ出たもの。源流を求めて遡れば、仏陀のこころ以外に辿りつく先はあるまい。優劣をつける必要もない」

「日本にも念仏の聖はたくさんいます。しかし、禅は彼らとは全く違う方向を向いていると思っていました」

「世界にはイエスが広めたキリスト教や、太陽の神アラーを信じるイスラムという宗教もある。彼らは、唯一絶対の神を信じて暮らしている。その神と我らが信じている仏の間に、どれほどの違いがあるというのだ。神も仏も、己自身の中にしか見出すことは出来ない。禅と念仏の違いなど、あったとしても気にするほどのことではない。それより、せっかく、命を掛けて海を渡ってきたのだ。あちこちの禅僧を訪ね、教えを請うがいい。ここには、好きな時に帰って来るといい」

もう暫く天目山に留まりたいという可翁を残して、鐵船と鈍庵は湖南省の南岳山を目指した。周辺には鶏足山・南源山・楊岐山等があり、多くの名僧が隠棲していると聞いていた。

南岳山で数日過ごした後、近くの草衣寺を訪れた。

草衣寺は、蜀の時代に馬祖の法嗣の奉初が隠棲した寺で、寺の裏に岩洞があり、奉初が草で編んだ衣を着ていたところから草衣岩と呼ばれていたが、後に寺となって草衣寺と呼ばれるようになったらしい。

境内を歩いてみると、古今の僧が詠んだ偈頌があちこちに掲げてあった。中でも、鐵船は張無尽の偈頌に心をうたれた。

古人一語便心安
計較何曾万百般
識得草衣々下事
任他麻衲与金襴

「昔の人は一言を聞いただけで悟りを開いて心を安んじた。思慮分別して、いろいろ計り比べて迷うことなどなかった。草衣の下の自己をはっきり認識することが出来さえすれば、麻の衣でも金襴でも構わない」

鐵船も偈頌を詠んで寺に納めた。
曹渓屈眴是争端
鷲嶺金襴伝却難
我箇麻衣較些子
年々補綴得遮寒
［六祖の袈裟は争いの発端。仏陀の袈裟も伝えることが難しかったという。私のこの麻袈裟は少しましかもしれない。毎年傷んだところを繕ってはいるが、寒さから身を守ることが出来るのだから］

五月のある晩、旅の途中で泊まった小さな寺で鐵船は夢をみた。

都率天らしき宮殿に、聖者が輪になって立っていた。その中央には厳かな椅子が置いてあって、説法する人を待っているという様子だった。

そこで、鐵船は傍らの聖者に聞いてみた。

「どなたを待っているのですか」

聖者は答えた。

「日本国の仏灯国師をお待ちしている」

そこで鐵船は目が覚め、約翁が遷化したことを知った。

〈私に構うな。己を極めよ〉

約翁の最後の言葉を嚙みしめ、鐵船は鈍庵と共に七日の間、喪に服した。

渡元を前に約翁が遷化していれば、鐵船は海を越えることが出来なかったに違いないのだ。


その後、二人は鶏足山聖因寺に清拙正澄禅師を訪ねた。

清拙は浄慈寺の愚極智慧の法嗣で、杭州の街の雑踏を嫌って鶏足山に移ったと聞いていた。

相見に臨むと、満面の笑顔が迎えてくれた。齢は五十歳ぐらいだろうか。

「つい先日、日本の幕府から海を渡るようにという招聘状が届いた。どうしようかと考えていたらお前たちがやってきた。これも何かの縁だ、もうすぐ雨安吾が始まる。暫く、坐っていくがいい」

聖因寺の僧堂には約三十人の修行僧がいた。それ以上人数を増やさないというのが、清拙の方針のようだった。

「名前も覚えられないような人数では、とても修行にならない」

清拙もまた、修行のあり方を探っているようだった。

鐵船はここでも公案を与えられることはなく、様々な案録について互いに吟味することになった。

一喝や一棒に頼らない修行を目指したいという鐵船の意見に、清拙は手を打って賛同した。

「いつの間にか貴族化してしまった禅を正しい道に戻さなければならない。臨済禅師は機を見て棒を振るったのに、いつの間にか棒がなければ道が開けないと誤解されてしまったようだ」

結局、二人は雪安居までの半年余りを清拙の下で過ごした。


年が変わり、鶏足山の雪が解け始めた頃、鐵船は天目山に帰ることにした。中峰に参じ、その教えを深めておく必要を強く感じたからだ。

もう暫く清拙に参禅したいという鈍庵と分れ、東を目指した。

途中、袁州の南源寺を訪れた。自分の股に錐を刺して睡魔と闘いながら修行したという慈明が住持していた寺である。

また、廬山に登って王羲之の邸宅の後に達磨多羅が寺を建てて住んだという帰郷の塔に参拝した。宋の時代になって大いに栄えたと聞いていたが、一株の松があるだけだった。人も伽藍も止まることなく変わり続けるのだ。

鐵船は、天目山への道を急いだ。


約一年ぶりに会った中峰は、少し痩せたように見えた。

「鐵船が帰って参りました。天目山は、元の国での故郷のようです」

思いがけない出会いに、中峰は暫く言葉が出なかった。

「今、お前にこれを送ろうと思っていたのだよ」

中峰が一枚の書を示した。

書には『寂室』の二文字が不動の重みで記されていた。中峰は鐵船という法号にずっと違和感を感じていたらしい。

「今日から寂室と号するがいい。寂は『無知の知』を示す『寂知』から取った。『無知の知』の上にこそ、本来の知がある」


それから約一年、寂室は幻住庵に通い続けた。時には足元を照らすように導きながら、聞いたこともない案録などを共に参見した。

中峰は元光を最後の弟子だと理解しているようだった。身体の芯から絞り出すようにして教えを説いた。

「今、私たちは釈迦・達磨・臨済・慧能と受け継がれてきた仏道を行じている。しかし、これが正しい道だと、誰も断言することなど出来ない。釈迦は仏ではない。人なのだ。私たちは祖師方が歩んで来た道を正しいものとして振り返っているが、いつの日か天才が現れ、釈迦とは全く違う仏の道を示すかもしれない。達磨も臨済も信じるな。信じるに値するのは、今という時代を生きている自分自身しかいないのだ。日本では、新しい浄土の教えが広まっていると聞いた。妻を娶り、僧でも俗でもない宗教者を目指しているという。今は、特異な存在かもしれないが、数百年後にはそれが正道になっているかもしれない。坐禅や公案は手段だ。祖師たちが後に続く者たちに示した道標に過ぎない。自己を究明し、これこそが仏の道だという教えを確立するのだ。もう、私がお前に教えることは何もない。いま一度、旅に出るがいい」

中峰は六十歳になり、肉体の衰えを感じていた。何より、隠棲生活に最後の輝きを与えてくれた元光との交流を通して、自らの法が海を隔てた国に根を下ろすことを確信していた。

出来ることなら、この国で更なる研鑽を重ね、自らを超える人物になって貰いたいと願っていた。そのために、各地の禅傑を訪ねて欲しかったのだ。

寂室には、中峰の思いが痛いほど分かった。六十年の人生で究め尽くせなかった求法を寂室に託すことで、釈迦以来千八百年続いてきた求法の営みが後の世に引き継がれていくのだ。

「日本での師、約翁徳倹老師が目指されていた禅の姿を天目山でお示しいただきました。禅を生きるとはどういうことなのか、この身に染み込ませました」

「寂室元光、『寂知』を究め、知の光として輝き出でよ」

中峰の目から大粒の涙が滴り落ちた。

鐵船が、中峰から寂室の号を送られたという事実は瞬く間に広まった。各地から祝いの偈頌や詩と共に訪問を促す書簡が寄せられた。中峰の法嗣として認められたのだ。

そこには、この時代を代表する禅僧たちの名が連なっており、元における中峰の影響力の大きさを示していた。

天目山の大覚正等禅寺内に坊舎が与えられ、数人の修行僧が身の回りの世話をするために配置された。

「私に隠侍は不要です。皆、修行生活に戻って貰いたい。天目山に居る間は、私も僧堂で暮らします。旅に出る時だけ、案内人をつけていただきたい」

寂室は何も変わらなかったかのように、僧堂で坐り続けた。

その年の夏には、蘇州の虎丘寺を訪れた。

虎丘寺は春秋時代に、呉王夫差が父の闔閭をここに葬ると、三日後に白い虎が現れたという伝説から名づけられたといわれている。

寂室は、後に弟子に可庭という号をつけた時に、その理由を虎丘の思い出として、こう語っている。

「私が元の国を訪れていた時、ある夏を蘇州の虎丘寺で過ごした。夕方、千人石の上を歩いていると、秋の霜のように白い月が昇ってきた。その白さに、腰の辺りに雪が積るまで独り庭に立ち続けた慧可禅師のことを思い出した。法を求めるということは本当に大変なことなのだ。雪の庭に佇む慧可禅師の姿を忘れず、修行に励め」と。

虎丘寺に滞在していた八月の半ば過ぎ、寂室を天目山からの使いの僧が訪れた。

寂室に会った途端、堰が切れたように涙が溢れ出た。

「八月十四日でございました。その三日前に書かれた寂室禅師宛の文をお届に参りました」

開くと、中峰が愛用していた墨の香りが広がり、柳葉書と言われた懐かしい文字が躍っていた。

「私は三日の内に旅立つだろう。知らせが届いても、天目山に帰る必要はない。本師を求めて旅を続けよ。六十年の人生の終わりに、海を越えてやって来た思いがけない弟子に出会い、本当に楽しい時を過ごした。いつの日か、日本で寂室元光の禅が花開くことを楽しみにしている」

さすがに乱れはあったが、見慣れた師の文字がそこにあった。

約翁、中峰と続けて師を失い、改めて二人がつくり上げようとした禅の完成を心に誓った。寂室元光、三十四歳の夏だった。

翌年、寂室は般若寺にいる絶学世誠に参禅するために江西省を訪れた。中峰の意に添うためにも、多くの禅僧に相見しておきたかった。

寂室は既に中峰の最後の法嗣と認められており、迎える側は一般の修行僧のように扱う訳にはいかないようだった。

しかし、寂室は約二ヶ月の間、修行僧と同じ生活を送りながら『臨済録』を中心に公案の確認を行った。

絶学の側にも疑問を感じている公案があるようで、寂室に見解を求めることがあって驚いた。日本で師家が自らに参禅する僧に、教えを請うなど考えられないことだった。この国の禅の懐の深さを思い知らされたような気がした。

江西省での思い出を、後に南雲という弟子にその名のいわれを説いた時に話している。

「昔、元の国の南昌を訪ねたことがある。ある晩、唐の時代に滕王を封じたという滕王閣の下を流れる川に一艘の小舟が浮かんでいた。その舟に一人の少年が乗っていて、舷を叩きながら王勃の詩を朗誦し始めた。私は窓辺に坐って、感激しながら朝までその朗誦を聞いていた。

詩はこうだった。

滕王高閣臨江渚
佩玉鳴鸞罷歌舞
画棟朝飛南浦雲

朱簾暮捲西山雨
閒雲潭影日悠悠
物換星移度幾秋
閣中帝子今何在
檻外長江空自流

［滕王の建てた高殿は、贛《かん》江の渚に立っている。かつてはここに佩玉や鸞の鈴を鳴らして貴人たちが集まり、賑やかに歌舞が演奏されたのであろうが、それも今は昔のこととなってしまった。美しくいろどった棟木には朝ごとに南浦の雲が飛びかよい、朱のすだれは夕方、西山に煙る雨を見るために捲かれたのであろう。静かに流れる雲や渚の淵に湛えられた光は穏やかだが、全ては移ろい年月は流れていく。この高殿にいた帝の御子は、今どこにいるのだろう。手すりの彼方に見える長江は、滔々と流れている」

お前の南雲という号は、私が感激した少年の朗誦にあった王勃の詩に因んでいる。風雅の心も理解出来る僧侶になって欲しいものだ」

その後も、師の約翁や中峰の影を慕うかのように、各地の禅傑を訪ね回った。

径山の元叟行端、保寧の古林清茂、霊隠の霊石如芝、華頂の無見先都、天目の断崖了義など、いずれもこの時代を代表する禅僧である。

どんなやり取りがあったのかは誰にも話すことがなかったが、寂室をそれ以上元にとどめておくほどの人物には出会わなかったようだった。

三十七歳の年の六月、天目山に戻って中峰の墓に別れを告げると、寧波の趙玄勇に帰国を依頼する使いを出した。

足掛け七年に及ぶ滞在だった。

# 帰国

「寂室元光老師。お名前はこの広い大陸に遍く知れ渡っております。高田屋さんとは毎年のように会っていますが、日本に帰らないのではないかと心配していました。何はともあれ、よく趙玄勇を覚えていてくれました」

趙の屋敷は七年前より広くなり、趙の身体は更に太っていた。しかし、人懐っこい笑顔はそのままだった。

「あっという間の七年でした。皆様のお蔭で、素晴らしい師に出会うことが出来ました」

「南の風が吹くまでの間、この屋敷でゆっくりお過ごしください。何でも、遠慮なく仰って下さい」

「有り難うございます。可翁和尚と鈍庵和尚はもう帰国しましたか」

「いいえ、まだお二人ともこちらにいるようです」

趙は、他の二人の動向を把握しているようだった。

「お帰りになる時には、連絡を下さると信じております」

その日の食事から、寂室は天目山からついてきた隠侍に準備させた。趙にとっては久しぶりの再会であり、豪華な食事でもてなしたかったが、自分の身体と研ぎ澄まされたような寂室の身体を見比べると、とても言い出せなかった。隠侍から頼まれた米と大豆、季節の野菜だけを用意した。

寂室は到着した夜から池の中央にある東屋風の建物で坐禅を始めた。少なくとも、趙の家族や使用人が眠る時にはまだ坐っており、皆が目覚めた時には既に坐っていた。

趙は漠然としか理解していなかった僧侶の実態を初めて垣間見たような気がした。


それから一ヶ月後、趙のもとに南風が吹きそうだという知らせが届いた。

寧波の商人にとって、日本は大切な商売相手だった。早く品物を届ければ、その分利益が上がることは誰もが承知していた。しかし、途中で南風が止めば長い間海上をさ迷うことになり、嵐に遭う危険性も高まる。どこで決断するかに、商いも命もかかっていた。趙はその決断に慎重過ぎるほど慎重だった。そのお蔭で大きな事故もなく、順調に商いを発展させてきたのだ。

特に今回は、寂室を乗船させなければならない。万一の事故さえ許されないのだ。趙は、自分が所有している最も安全な船と最も信頼出来る船人が揃うのを待った。

そして八月の初旬、寂室に船出を告げた。

既に一ヶ月前に、日本へ向かった船に寂室の帰国を告げる文を高田屋に宛て託してあった。順調なら頼兼が博多まで迎えに来ているはずだった。

「この二ヶ月で、私は僧侶とはどんな人なのかを教えていただきました。心より、御礼申し上げます」

「とんでもない。勝手なことばかり申し上げ、こちらこそ失礼致しました。お許し下さい」

寂室は隠侍を残し、たった一人で船に乗り込んだ。荷物は小さな笈箱一つだった。

「寂室元光禅師、無事の航海と日本でのご活躍を祈っております。いつの日か、またお会い出来る日を楽しみにしております」

趙に見送られて、巨大な船がゆっくりと岸壁を離れた。船には五十人余りの船人の他に、元の商人らしき人物が十人ほど乗り合わせていた。

出航から二日目、突然、風が出て海は大荒れになった。

「この船は嵐では沈みません。安心して下さい」

船人の長らしき人物が船室にやってきて声を掛けた。しかし、その時にはほぼ全員が船酔いしていて、耳に入らなかった。

寂室も目眩がして、いつ吐いてもおかしくない状況になっていた。仕方なく、船室の片隅に移動すると結跏趺坐した。身体の芯を船底と垂直に立て、船の揺れと一体になろうとしたのだ。

暫く坐っていると吐き気が治まり、揺れそのものも感じなくなった。

「世尊妙相具　我今重問彼……」

思わず、観音経が口からこぼれ出た。

皆が吐いた汚物の悪臭の中でその様子を見た乗船客は、地獄の中で仏に出会ったような気がした。全員が寂室に向かって合掌した。

その五日後、船人が陸に近づいたことを知らせてくれた。甲板に出て見ると、遥か遠くに靄に包まれたような陸地らしき影が見えた。

「あれはどこですか」

「分かりません。少し北に流されましたから博多に着くことは難しいかもしれません」

船長が静かに答えた。さすがに慌てた様子は全くない。

「着岸して場所を確認し、すぐ博多に船を廻します。ご安心ください」

陸が近づくと小舟を降ろし、数人の船人が乗り移った。どうやら、場所を確認しに行くらしい。

半島のように見えるが、集落などは見えなかった。とんでもない国に漂着した可能性もあるのだ。

「長門の国です。その先を回れば、港があります」

半日掛けて小舟で戻ってきた船人が報告した。

「長門なら、上陸して博多に使いを出そう。風を待っているより、その方が早い」

船人の長はすぐに船を港に導き、乗船客を上陸させた。皆、陸に上がっただけで表情が崩れ、笑顔がこぼれた。

港には、長門の役人が待っていた。外国の船が漂着したのだから当然である。日本語が出来る人間がいなかったために、寂室が対応することになった。

「私は元から帰った僧侶です。この船は、博多を目指していましたが、嵐に遭ってここに漂着しました。博多に使いを出したいそうです」

「使いを出すのは構わんが、ここにはいつまでいるつもりだ」

「風次第だそうです。東からの風が吹けば、船を回すことが出来ます」

「風が吹かなければどうする」

船長は、ここで荷を降ろして陸路で運びたいと伝えた。

「ここで勝手に商いされては困る。いくら幕府の権威が落ちたとはいえ、それなりの税を払って貰う必要がある」

船長は税の話を聞くと、役人の前に進み出て微笑みかけた。

「寂室様はここで船を降りて下さい。博多でお待ちの方にお知らせして、迎えに来て貰います」

元の商人たちから役人に銀の小粒が渡され、寂室が偉大な禅僧であることが伝えられた。彼らは、寂室の祈りのお蔭で嵐を乗り切れたと信じており、まるで生き仏のように接した。

「どんなに偉い僧侶でも、勝手に動くことは許さん。こちらが許しを出すまでは近くにいて貰うことになる」

翌日、役人から使いが来た。

「鹿蔵と申します。三角というところに丁度いい寺があるそうです。禅宗の寺で、今は無住だとか。近くには温泉も湧いているそうですから、身体を休めるには丁度いいのではないでしょうか。よろしければご案内します」

寂室に異論はなかった。

船人や商人に別れを告げ、たった一つの荷物の笈を背負うと寂室は船に向かって合掌した。周囲が呆気にとられている中、鹿蔵を促して歩き始めた。あまりの速さに、鹿蔵は小走りにならなければならないほどだった。

太陽が真上に上がった頃、大きな川に出た。

「三角川です。この川を渡ったところに寺があります」

鹿蔵は、川岸に繋がれている小舟の綱をほどくと、櫓をとって漕ぎ出した。暫くすると、対岸に人影が現れた。

「里人たちです。昨日、使いを出しておきました」

川岸には三人の老人が並んでいた。

「寺を開けて、掃除しておきました。雑炊を用意してありますから、召し上がって下さい」

寺は川に面した高台にあり、門に霊禅寺の額が掲げてあった。境内は思っていたより奥に深く、小さいながら坐禅堂もあった。

開け放たれた庫裏で、雑炊の斎座になった。三人の老人に見つめられ、鹿蔵に給仕される妙な光景になった。施食偈を唱え、持鉢を使って食事する寂室の作法を、老人たちは食い入るように見つめていた。

寂室が持鉢を片付け、食事を用意してくれた老人たちに合掌・低頭した瞬間、老人たちが緊張から解放されたようだった。

「本物のようだ。是非、この寺に入って下され」

「暫く、お世話になります」

「暫くなどと言わず、ずっといて下され」

老人たちによると、霊禅寺は大内氏の家臣で長門の守護代を務めてきた鷲頭家に関わりのある寺で、三年ほど前までは交代で住職が来ていたという。ところが、都で大きな騒ぎがあったという噂が流れて以来、無住になってしまった。鷲頭家が寺を維持するための田畑を残しておいたこともあり、里の人たちで守ってきたらしい。

坐禅堂に入ってみると、曹洞宗の寺だったことが分かった。

「同じ禅でも、ここは曹洞宗の寺のようです。私は臨済宗の僧です。皆さまの信仰の邪魔になるようなら、すぐにここを離れます」

「わしらには違いが分からん。お役人がついてきていることだし、あんたさえよければいてくれて構わん」

その日から、寂室と鹿蔵の暮らしが始まった。

鹿蔵が驚いたのは、寂室の生活のほとんどが勤行と坐禅で占められていることだった。鹿蔵に食事の準備の仕方を教えると、坐禅堂に入ったまま出てこなかった。教えられた粥は信じられないくらい薄く、何杯食べても空腹を満たすことは出来ないように思えた。

翌朝は夜明け前に本堂から聞こえる読経で目が覚め、慌てて粥の準備をした。しかし、その後坐禅堂に入り、庫裏にきたのはすっかり夜が明けてからで、粥は温め直さなければならなかった。

寂室は、糊のようになった粥を文句ひとつ言わずに食べた。

三日もするとお互いの呼吸が分かり、粥座の後、二人で境内の掃除をした。

夏の日差しの中で埃にまみれていると、懐かしい声が聞こえた。

「寂室元光。無事の帰国、何より目出たい」

涼しげな麻の衣に身を包んだ頼兼が満面に笑みを湛えて立っていた。真っ黒に日焼けした表情に見事な髭を蓄え、髪型は見たこともないような短髪だった。

寂室に走り寄ると、思い切り抱きしめた。

「中峰禅師から法を嗣いだと聞いたが、庭掃除とは駒らしい。変わりないか」

「兄上こそ、お元気そうで何よりです。皆様、変わりありませんか」

「父上が二年前に亡くなった。心の臓を患われていたが、駒には知らせるなと言い残された。残りは、皆、齢をとったが元気にしている。私も嫁を貰って子を授かった」

「何と、猿若の兄上が父親になられたか」

「それも、上が男、下が女の二人の父親じゃ」

「是非会って、この腕で抱きしめてみたい」

「駒は、この頼兼の自慢の弟。是非、子らに会ってくれ」

鹿蔵が恐る恐る口をはさんだ。

「日差しの下ではなく、庫裏でお話しされては如何ですか」

「鹿蔵さん、兄の高田屋頼兼です。兄上、長門の国の国司に仕える鹿蔵さんです。いろいろ、世話になっています」

「何だ、お役人さんか。弟子にしては、身なりがおかしいと思った。今日からは、私に何でも相談してくれ」

頼兼は、寂室がすぐに都に上ると考えていたようだった。

「南禅寺や東福寺には、取りあえず帰国を伝えておいた。都に入るのなら、すぐに手配する」

「兄上が難波に帰られるのなら一緒に連れて帰って下さい。約翁禅師の墓前に一日も早く帰国を報告したいと思っております。しかし、私は京都や鎌倉の寺に入るつもりはありません。報告が終われば、すぐにここへ戻ります。まだ自由に動くことは許されていません」

「まだ修行する必要があるのか」

「修行に終わりはありません」

「住まいはどうする。身の回りの世話は誰がするのだ」

寂室の頭には、あちこちに幻住庵という庵を建てて修行を続けた中峰の生き様があった。

しかし、頼兼に理解出来るはずもなかった。

「都から帰って、許しが出たら美作に帰ります。父上の墓参りをして、ゆっくり母の顔を見とうございます。その後のことは、その時点で考えることにします」

「せっかく、無事に元から帰ったというのに勿体ない気もするが、駒がそう言うなら仕方がない」

「こちらにいらっしゃる間は、私がお世話させていただきます」

白湯を運んで来た鹿蔵が、頼兼をなだめるように声を掛けた。

「お願いする。何かあれば、博多の玄海屋に相談するといい。何でもきくように伝えてある」

頼兼は鹿蔵が見たこともない大量の銀を置いていった。

## 墓前の誓い

都に入った寂室は、ひっそりと約翁の塔所を訪れた。頼兼を通して、約翁にゆかりのある僧侶が墓参りを望んでいるとだけ伝えて貰った。

案内された墓には質素な卵塔が一つ立っているだけだった。塔所の墓守によると、約翁は石を一つ置くだけにせよと言い残したらしい。

寂室は三日間塔所に留まって朝夕勤行し、他の時間は墓前で坐を組んで過ごした。墓前に坐ることで、師の教えをどう伝えていけばいいのか確認したかったのだ。

寂室は、約翁がその晩年に手探りで求めていた禅に中峰と出会うことで触れたと感じていた。後は、この国の事情を考慮しながら実践すればよかった。

しかし、その禅は少なくとも京都や鎌倉では実現出来ないものだった。やはり、権力から遠く離れた地でじっくり己と向き合う以外ないのだ。

寂室は墓前に、約翁と中峰が目指していた禅の実現を誓った。

南禅寺を出た寂室は旅仕度のまま六波羅へ向かった。長門で待つ鹿蔵の顔がちらついたが、何故か実浄に会いたかった。

六波羅は以前に比べると静かだった。鎌倉幕府の凋落が影響しているのだろう。

極楽堂は、西光寺の傍らにひっそりとあった。しかし、実浄が身体中で発散していた活気は感じられなかった。境内の建物はそのままだが、人の気配が感じられないのだ。

庫裏らしき建物で声をかけると若い僧が出てきた。

「寂室という者です。実浄和尚にお会いしたい」

僧は頭の中でいろいろなことを思いめぐらしているようだった。

「失礼でございますが、昭建様ですか。元に渡られたという昭建様ではございませんか」

「今は寂室元光と名乗っています。先日、元から帰って参りました」

僧の目から涙が溢れた。

「実浄和尚は亡くなられました。四年前、都では流行り病で多くの人が倒れ、ここにもたくさんの人が運び込まれました。和尚は、私たちに病がうつらないように一人で看病され、最後はご自身が倒れてしまいました。昭建様のお話は何度もお聞きしました。帰国されたら、この国の仏法を正しい道に導いて下さると、お帰りを楽しみにしておられました」

実浄の墓は寺の裏にあった。施療院で亡くなった多くの人々の墓の間に、小さな石が一つ立っていた。

「施療者が患者になってはお仕舞いじゃ」

実浄の大きな声が聞こえてきそうだった。

「禅と念仏は、行きつく先が同じでございました」

寂室は、どんなことがあっても中峰の下で学んだ仏法を実現する決意を固めた。

# 開単

それから十日後、寂室の帰りを待っていたかのように、長門の霊禅寺を二人の僧が訪れた。都から来たのだという。

鹿蔵が寂室に取次ぐと、坐禅堂に通せということだった。

坐禅堂に入った二人は順に寂室に相見し、その日から当たり前のように境内を掃除し、鹿蔵に代わって食事の支度をするようになった。二人とも、自分たちが食べる米は持参しているようだった。

寂室もそれを不思議がる様子もなく、翌朝からは本堂で共に勤行を始めた。

すると、その日のうちに更に三人の僧がやってきて坐禅堂に入った。そして、当たり前のように掃除をして食事の支度を手伝った。

鹿蔵には何が起きているのか分からなかった。

「あんた達は何者だ。ここへ何しに来た」

「私は都の南禅寺から来た修行僧です。寂室禅師が元から帰られたと聞き、参禅に参りました」

「他のお坊さんも同じか」

「はい。寺は違いますが、皆、都から来ました。もっと大勢来ると思います」

「何人ぐらいになりそうだ」

「多分、数百人かと……」

「数百人が、この寺に来るのか」

「寺ではなく、寂室老師に参禅するために来るのです」

「どちらでも同じことだ。お堂はあと五人も入ればいっぱいになる。皆、どこで寝るつもりだ」

「先に来た者から順に寝る場所を確保します。後から来た者は、川べりに小屋を掛けるなど、自分たちで工夫するでしょう。出来るだけご迷惑をお掛けしないようにします」

「川べりに小屋などつくれば、迷惑に決まっている。だいたい、何百人もの食事を誰が何処でつくるのだ」

「皆、自分でつくります」

「薪はどうする。厠はどうするのだ」

鹿蔵の心配をよそに、その翌日には十人を超える僧侶がやってきた。このままでは、本当に数百人が集まるかもしれない。

頼兼が見たこともない大量の銀を置いて行った理由がやっと分かったような気がした。

五日後には、僧侶の人数が百人を超えた。里人の協力で川辺ではなく、境内の裏山に雨露を避けることが出来そうな小屋をいくつか作ったが、とても追いつきそうになかった。

その上、僧侶たちは、もうすぐ鎌倉からの修行僧が到着すると噂していた。

鹿蔵は寂室に相談するしかなかった。

「もうこれ以上は無理です。皆を追い返すか、寂室老師がここを離れるかです」

「もう少し待って下さい。皆、持参した米が無くなれば去ります。元から帰って来た僧侶がどんなものか、珍しがっているだけなのです」

しかし、参禅した僧侶のほとんどがそのまま止まった。皆、一つひとつの公案に対する理解の仕方が、従来の師家とは全く違うことに気づいたのだ。このまま寂室に参禅を続ければ、いつの日か見性出来るのではないかという期待を抱いたのだ。

十日もすると、バラバラだった集団が一つになり、僧堂の形を取り始めた。そうでもしなければ、収拾がつかないほどの人数になっていたのだ。

しかし、霊禅寺は僧堂としてはあまりに狭かった。鎌倉からの修行僧を加えると二百人以上になり、雨が降れば坐禅する場所さえ確保出来なかった。

寂室は、僧堂の首座のような立場になっていた玄雲という僧侶を、隠寮として使っていた庫裏の一室に呼んだ。玄雲は南禅寺からきた修行僧で、寂室をよく覚えているということだった。

「お分かりでしょうが、今、開単することは出来ません。集まった修行僧には必ず全員相見します。その後は順次放散して、それぞれの僧堂に帰って貰って下さい」

「皆、寂室禅師に参禅することを願っております。この地に、新しい寺を開創することは出来ませんか」

「寺をつくるには何年もの時間と莫大な費用がかかります。とても、無理でしょう」

「では、都に寺を用意すれば入寺していただけますか」

「私は中峰老師から、権力に近づくなと教えられました。都の寺に入ることはありません」

「この後、どこで何をされるおつもりですか」

「故郷の美作に帰り、父の菩提を葬います。その後のことは何も決めていませんが、私はまだ修行中の身です。どこかの山中に庵を結んで、己事究明に努めるつもりです」

「弟子は取らないということですか」

「そんなことはありません。私が約翁老師や中峰老師から学んで来たものを受け継ぎ、いつの日か実をつけて貰いたいと願っています。しかし、それは今この国で行われているような修行では出来ないと考えています」

「どうすればいいのでしょう」

「大きな寺で数百人が修行すること自体が無理なのです。師と弟子が一対一で長い時間を掛けて向き合わない限り、正しい道を指し示すことなど出来ません。そのためにも、都から離れなければなりません」

「分かりました。しかし、一つだけお約束していただきたいことがあります。寂室老師の所在を明らかにしておいて欲しいということです。それさえお約束いただければ、皆を説得してそれぞれの僧堂に帰らせます」

　それから一ヶ月後、ほとんどの修行僧たちは京都と鎌倉の僧堂へ帰っていった。最後に残ったのは、玄雲を入れて十二名だった。

その多くが、喧嘩同然に寺を飛び出してきたか、受戒していない遊行僧だった。帰るところがないのだ。

「残った者は帰る寺がありません。暫くここに置いていただいてもよろしいでしょか」

玄雲が寂室に相談すると、意外な言葉が帰って来た。

「では、開単しましょう。丁度いい人数かもしれません」

その日から霊禅寺は修行道場になり、朝夕の勤行と坐禅、参禅が日課になった。

寂室にとって受戒しているかどうかは問題ではなく、全員が分け隔てなく入室して参禅した。

修行僧が驚いたのは、相見している時間の長さだった。単に公案に当たるだけでなく、一人ひとりの経験や考えを聞きながら、薄皮を剝ぐように本来の自己に出会わせようとしているようだった。

参禅の経験者も、遊行の僧も初めての体験だったが、全員が確かな手ごたえを感じることが出来た。

そのまま、臘八の接心まで参禅が続き、十二人の表情が明らかに変わった。

鹿蔵はそのまま寺に残っており、寂室の身の回りの世話と典座の手伝いなどをした。もう、役人に返る気はなさそうに見えた。

　年の暮れが近づいたある日、博多の玄海屋から使いが来た。

「寂室禅師に、速やかに美作へお帰りいただきたいということです。お母上の体調がすぐれないそうです」

　使いの商人はそう伝えると、一通の文を差し出した。

「難波の高田屋さんから、玄海屋へ送られてきた文です。寂室禅師にお渡しいただきたいということでございます」

　文には、使いが口にした以上のことは書いてなかった。ただ、母が病床で駒に会いたがっているとだけ書き足してあった。

　鹿蔵に見せると、嬉しそうに微笑んだ。

「騙されて差し上げては如何ですか。頼兼様も分かってやっていらっしゃるのでしょう。ここは、お守りしています。ゆっくりお帰りになって下さい」

　寂室は一人で旅をするつもりだったが、政情が不安定になっており、何かあっては取り返しがつかないという鹿蔵たちの意見で、二人の修行僧が同行することになった。

一人は鎌倉の建長寺から来た瑞祥で、三十歳前後の年齢に見えた。もとは武士だったが、出世争いに嫌気がさして出家したという。

もう一人は寂室が諱を与えた周光で、まだ二十歳になるかならないかの若者だった。京都の東福寺で寺男のようなことをしている時に寂室の噂を聞き、何も考えずに長門に来たのだという。臘八の接心で、初めて禅に触れたに過ぎない。

「雪になるかもしれません。山陽道を行きましょう」

瑞祥の言葉を受けて、一行は周防の国に向かった。

一日かけて防府に到着すると、周光はその日の宿となる寺を求めて先行した。宗派に関りなく、行脚の僧に軒下を貸すことは慣例になっていた。何より、一番安全だった。

周光の目の前に巨大な門が現れた。周防の寺とは思えないほどの大きさだった。掲額には周防国分寺の文字が記されていた。

周光は門の脇にあじろ傘を置いて目印にすると、境内に入った。境内ではまだ木の香りが残る新しい建物が目についた。

庫裏らしい建物の板戸を開けて声を掛けた。

「お願い致します」

「どーれ」

奥から墨染めの衣に身を包んだ若い僧が現れた。

「旅の僧にございます。一晩、軒下をお借りしとうございます」

「ご随意に使い下さい。お一人でございますか」

「三名でございます」

「では、お連れの方をご案内して下さい。それまでに仕度させていただきます」

門の前に戻ると、寂室と瑞祥が待っていた。

「何と、国分寺に宿を求めたか」

「ご随意にお使い下さいということです」

庫裏に着くと、驚いたことに十人ほどの僧侶が待っていた。

「住持の覚恵興尊でござる。寂室元光老師のご一行とお見受け致す」

五十歳ぐらいの大柄な僧侶が進み出た。

「如何にも、寂室元光でございます。しかし、何故お分かりになられましたか」

「五日ほど前に、博多の玄海屋甚右衛門という商人が訪ねてきて、寂室老師が宿を求められた時には、よろしくお願い致しますと銭をおいて行かれた」

「そうでしたか。私たちは何も知らずに旅をしておりました」

「来るのか来ないのか分からないのに受け取るわけにはいかんと言ったら、では、布施としてということで置いていった。あちこちの寺に挨拶しているらしい。寂室老師はもっと年寄りかと思っていたら、こんなに若いとは驚いた」

「今年の夏に元から帰って参りました。今は、生まれ故郷の美作に帰る旅の途中です」

「先ず、手足をすすぎ、食事をしていただこう。この寺自慢の雑炊を馳走する」

覚恵の説明によると、周防国分寺は奈良時代に聖武天皇の勅願で創建されたが、その後、衰退の一途を辿っていた。ところが、平家によって奈良の都が焼き払われたために、鎌倉幕府によって周防の国が東大寺再建のための料国となった。そこで、東大寺の僧が国庁の役人に任じられるようになり、国分寺も勢力を維持してきた。五年ほど前に覚恵が住職になってからは、伽藍を修復するなどして、かつての姿を取り戻しつつあるのだという。

「美作に帰られた後は、どうなさる。南禅寺にでも入られるか」

「都には近づきません。どこか、山の中に庵を結んで修行を続けます」

「なるほど。それを求めて元に渡られたか」

「宗祖以来、誰もが行じてきた禅です」

覚恵は大笑いした。

「都の禅僧たちは今頃、大きなくしゃみをしているに違いない。どこか山中の庵で、寂室の禅が花開く日を楽しみにしている」

安芸、備後、備中、備前と、五日掛けて歩いた。宿を願った寺には全て、玄海屋の手が回してあった。何より驚いたのは、玄海屋甚右衛門が自ら寺を訪れていることだった。

長門を出て七日目に美作に入った。田畑に緑はなく、冬枯れの風景だったが、寂室には心温まる懐かしさだった。高田川の畔に立ち、小高い丘の上に立つ建家を見た時には涙が溢れた。

瑞祥と周光は、そんな師の姿を黙って見つめていた。

家の門に着くと、大勢の人たちが迎えに出ていた。

その中には、病で寝ているはずの母・奎子の姿もあった。

「お帰りなさい。無事で何よりでした」

「母上、長い間の無沙汰、お許し下さい」

「駒は、会うたびに僧らしくなっている。名も、寂室元光に変わったと聞いている」

長兄の禎頼は頭に白いものが混じり始めていた。

「兄上もお元気そうで、何よりでございます」

「さすが、禅僧は騙されるのもうまいわ」

一番奥から頼兼が顔を見せた。

「僧というのはなかなか不便なものらしい。放っておいては、いつ帰るのか分からんので、母上に病気になっていただいた」

「頼兼の兄上のお気遣いには、いつも感謝しております」

「頼兼殿のお蔭で、駒の顔を見ることが出来ました。母も、礼を言います」

「私はただ、七年ぶりに元から帰った駒を皆に会わせたかっただけのことです」

「お帰りなさいませ」

頼兼の後ろから玄海屋甚右衛門が顔を出した。

「無事のお帰り、何よりでございました」

「玄海屋さんには美作への途中、あちこちの寺へ立ち寄って貰った。お蔭で、いい旅が出来ただろう」

「私は、寂室様が無事に旅が出来るよう、高田屋さんの言いつけを守っただけでございます」

「お蔭様で、どこの寺でも快く受け入れて下さいました」

「玄海屋さんは、元の趙玄勇から送られて来た金を届けてくれたのだ。長門へ届けても使い方が分からないほどの大金だ。私が預かるわけにもいかないので、取りあえず建家で預かって貰うことにした」

「何のための金なのですか」

「寂室様がこの国に禅の正法を広めるためだと聞いています。そのためには寺を建てる必要もあるでしょうし、お弟子さんたちを養わなければなりません」

「金のために寂室元光が志を曲げることがないようにとの配慮だ。必要な時に使えばいい。それより、父上の墓参りに行こう」

家族に案内されたのは、屋敷の裏にある寺だった。それも、門、本堂、庫裏を備えた見事な伽藍だった。

禎頼が先に立って案内した。

「父上が亡くなられた後、一族の菩提寺として建立した。駒が帰ったら入って貰おうと、住職は置いていない」

「開眼法要は、建仁寺から宗隆和尚に来て貰った。寺の名も龍玄寺とつけてくれた。奥には坐禅堂もある」

頼兼が驚く寂室を見て嬉しそうに説明した。

瑞祥と周光は、本堂に入ると早速法要の支度をした。

「先ず、ご本尊と父上のご位牌にご挨拶しましょう」

焼香して三拝する寂室を見つめる奎子の目から、大粒の涙が溢れた。


寂室は高田にいる間、二人の弟子と共に龍玄寺に滞在した。

しかし、朝・夕の勤行以外は、建家で奎子や家族と過ごすように努めた。禎頼の長子・充頼は既に成人しており、間もなく家督を譲るらしかった。

「叔父上の噂はたくさん聞いて育ちましたが、実際にお話ししてみると、お人柄がよく分かります。近くにいて、一族を導いていただきたいと思います」

「駒は、建一族のために元まで行ったのではない。もっと大きな目的のために海を越えたのだ」

禎頼が充頼を諭すように口を開いた。

「駒は幼い頃から、僧侶になれば全ての人を救うことが出来ると信じていました。あれは、五歳か六歳ではなかったでしょうか」

奎子は、ずっと涙ぐんでいるようだった。

「そんな幼い時に、世の中が分かっているとは思えません。多分、お爺様が亡くなられる頃に、僧侶になりたいと思い始めたのだと思います。十歳を過ぎたあたりでしょうか」

「『僧侶は、全ての人を救うことが出来る』とは、どういうことなのでしょう」

「僧侶は、身分や育ちの分け隔てなく、全ての人に平等に法を説かねばならないということです。今も、それは真実だと思っています。仏法は、公家や武士のためにだけあるのではありません」

「一族を導いていただくことは出来るのでしょうか」

「導くなどと言わず、共に歩むということでいいでしょう」

その頃、建一族は分家を繰り返しながら、美作や備中だけでなく、備中・備前・安芸・播磨の山陽道、出雲・伯耆・因幡の山陰道に及ぶ範囲にまで広がっていた。

寂室が高田に滞在する十日の間に、そうした一族からの訪問者が相次いだ。ほとんどの訪問者が、寺を建てて迎えたいと口を揃えた。中には、高田に龍玄寺が創建されたことを聞いて、既に普請を始めた一族もいた。皆、心の支えになる存在を求めているのだ。

寂室は、一人ひとりと時間をかけて話し、機会をつくって必ず訪問することを約束した。

寂室は正月を高田で家族と共に過ごすと、長門の霊禅寺に帰ることにした。

「龍玄寺には瑞祥に残って貰います。人は変わるかもしれませんが、必ず誰かに守って貰うようにします」

帰りは、頼兼の勧めもあって、船で周防の防府まで行くことになった。

# 韜晦

霊禅寺に帰ると、寂室は何事もなかったように僧堂を再開した。

留守の間も玄雲を中心に修行僧たちは坐禅を続けていたようで、帰った翌日から参禅が始まった。

かつて寂室が修行した京都や鎌倉の寺から、入寺を促す文が毎日のように届いた。殊に、南禅寺からは拝塔に際して挨拶しなかったことに対する非難めいた文章も添えられていた。鹿蔵をはじめ、周囲の人々は全てが名のある大寺院からの誘いだけに、全く関心を示さない寂室を不思議そうに眺めていた。

それから半年もすると、今度は名もない寺からの文が届き始めた。建一族が建立したそれぞれの菩提寺である。

この文には、寂室は即座に応えた。数人の修行僧を伴って訪れて開眼法要を営むと、修行僧の一人を住職として残した。

約五年の間に十ヶ所近い寺が開創され、いずれの寺も寂室の弟子たちが住職に就いた。鹿蔵も寂室に会った二年後には出家し、典光という諱を与えられた。寂室が霊禅寺にいる間の隠侍を務めながら、対外的な折衝に当たった。

一方、京都では朝権回復の動きが活発になり、北条氏の政権に翳りが見え始めていた。元弘元年（一三三一）には、後醍醐天皇が笠置に遷幸し、楠木正成が挙兵した。しかし、その翌年には赤坂城が陥落して、後醍醐天皇は隠岐に流された。

京都はいつ戦場になってもおかしくない状態になり、修行どころではなくなってしまったようだった。

多くの修行僧が再び霊禅寺を訪れるようになったが、受け入れ可能な人数は三十人が限度だった。しかし、今度は各地に寂室ゆかりの寺が存在した。典光は修行僧を二、三日休ませると、各地の寺に振り分けた。

寂室は数ヶ月ごとに寺を移動しながら、各地で接心を行った。どの寺にも二十人ほどが坐れる坐禅堂がつくってあり、すぐに修行道場として機能することが出来た。

百人以上の僧堂生活をしてきた修行僧にとっては新鮮な体験であり、全員が静かな環境の中でじっくり坐った。

必要な金や人は典光が見事に差配した。

元弘三年、今度は赤松則村が挙兵し、後醍醐天皇は隠岐を脱出した。それに呼応した足利尊氏が都で挙兵して六波羅を落とし、新田義貞は鎌倉を攻めて北条氏を滅ぼした。殊に、鎌倉での戦いは悲惨で、戦火に巻き込まれた建長寺や円覚寺は完全に機能を停止した。これ以降、鎌倉の禅は衰退し、京都にその座を譲ることになるほどの痛手を受けたのだ。止むを得ず、鎌倉の修行僧の一部も霊禅寺を目指した。


寂室は京都や鎌倉の権力争いには全く無関心だった。修行僧の数にも無頓着で、一人ひとりとどう向き合うのかだけに心を砕いているようだった。

元で中峰から学んだ公案にある一つひとつの言葉を大切にしながら、修行僧に接した。

独参の期間は、ほとんどの修行僧が数日毎にしか参禅しないのが普通だったが、寂室の僧堂では全員がほとんど毎日のように隠寮を訪れた。それは、寂室が自分の現状を理解した上で導いていてくれているという実感を持つことが出来たからだった。何より修行僧には、着実に前に進んでいるという確信があった。百人を超えるような僧堂では、とても実現出来ないことだった。

建武元年、後醍醐天皇が再祚したという噂を霊禅寺で聞いた寂室のもとに、母・奎子から文が届いた。

今から五十年余り前、祖父・弥頼の妹・沙世が備後吉津の平家ゆかりの竹居家に嫁いだ。当時は源氏全盛の時代でもあり長く逼塞していたが、源氏の没落と共に力をつけ、最近になって荘園領主の代官を務めるまでになったらしい。

それは、福山平野で米づくりをするにあたって、建宗家から教えられた灌漑の知恵と技術によるところが大きいと考えているらしく、その礼に寂室を招いて寺を建立したいと願っているようだった。

雨安居を終えて、寂室は備後を訪ねた。この頃になると各地に縁のある寺が出来、宿泊の心配をすることなく旅が出来るようになっていた。

吉津は蘆田川の河口に広がる田園地帯で、緑の稲穂が気持ちよさそうに風に揺れていた。その田園を見下ろす小高い丘の上に竹居家はあった。

どこか、美作の建家に似た立地だった。人は暮らし易い条件を知らず知らずに身につけるらしい。

主の竹居昌義は武士だった。都の公家に代わって荘園を管理しているうちに、地頭のような役割を担ってしまったらしい。

「私の母が建家から嫁いでいなければ、竹居家の今はありません。母と共に伝えられた土地を開き水を引く技術と、何ものにも負けない不屈の意志がなければ、私たちは平家の末裔という名にしがみついて、世を恨みながら生きたでしょう」

「祖父の妹といえば、私には大叔母に当たられる方。お会いしたことはありませんが、強い因縁を感じます。お役に立てることがあれば、遠慮なくおっしゃって下さい」

寂室は、昌義に祖父・弥頼の面影を見ていた。

竹居家はまた、信仰心の篤い家柄だった。殊に昌義の妻・明子は幼い頃から観音菩薩に帰依しており、寂室の存在を知って是非にと招いたらしい。

到着した寂室一行は、竹居家の隣に建つ館を一軒そのまま与えられた。荘園の管理者として訴訟などを取り扱っていた建物で、少し手を加えればすぐに寺として使えそうだった。

「いずれ、ここを寺にする心積もりでした。寂室禅師のお力で仏縁を結ばせていただければ、これ以上の喜びはございません」

どこで譲り受けたのか、名のある仏師が刻んだと思われる観音像が安置された仏間で、明子は深々と低頭した。

その翌日から、寂室は同行していた二人の修行僧と共に館での暮らしを始めた。寺ではなかったが観音像も安置されており、形は問題ではなかった。

朝の坐禅に竹居夫妻も参加し、他の僧堂と同様にゆっくりとした時間が流れた。

寂室は、寺でも民家でもない環境が気に入ったようだった。時には、修行僧や竹居夫妻の参禅を受けながら、ひたすら坐り続けた。

「寂室老師はお悟りを開かれた方。まだ、修行される必要があるのですか」

昌義の素直な質問にはこう答えた。

「悟りなどいうものは存在しないのかもしれません。だからこそ、坐り続けるのです。私は、皆さんの少し前を歩いているに過ぎません」

暫くすると、噂を聞きつけた近在の武士や商人が参禅に訪れるようになったが、寂室は黙って受け入れた。それどころか、禅堂で武士や商人が一緒に坐っている姿を楽しんでいるようにさえ見えた。

時には、備前や備中の寺を訪ねることはあったが、数ヶ月すると吉津に帰った。いつの間にか、周防の霊禅寺と並ぶ拠点のような存在になっていった。

その二年後、日本中が固唾をのんで見守る事件が起きた。

共に鎌倉幕府を倒した後醍醐天皇と足利尊氏が仲違いし、再び戦が始まったのだ。

一月に京都で新田義貞に敗れた足利尊氏は丹波に逃れ、体勢を立て直すために山陽道を九州に向かった。

当然、その道筋の守護や地頭、有力な武士には両軍から参戦の誘いが来た。竹居昌義のもとにも頻繁に使者や文が届いた。

迷いながらも天皇側に傾きかけていた昌義に寂室はこう告げた。

「昨日の覇者が今日は賊軍です。力で国を治めようとする限り、誰が権力を手に入れても同じです。関わりを持たないことです」

昌義は、西に落ちる尊氏の追手に加わることもなく、事態を見守ることにした。近在の武士の多くが昌義に従ったこともあって、無事にやり過ごすことが出来た。

その二ヶ月後、九州で敵を破った尊氏が山陽道を上ってきた。今度も、昌義たちは中立の立場を貫いた。

結果は、湊川で楠木正成が戦死して後醍醐天皇は吉野へ遷幸。朝廷が南北に分裂して足利幕府の礎が築かれた。


寂室が吉津に来て三年ほど経ったある日、竹居夫妻が隠寮を訪れた。

「寂室禅師をお招きして三年余りの年月が流れました。お蔭で戦に巻き込まれることもなく、皆、感謝しております。この館を寺につくり替えた上で、改めて喜捨させていただきたいと願っています。つきましては、寺の名をつけていただけませんか」

館は何度も改修されて、既に寺の機能を備えていた。それを、改築して寺にしようと言うのだ。

「既に、ここは寺です。器よりも内容です。私はこれ以上、何も望みません」

「これは私たちだけの望みではありません。近在の人たちの声でもあります。皆、何か心の拠り所になるものが欲しいのです」

寂室は敷地の奥に小さなお堂を建て、そこに釈迦如来像を安置することを勧めた。

「小さなお堂ですか……」

竹居夫妻は納得出来ないようだった。

「私たちの宗門のご本尊はお釈迦様です。お釈迦様さえいらっしゃれば、立派な禅の寺です。皆様の信仰心が篤ければ、自ずと大きな寺に変わっていくでしょう」

夫妻も納得し、名は韜光庵となった。

その晩、寂室は詩を詠んでいる夢を見た。目が覚めて、書き残してみた。

人生倏忽同露電
計較何曾徒自瞞
万事随縁胡乱過
飽餐白飯看青山

「人生は朝露や稲妻のように儚いものだ。どうして、もくろみを立てていたずらに嘆くのだろう。私は万事因縁に従って、適当に過ごす。腹いっぱい白い飯を食らって、緑の山を眺めて暮らす」

寂室の脳裏には、あちこちに幻住庵という庵をつくって韜晦していた中峰の後ろ姿が浮かんでいた。

その間、都では大きな歴史のうねりが起きていた。

後醍醐天皇を吉野に追いやった足利尊氏が北朝から征夷大将軍に任じられ、翌年には後醍醐天皇が恨みを抱いたまま吉野で崩御した。

仏教界では、寂室が渡元している間に大徳寺を開創した宗峰妙超の法嗣・関山慧玄が妙心寺を建立して、林下と呼ばれる修行本位の道場を目指した。しかし、開基は宗峰に帰依していた花園法皇であり、権力から無縁の存在にはなり得なかった。

また、後醍醐天皇の死を受けて、夢窓疎石はその霊を慰めるために天龍寺創建を発願。尊氏の弟直義は、戦乱で散った人々の菩提を弔うため、国ごとに安国寺と利生塔を建立した。武士も庶民も戦いに疲れたのだ。

ところが、今度は足利尊氏と直義の兄弟の間で不和が発生して、戦いが止むことはなかった。


寂室は変わらず吉津の韜光庵を中心に、備前や備中、時には美作にある所縁の寺々を数ヶ月単位で移動していた。

移った時には数人しかいなかった修行僧が、暫くすると十数人に増え、いつの間にか接心が始まるという生活を繰り返していた。参禅を望む修行僧たちが、寂室がいる寺へ移って来て入室参禅するのだ。

修行僧の他にも、それぞれの地域の人たちが寂室を心待ちにしていた。禅堂に入って坐禅する居士もいたが、多くは寂室と話すことを楽しみにしているようだった。寂室が来たことを知ると、季節の野菜や地元の名物を持って集まってきた。

寂室もそんな人々に出会うことを楽しみにしていた。皆、幼い頃に故郷の高田で出会った人たちと同じ臭いがして心が安らぐのだ。

問われるままに、寂室が感じる思いを話した。

僧侶になり修行することだけが仏道ではない。米を作り、家族を養い、日々無事に過ごしていくことこそが仏の道を行じていることなのだと……。

寂室の話を聞いた人々は、仏がより身近になったことを感じ、朝晩、西の空に合掌した。

ところが、五十一歳になった寂室は、時々、自分の体の変化を感じるようになっていた。身体がだるく、物事に集中出来ないばかりでなく、息苦しささえ感じることがあった。そのまま放置すれば、取り返しのつかない状態になる予感がした。

寂室は、縁を頼って但馬の金蔵山に庵を結び、自らの身体と向き合うことにした。元の天目山で習い覚えた呼吸法や食事療法を試してみようと思ったのだ。それで効果が現れなければ、但馬の山あいの庵で、枯れるように死ぬつもりだった。

その覚悟を知ってか、隠侍として霊禅寺から典光がやってきた。

「お久しぶりでございます。この年寄りが、お世話をさせていただきます」

誰の配慮だか分からなかったが、典光は影のように寄り添いながら、見事にその役割を果たした。寂室が望む物以外は一切準備しなかったし、誰も庵に近づけなかった。

一年後、寂室は身体が回復したことを自覚して、庵の壁にその心境を記した。

風攪飛泉送冷声
前峯月上竹窓明
老来殊覚山中好
死在巌根骨也清

「風に吹き乱されて滝は涼しい音を響かせる。前の峰に月が昇って、竹の窓が明るくなった。年老いてからは殊に山住いが好ましい。岩の根元で死ねば、骨もまた清らかだろう」

体力が回復した寂室の行動範囲は、但馬から播磨、摂津へと広がっていった。

そんなある晩、寂室は自分が死ぬ夢を見た。場所はどこか分からないのだが、大勢の人に囲まれて死にかけていた。皆、涙を流しながら寂室に別れを告げているようだった。息が止まると思った瞬間、目が覚めた。

その心境を詠んでみた。

錯把黄金鋳鉄牛
草肥煙暖臥林丘
今年五十有二歳
且喜不耕還見秋

［誤って黄金で鉄牛をつくってしまい、草が豊かな暖かい丘で寝そべっている。鉄牛は今年五十二歳。ありがたいことに、耕しもしないのに秋の実りを見るとは］

備前の吉備津では、縁者の一人がどうしても案内したい場所があると伝えてきた。建一族に所縁のある藤原成親の墓が残っているというのだ。

成親は平家打倒を謀った鹿ヶ谷の密議の首謀者とされ、清盛によって吉備に配流されて非業の死を遂げた。建家の祖である塙頼は、その姻戚関係から嫌疑をかけられて美作に配流されたのだ。

その後、平氏は滅び去ったが、成親の無念が晴らされた訳ではない。

墓は、誰に見守られることもなく山中にひっそりとあった。周辺は草が茂り、墓石は苔に覆われていた。

縁者が詠んだ漢詩に和韻して次のように詠んだ。

身亡王事只名存
悲看荒墳長蘚痕
千古中山春寂寞
巌花香可返幽魂

［命を王事に捧げ、名だけが残った。一面を苔に覆われた荒れた墓の姿は悲しい。千年の歴史を伝える中山のひっそりとした春の日。岩の間に咲く花の香りが幽冥の地にある魂を呼び戻すだろう］

寂室は数年後にもこの地を訪れ、墓前で詩を詠んでいる。

含忠碩命最堪憐
掩恨蒼苔二百年
無事休来平氏客
恐驚泉下永宵眠

［忠誠心故に命を落としたあなたを思うと悲しみに耐えられない。緑の苔が恨みの消えぬ骸を覆って二百年。平家の人々よ、むやみにここを訪れないで欲しい。静かに眠っているあなたの魂が驚いて眠りから覚めるから］

寂室が五十九歳になった年の初秋、備前にいた寂室のもとに龍玄寺にいる瑞祥から文が届いた。母、奎子の七回忌を営むことになったから、一度帰られては如何かという知らせだった。

奎子は六年前に亡くなったが、寂室に葬儀の知らせはなかった。奎子が、出家した息子に知らせてはならないと遺言したらしい。勿論、その後、墓前に参ったが、どこか心に晴れないものが残っていた。

僧堂に一段落つけ、修行僧二人を伴って高田に向かった。

その日の宿は、田原村の信者の家に決まっており、茅葺の離れが用意されていた。いつものように自分たちで食事を準備し、皆で暫く縁側に坐った。

横になるとすぐに、修行僧二人の寝息が聞こえてきた。

寂室は、すぐに寝付くことが出来ず、窓を開けて空を眺めた。西の空に、下弦の月が出ていた。

戊子季秋将半日
田原村裏宿煙靄
看来五十余霜月
幽興不如今夜多

［戊子の年の秋も半ばになろうとする日に、田原村で靄に煙る草家に宿った。思いめぐらせば五十余年の人生で、今宵ほど趣のある月を見たことがない］
優しく美しい奎子の笑顔が思い出され、涙が頬を濡らした。
高田の里は刈り入れ前の黄金色に包まれていた。

玄関に到着すると、頼兼の大きな声が聞こえていた。禎頼の孫たちに海の向こうの話でもしているのだろう。

案内を乞うと、出てきたのは姉の梗だった。白髪が混じっているが、幼い頃の面影がはっきりと残っていた。

「姉上、お元気で何よりでございます。無沙汰して申し訳ございません。何年ぶりでしょうか」

「駒が立派な僧侶になったという話は、頼兼から何度も聞いております。本当に嬉しく思っています」

声を聞きつけて、禎頼が顔を出した。

「家族が顔を合わす機会ももうなかろうと思い、姉上にも来ていただいた。皆で父上と二人の母の供養を存分にしようではないか。何しろ、うちには大陸帰りの名僧がいる」

三日後に営まれた法要には、覚明が参列した。

「元に渡って修行されたと聞いています。会って、ゆっくり話したいと思っていました」

「私が今あるのは、覚明様のお蔭だと思っています。こちらこそ、お聞きしたいことがたくさんあります」

頼兼が口をはさんだ。

「せっかく、元で修行したのだから都の大きな寺の住持にでもなると思っていたら、駒はまだ修行したいらしい。覚明さんから、いい加減にしろと言ってやってくれませんか」

「修行は一生です。私も、まだ修行中の身です」

「駒、覚明さんも円教寺住持を断り続けているらしい。お前たちは似た者同士だ」

頼兼の計らいで、法要には各地の親族が大勢集まった。その上、それぞれが開創した寺の住持や修行僧が同行したために、龍玄寺の本堂ではとても収容しきれず、前庭に桟敷をつくって対処した。ゆかりの寺の数が三十余りになっていることを知り、寂室自身が驚いた。

寂室が導師を務めた法要では、五十人以上の僧侶が唱える読経が高田の里に響き渡った。

法要を終えた後、覚明はそのまま寺に宿泊することになり、時を忘れて語り合った。

寂室が一番聞きたかったのは、念仏の聖として福岡で活動していた覚明が、何故、書写山に上って修行をやり直したかだった。

「答えは簡単です。人々の世話をする中で、自ら生死を極めていないものが、どうして病に苦しみ、思い悩む人たちを救うことが出来るのかと感じたからです。あなたが禅を通して求めているものを、私は真言の行者として追い求めてみようと思ったのです」

「『生死事大』。禅僧が究めねばならない最も大切なものを尋ねたところ、日本の師・約翁禅師も、元の師・中峰禅師も同じ言葉を上げられました」

「それで、あなたは悟境に達したのですか」

「長い修行の果てに辿り着いたのは、悟りなどという境地はないということでした。ただひたすら、歩み続けているだけです」

「中峰禅師は禅と念仏の融合を唱えていらっしゃったと聞いています。どのような禅なのでしょう」

「それは全くの誤解です。禅と念仏に優劣はない。究極の目的は同じだとおっしゃったことが、間違えて伝えられたのでしょう」

「私も最近になって、自力門だ、他力門だと言っていることの馬鹿馬鹿しさが分かるようになりました。何とか、もう一度、施療院を開こうと思っています」

「それは素晴らしい。私たちも是非、そこで学ばせていただきたい」

二人は、四十年余りの時を埋めるように語り明かした。

高田で法要を終えた後も、寂室は吉津の韜光庵など、備後、備中の寺や庵を中心に暮らしていた。接心が近づくと一ヶ所に留まって参禅を受けるが、それ以外の時は何かを避けるように転々と移動した。

六十一歳の夏、寂室は備前の和気にある慈広寺にいた。

少しでも気候のいいところで過ごして欲しいという弟子たちの配慮を受けて、冬は瀬戸内海に面した寺に、夏は山中の川沿いの寺にいることが多くなっていた。

十数人の修行僧と共に雨安吾の接心を終えた七月の初旬、鎌倉から時の管領・足利基氏の使いが来山した。

師の約翁が開創した長勝寺の住持に就任せよという、鎌倉管領の命である。

「管領基氏様は、長勝寺だけでなくこの度の戦で破壊された建長寺や円覚寺の復興にもお力を貸していただきたいと仰せです」

使いの僧は修行僧として鎌倉で共に坐ったことがある僧侶で、寂室が管領の命に従うことを前提に話しているようだった。

「身に余る光栄でございます。しかしながら、都や鎌倉の寺のような大きな器には、それなりの器量を備えた人物が似つかわしいと思われます。私には、このような小さな器が合っているようです。このまま、そっとしておいていただきますよう、管領様にお伝え下さい」

「断られるということか……。鎌倉管領の命ですぞ」

不意打ちを食らったようで、どう対処していいのか分からないようだった。

「身に余る光栄でございますが、あまりの大任、私には荷が重すぎます。遠路お越しいただき、誠に申し訳ございません」

使いが結論を出せるはずもなく、一度都に帰って鎌倉の指示を仰ぐことになった。

寂室は責任が使いの僧侶に及ぶことを恐れるかのように詩を贈った。

使乎使乎不辱命
佳声須是播叢林
尽情和到吾師席
月下寒蟄咽夜深

「あっぱれな使いよ。まさに主命を辱めぬ見事な使いだ。あなたの名前は必ず禅林に知れ渡るだろう。腹を割っての話が我が師に及んだ時、月を浴びてひぐらしが鳴いた」

その翌日、寂室はひとり和気を離れて、金山寺に身を寄せた。所在が分からなければ、管領も手の施しようがないに違いない。

金山寺には、吉津の竹居家の親族にあたる功上人という僧侶が隠棲しており、暫く身を隠すには一番ふさわしい場所だった。

　功上人は、南宋に渡って無門慧開に嗣法し、無門関と普化宗を伝えた法燈派に繋がる人で、
寂室同様に山居を好んだ。

　訪問の理由を聞くと嬉しそうに微笑んだ。

「寂室禅師を追い払うには、勅や院宣を発すればいいようだ。普通の僧侶なら、皆、喜び勇んで受けそうなものだが」

「何を言われる。功上人も逃げ出されるに違いない」

「誰もこんな近くに居るとは思わないでしょう。気が済むまで居て下さい。そうだ、以前お聞きした山中の四威儀を壁に記しておいて下さい。後に続く者の励みになります」

　寂室は用意された筆をとると、庵の壁いっぱいに『山中行』『山中住』『山中坐』『山中臥』を記した。後に、山中の四威儀と呼ばれるものだ。

　　山中行
煙霞遠近失帰程

溪辺跌脚指頭破
流水声和忍痛声
[山中の行。あちこちに、もやや霞が立ち込めて帰り道を見失う。谷川の近くでつまずいて足の指に怪我を負った。その痛みをこらえる声に流れの音が和合する]

山中住

草衣藜食閲朝暮
千峯尽日入双眸
不記青黄能幾度
[山中の住。草の衣服を纏い、あかざを食らって日を送る。ひねもす、連峰を二つの目に納めて、春秋を幾度迎えたことか]

山中坐

石榻跏趺惟一箇
全非楽寂兼嫌喧
独有閑雲相許可
[山中の坐。石上に只一人で坐禅する。静けさを楽しみ、騒がしさを嫌う訳ではない。た

だ静かな浮雲と許し合うだけのことだ」

山中臥
高枕蘿窓縦怠惰
天風吹折老松枝
叵耐鷲吾濃睡破

［山中の臥。庵の窓辺で高枕をむさぼり、怠け放題。天空から吹き下ろす風が松の枝を折る、私の熟睡を破ってしまうとは腹立たしい」

長勝寺の件は、寂室の行方が知れないということで、そのまま沙汰やみになった。

ところが、寂室が長勝寺への入寺を断ったという噂は瞬く間に広がり、人々に寂室の存在を思い出させてしまった。

その年の秋には、各地から慈広寺に修行僧が続々と集まってきた。その多くが、京都や鎌倉で充分に修行を積んだ僧だった。中には、師から印可を受け、嗣法している僧さえいた。それでも納得出来ず、止むにやまれぬ思いから寂室の門を叩いたのだ。後に寂室に嗣法する松嶺道秀や霊仲禅英もそうした僧の一人だった。

松嶺は建長寺で竺仙梵僊に、天龍寺で夢窓疎石に、相模の浄妙寺で実翁聡秀に参禅していた。

霊仲もまた、京都の諸寺に歴参したが、生涯の師に出会うことが出来ずにいた。

中峰亡き後、元の国にも本師なしと言われて久しく、彼らにとって寂室は最後の希望だった。

寂室は、そうした修行僧にも変わらぬ態度で相見して参禅を受けた。以前についた師の下で透過した公案については、その見解を確認しながら練り直しを行った。

一語一語嚙みしめるように説く寂室の言葉は、まるで唐の時代に大陸にいたのではないかと錯覚するほど精緻だった。その知識の裏付けの上に、更なる飛躍を求められるのだ。

最大の驚きは、寂室が時間さえあれば修行僧と共に坐禅することだった。日本で約翁から印可を受け、元で中峰に嗣法した師家である。その上、年齢も六十歳を超えているはずだった。

修行僧を代表して松嶺が尋ねた。

「老師は何故、我々と共に坐禅されるのですか」

寂室は質問の意味を理解しかねているようだった。

「皆、そのお立場になればもう坐る必要がないのでは、と思っているのです」

寂室は心から驚いたようだった。

「私にはまだ求めるものがあります。今の境地は、今の私の到達点です。明日には、もっと高みに行けるかもしれない。皆さんと共に、更なる高みを目指しているだけです」

現実に、参禅した修行僧の中には寂室が聞いたことのない公案に参じたという者もいた。そんな時、寂室は自らその見解を求めて坐禅し、数日後に自らの見解を述べて修行僧を驚かせた。

他の僧堂で参禅経験のある修行僧ほど、そんな寂室の純禅の心が理解出来るため、転錫する者が跡を絶たなかった。


そうした弟子たちの増加に伴なって、寂室の行動範囲は山科、近江へと更に広がっていった。

六十二歳になった寂室が向かったのは江州だった。鎌倉と京都の往来で通過したことはあったが、琵琶湖畔に滞在するのは四十数年ぶりだった。十六歳で、得度の師である無為昭元老師に従って、龍祥寺の開眼法要に加担して以来だった。

以前から、初代龍祥寺住職・大峰照宗和尚の年忌法要の案内を貰っており、この機会に訪ねることにしたのだ。大峰和尚は若き日の寂室に道を求め続けることの大切さを教えてくれた恩人であり、得度の師を同じくする師兄にあたった。

龍祥寺に参拝した後、東福寺の道友が住持している往生院に滞在した。

都に近いこともあり、足利直義が兄に反旗を翻して南朝方についたなどの権力争いの情報と共に、懐かしい人たちの消息を知ることが出来た。

寂室の心を動かしたのは、共に鎌倉の禅興寺で約翁に参禅した文昭が、京都の嵯峨野に庵を構えているということだった。約翁について共に建仁寺に入った後、そのまま京都にいたらしい。今では、石庵肯明と名乗り、独自の詩作をする僧として人々の耳目を集めているという。

使いを送ると、すぐに訪ねて欲しいという返事が来た。寂室に会わせたい人物がいるらしい。

西禅院は夢窓疎石が開創した天龍寺の南側、大堰川に沿った高台にひっそりと佇んでいた。寂室は、付き添ってきた隠侍の僧から手土産にした墨と筆を受け取ると一人で門を潜った。

文昭も六十歳を超えているはずだが、寺の規模からして一人暮らしだと推察出来た。

「お願い致す」

寂室の声に答えるより早く、奥から墨染めの衣が走り出てきた。

玄関で立ち止まると、聞き覚えのある声が響いた。

「昭建に再会出来るとは夢のようだ」

頭は白いものが目立つようになっていたが、共に約翁に参禅した文昭の笑顔がそこにあった。

「こちらこそ、嵯峨野にいると聞いて驚いた。あれから、四十年も時が流れてしまった」

「ともあれ、上がってくれ。ご覧の通りの一人暮らしで何もないが、積る話はたっぷりある」

寺は仏間と書院、囲炉裏が切ってある庫裏という簡素なものだった。

書院ではなく、庫裏で囲炉裏を挟んで向き合った。

「元から帰ったら、南禅寺か建長寺にでも入ると思っていたら、都にも出てこない。皆、楽しみに待っていたのだが……」

「私はまだ修行中の身だ。都へ出てくれば、修行どころではなくなる」

「この国で約翁老師の印可を受け、元で中峰老師に嗣法してまだ修行中の身だと言われては、都の僧侶は居場所がなくなる」

「私はただ、二人の師の背中を見て歩んでいるに過ぎない。これ以外の道が考えられないだけだ」

「私は、気がつくのが遅かった。約翁老師から西行法師の『歌は真言なり』の言葉を教えられ、自分は漢詩を仏の言葉にしようと努力したが、その言葉を紡ぎだすのは自分だということを忘れていた。自らが仏に近づく以外、詩が真言になることなどあり得ないのだ。いくら小手先で奇をてらっても、誰の心も動かない」

「それで、漢詩は止めたのですか」

「十年ほど前、建仁寺を離れてもう一度自分を見直してみようと思った。その時、以前から顔見知りの僧が、ここを譲ってくれた。自分が年をとったら入るつもりでいたらしい。静かな環境の中で、もう一度詩をつくってみてはどうかということだった」

「私に会わせたいというのは、その僧ですか」

「そう、天龍寺の夢窓疎石老師です。私があなたと同参だということを知って、是非、一度話がしたいと言ってきた。もうすぐ、来られます」

「夢窓老師はおいくつになられましたか」

「七十七歳になられた。あなたのことが話題になると、いつも目が輝く。ご自分が果たせなかった夢をあなたは実現したとおっしゃっています」

その時、玄関で大声が響いた。

「お願いします」

「来られたようだ。書院に移りましょう」

書院に入ると、床の間を背に曲彔が置いてあった。

「夢窓老師は足を悪くして長く坐れない」

若い僧に抱えられるようにして、小柄な老人が入ってきた。

「夢窓でござる。足を痛めて長く坐れません。こんな姿で失礼する」

曲彔に坐ると、深々と頭を下げた。

「寂室元光でございます。初めてお目にかかります」

「迎えは不要だ。今夜はここに泊めてもらう」

若い僧にそう告げると、眼差しを寂室に戻した。後醍醐天皇や足利尊氏・直義兄弟の帰依を受け、この国の歴史に関わってきた僧侶とは思えないほど、その眼差しは柔らかく、表情も穏やかだった。

「あなたたちも数十年ぶりに会い、積る話もあるだろうに、年寄りが邪魔して申し訳ない。どうしても、寂室老師に聞いておきたいことがあるのです」

「私にお答え出来ることであれば、何なりと」

「では、遠慮なくお聞きする。何を求めて元に渡られた」

「特に目的があったわけではありません。師の約翁老師が目指されていた禅を形にすることが出来ればという思いで元に渡りました」

「中峰明本老師のもとへ行かれたのは、約翁老師のお勧めか」

「はい。師が私の目指す禅に最も近いのではないかと聞いておりました」

「夢窓老師も中峰老師に参じたかったが、様々な事情で実現出来なかったそうです」

石庵の言葉を夢窓が遮った。

「実現出来なかったのは、実現させなかった私自身の責任だ。海を渡る機会は何度かあったのに、決断出来なかった。道を求める一人の禅僧としては悔いが残るばかりだ」

夢窓は若き日の自分を思い出すかのように眼差しを宙に走らせた。

「今、夢窓老師のもとに愚中周及という元から帰国した若い僧がいるそうです。径山の即休

「契了老師に嗣法したらしい」

「即休老師もまた、隠遁禅を唱えている。愚中は京都へなど帰って来たくなかったに違いない。私に恩を返すつもりで、臨川寺に入ったのだろう」

「中峰老師に尊敬の念を持たれている夢窓老師はきっとお分かりになられているのでしょうが、禅とはもともと隠遁的なものではないでしょうか。それが、宋の時代に貴族化し、貴族化したものがこの国に伝わってしまったようです。だからこそ、多くの僧が違和感を抱いて大陸に渡り、中峰老師や即休老師に参ずるのではないでしょうか」

「あなたは帰国して二十年以上経っても、京都や鎌倉の寺には入らない。京都の寺では、弟子を育てられないということですか」

「私は、出来れば静かな環境の中、一対一で修行僧と向き合いたいと願っています。今の都では、とても実現出来そうにありません」

「師資相承とは、そういうことなのだろう。私は弟子を育てていないのかもしれん」

言葉から、後悔の思いが滲み出た。

その晩、三人は夜が明けるまで語り合った。しかし、夢窓の思いが晴れることはなかった。

その年の夏、夢窓は天龍寺に僧堂を開単した。後醍醐天皇の菩提を弔うために開創した寺に、禅の魂を注入したかったのだ。

ところが、開単を聞きつけて全国から千人近い僧侶が集まってしまった。皆、権力の中枢に近い夢窓の法脈に連なることを望んだのだ。夢窓は形だけの接心会を営み、集まった僧侶をそれぞれの寺に帰した。一度、権力に寄り添った僧侶がもとの道に引き返すことなど出来ないのだ。

そして、八月には受戒会を開催し、七日間で二千人余りの僧俗に戒を授けた。もう自らの運命に抗うことを諦めてしまったようだった。

九月に入ると寝込むことが多くなり、光厳上皇・光明上皇の見舞いを受け、九月三十日に多くの弟子に見守られて逝去した。

その葬儀は、七人の天皇から国師号を贈られて七朝帝師と呼ばれた夢窓にふさわしい規模だった。両上皇の他に、崇光天皇までが参列したために、数えきれないほどの公家や武士が大堰川沿いの道を埋め尽くした。

寂室は滞在していた往生院で訃報に接すると、弟子と共に一日喪に服した。

その後も寂室は法縁を辿るように、あちこちへ行脚した。

弟子の一人が住持している濃州の東禅寺に仮寓している時には、月心円光という法兄が数里しか離れていない定林寺に入寺することを聞いて、祝いの文を送って訪ねた。

定林寺は土岐氏が無学祖元を開山に迎えて建立した寺で、濃州一の規模と格式を誇っていた。その寺の住持に選ばれた月心は約翁の法嗣で、印可を得た後も山中に韜晦して修行を続けていた。その人となりが土岐頼貞に伝わり、乞われて住持になったのだ。

数十年ぶりに出会った月心は、すっかり老人になっていた。齢は七十歳を過ぎたあたりだろうか。

「昭建、懐かしい。今は寂室元光と名乗っていると聞いている」

「こちらこそ、無沙汰いたしました。ここより三里ほどの東禅寺におります。定林寺への晋山を聞き、お祝いに駆けつけました」

「元に渡ったと聞いていたが、祖師の国はどうだった」

「元では中峰明本老師の下で修行させていただきましたが、約翁老師がこの国でなされようとしていた禅の道が正しかったことを確心致しました。帰国後も、お二人が示してくれた道を歩んでおります」

「私も同じ道を歩んできたが、老いてしまった。周囲の人々の勧めもあって、今回の晋山になったのだが、この選択が正しかったかどうか、今も迷いがある」

「どうか、この濃州で約翁老師の教えを広め、人々を救って下さい」

「一つ、頼みたいことがある。童行を一人預かって欲しい。秀格というのだが、賢明な子供だ。もう私では育てきれないような気がしている。是非、寂室元光の下で一人前の禅僧にしてやって欲しい」

その夜、遅くまで二人で語り明かしたが、月心は定林寺へ晋山したことを、心から悔いているようだった。

「私は約翁老師の晩年を見てきた。やはり、僧侶は権力とは無縁にならなければならない。この寺も、武士の菩提寺だ」

絞り出すような月心の声を聞き、寂室は返す言葉が見つからなかった。

翌朝、寂室は月心に再会を約し、秀格という童行を伴って東禅寺に向かった。

東禅寺に帰ると、鎌倉管領から文が届いていた。弟子たちは何事かと騒いでいたが、寂室は中を一瞥すると元の形に戻して言った。

「私はこの文を見なかった」

内容は、豊後の万寿寺に住持せよというものだった。京都、鎌倉と並ぶ三万寿寺の一つで、豊後の有力守護・大友氏の菩提寺として錚々たる名僧が住持していた。

翌日、寂室は秀格一人を連れて、御嵩の山並に向かって旅立った。


目的地は、共に海を渡った鈍庵翁俊が住持している御嵩の真禅寺だった。

鈍庵は、鶏足山で参禅した清拙正澄禅師にその後も付き従い、清拙が曹渓山真浄寺に移ると首座の役位を務めた。寂室が帰国した年に、来日を決意した清拙と共に建長寺に入ったが、権力者に寄り添う宗門の姿に絶望して故郷・濃州に帰って隠棲した。

濃州では、多くの帰依者を得て数ヶ寺を開創したが、信者が増えると雑踏を嫌って更に山間に入った。

二人に遅れて帰国し、建仁寺・南禅寺の住持などを歴任した可翁とは全く異なる生涯を送っていた。

木曾川を越えるとなだらかな丘陵が続き、その斜面が高原に合流する山裾にひっそりと真浄寺はあった。

三十年ぶりに出会った鈍庵は、まさに隠遁僧の姿そのものだった。洗い古した墨染めの衣に痩身を包み、澄み切った眼差しで寂室を見つめ微笑んでいた。その姿を見ただけで、鈍庵が到達した境地を誰もが理解出来るに違いない。

「中峰禅師の禅が、ここ濃州で根づいたようだ。やっと、会えました」

「あなたこそ、あちこちに種を蒔いていらっしゃる。そのうち、花や実をつけるでしょう」

その夜は、鈍庵が準備した野菜入りの雑炊を啜り、夜明けまで語り明かした。

帰り支度を始めた寂室に、鈍庵は偈頌を示した。

　閑径荒蕪菊未披

　忽驚象駕顧林扉

　両朝旧事話猶在

　宝杖暁来休促帰

［誰も来ない荒れ果てた道には、菊はまだ咲いていないのに、大兄の突然の訪問には驚かされた。日本や元のことなど、四方山話をしていたら尽きることはない。夜が明けたからといって、帰りを急ぐことはない］

それに答えて、寂室は謝意を表した。

一夕清談襟宇披
這回且喜扣玄扉
翻身跳下重淵底
奪得驪珠念八帰

［ひと晩、お互い胸襟を開いて清談した。今回は嬉しいことに、互いの胸の奥の扉を開いて語り尽くし、まるで龍が住む海底に潜って得難い珠玉を奪い取ったかのように、あなたから二八字からなる偈頌を得た。これを土産に帰ろう］

その後も、高齢を気遣う弟子たちの心配をよそに、寂室は近江から濃州、上野、甲斐にまで足を延ばした。転々と動くために、弟子たちも直接指導を受ける機会は減ってしまったが、寂室が旅の途中に突然立ち寄ったり、近くに来ているという連絡が入ることを心待ちするようになった。

七十歳になった寂室は、甲斐の栖雲寺にいた。
開山の業海和尚は寂室より以前に元に渡って中峰明本に嗣法しており、栖雲寺で中峰と業海の像をつくって点眼入塔する法要があると聞いて参列したのだ。

そして、その足で因幡光恩寺の開創法要に向かったかと思うと、再び遠州の野部にとって返して閑居するなど、寂室自身が旅と人々との法縁を楽しんでいるようだった。

先人たちの教えや戒めからさえ自由になった当時の心境を偈頌に詠んだ。

無業一生莫妄想
瑞巌只喚主人公
空山白日蘿窓下
聴罷松風午睡濃

［無業和尚は終生「妄想するなかれ」の一辺倒。瑞巌和尚はもっぱら「主人公」を叫ぶばかり。私は、山中の庵の窓辺で松風を聞きながら、ぐっすりと昼寝する］

# 永源寺開創

毎年、師走に入ると、弟子たちは寂室が瀬戸内の暖かい気候の中で過ごすよう配慮した。ところが、その年は寒さが一段と厳しく、近江に入ったところで大雪に見舞われてしまった。仕方なく、秀格と共に付き従っていた永釈の知り合いが住持する天台の寺に寄宿して年を越すことになった。奈良時代に、百済から渡来した人たちが開いたという石塔寺である。

七十歳を超えた寂室が、厳しい寒さの中で旅を続けることを心配する人々は、そのまま湖東周辺の寺に滞在することを望んだ。

寂室も、眼の前に琵琶湖と比叡の山並を見渡し、背後に鈴鹿山脈の緑が控える湖東が気に入ったようだった。

少し雪が解けると、周辺の百済寺や桑実寺などを古人の足跡を辿るように訪れ、こころに任せて滞在した。

そんな寂室の動向を聞いて、心を動かされた人物がいた。近江の守護佐々木氏頼である。

氏頼は佐々木六角家の生まれだったが、足利尊氏・直義兄弟の戦でその進退に窮して高野山で出家し、雪江入道崇永と号した。

その後、家臣の要請で還俗して佐々木家の頭領に返り咲いたが、夢窓疎石に参禅して、近江に父と母の菩提寺を建立した。

氏頼は夢窓との出会いなどを通して、当時の僧侶の有り様に疑問を感じていた。

仏の道とは本来、身分や貴賤とは無縁の存在であり、全ての人々を救うはずのものだと信じていた。ところが、多くの僧侶が公家や武士と交り、出世や金のために権力者の意向に添って行動しているようにしか見えなかった。

そんな中で、度重なる大寺院への招聘を断り続け、僅かな弟子と共に山中の庵で坐禅三昧の日々を過ごしている寂室の存在を知ったのだ。

自分の領地である愛知川上流に、雷渓と呼ばれる絶景の地があった。そこは、人里からもほどよい距離にあり、修行道場には最適だと思われた。

寂室は既に七十歳を超えているという。もし、寂室が望むなら、その地に寺を建て、晩年を過ごして貰いたいと考えたのだ。

一度会ってみたいと思ったが、訪問を告げれば近江を離れてしまうに違いない。氏頼は一人で桑実寺を訪れることにした。

その日の近江地方はやっと春を思わせる日差しが戻っていた。かつて、百済から渡来した人々が養蚕のために桑の木を育てたところから名づけられたという桑実寺の周辺には、今も桑畑が広がっていた、
長い石段を登って古びた門を入ると、五人ほどの僧侶が境内の掃除をしていた。皆、墨染めの衣をたくし上げて手ぬぐいを被り、手には竹箒や小さな木製の鍬のような道具を持っていた。一言も発することなく、黙々とそれぞれの役割に集中しているようだった。

「お邪魔いたす。寂室元光老師にお会いしたい」

しばらく沈黙があった後、誰が発したのか分からない返事が返ってきた。

「かく言う者は、何者」

張りのある声だった。

「失礼した。佐々木氏頼と申す」

蹲っていた僧侶の一人が立ち上がり、被っていた手拭いをとった。色褪せた衣に痩身を包み、頭には白髪が目立った。六十歳は超えていると思われた。

春の日差しのような柔らかい眼差しが氏頼を見つめていた。

「何のご用ですか」

さっきと同じ張りのある声だった。

氏頼はやっと、その人物が寂室その人であることに気づいた。

「少しお話ししたい事があってお訪ねした。突然の訪問はお詫びする」

寂室は、氏頼に答える代わりに、庭掃除を続けている僧侶に声をかけた。

「少し休もう。秀格、白湯を頼む」

そう言うと、奥の本堂らしき建物に向かって歩きだした。

「私たちは、この寺に居候している身です。お話は、あの縁側でお聞きします」

縁側に坐ると、柔らかい眼差しが再び氏頼に向けられた。

「さて、お話を伺いましょう」

禅の道を究めた人物の、突き刺さるような目を想像していた氏頼は戸惑った。

「近江はよい国でござる。琵琶の湖のお蔭で、水の幸、里の幸、山の幸に恵まれております」

「その恵みを生かすも殺すも人次第。近江の人々が幸せなのは、よき領主に恵まれたからでしょう。領地を戦から守るために身分を捨てて出家されたのは、賢い選択でした」

寂室は氏頼について、いろいろ知っているようだった。

「白湯でございます」

若い僧侶が白湯の入った湯呑を二人の前に置いた。

寂室は一口啜ると、眼差しを遠くに走らせた。

「近頃は、皆、茶を好むらしい。しかし、茶を入れてしまうと、この白湯の甘さが隠れてしまう」

そう言うと、味わうように二口目を口にした。

「さて、まだご用件を聞いていません」

「私は暇さえあればあちこちに出掛けております。殊に、近ごろは大雨や日照りが多く、川を見て回ることが多い。昨年の秋も、愛知川に沿って山道を登っていたところ、素晴らしい風景に出会いました。ちょうど、紅葉の季節でもありましたが、それを割り引いても絶景の地です。地元の者は雷渓と呼んでいるそうです。何より、人里から離れていて静かです。そこに寺をつくります。住持として入っていただけませんか」

寂室は何も聞かなかったかのように、遠くの景色に目をやっていた。

「佐々木家の菩提寺は既にあります。この寺は純然たる修行道場として、老師の仏法を伝える拠点にしていただきたい」

寂室が氏頼を見た。

「元から帰って三十年余り。定住する寺を持たないことで不自由を感じたことはありません」

「ともかく、一度、その場所を見て下さい。お気に召したら、老師ゆかりの寺の一つにしていただければそれでいいのです」

寂室はそれに対して返事をしなかった。視線を再び遠くに戻すと、誰に言うともなく呟いた。

「日々是れ好日。戦のない世ほど素晴らしいものはない」

暫くすると、寂室は再び他の僧侶と共に境内の掃除を始めた。


寂室が愛知川を訪れたのは、それから八ヶ月がたち、年が変わってからだった。近江の滞在が長くなり、多くの弟子が集まってしまった。どこか静かな修行の場所があればと考えた時に思い出したのだ。

秀格一人を連れて出掛けた。山裾にある里に立ち寄って案内を頼むと、捨吉という年寄りがついてきてくれた。寂室の名は近在の人々に知られているようだった。

「寂室和尚が何の用で山に入るのか知らないが、この山は見た目より奥が深い。道に迷ったらえらいことになる。有名なお坊さんに何かあっては大変じゃ」

年齢は寂室と同じぐらいだろうか。腰に鉈を一丁提げて、愛知川沿いの道を緑の山並に向かって進んだ。

道はすぐに急な登りになり、下から水音が聞こえた。

「雷渓はすぐそこじゃ」

次第に細くなる山道をどんどん進んでいく。

「雪はどうじゃ」

寂室の言葉に捨吉は振り向きもせずに答えた。

「この辺りならたいしたことはない。年に二、三度降るが、一尺は積らん。しかし、もう少し奥に入ると大雪になる。その雪が、春に田んぼと琵琶の湖を潤す」

急な登りを越えると、突然周りが開けた。川が大きく蛇行し、傾斜が緩やかになっているのだ。川岸には様々な形をした岩がそそり立ち、透き通った水が渦巻きながらゆっくり流れていた。川の向こうには台地のような空間が広がり、その背後には半円形の山が鎮まっていた。

「あの丸い山は飯を盛った形をしているから、土地の者は飯高山と呼んでいる」

「雷渓と呼ぶには静かな流れに見えるが……」

「一雨降れば分かる。上流の水が川岸の岩にぶつかって、雷のように響く。静かな時は上流から木を流してここに集め、筏に組んで下流に運ぶ」

「向こう岸に渡って見てみたい」

「もう少し上流へ行くと川幅が狭くなって、吊り橋が掛かっている。ここに寺をつくることは簡単だ。上流で木を伐って流し、拾い上げて乾かす。乾いたら製材して組み上げる。土台の石もたくさんあるし、橋も簡単に出来る」

捨吉は、まるで寂室が寺をつくる気でいるかのように話した。

対岸に渡ってみると、本当にそこは寺をつくるために用意されていたような地形だった。坐禅堂や庵をつくる程度の平地は何ヶ所かあるし、本堂をつくるにしても少し切り開くだけで土地が確保出来そうだった。

「つくるなら早い方がいい。今なら土地を均す人手が集まる」

捨吉には、そこで働く里人の姿まで見えているようだった。

雷渓の地に修行のための庵をつくりたいという寂室の意向が氏頼に伝えられると、間髪をいれずに工事が始まった。何はともあれ橋が必要だということになり、捨吉の里から大勢人が出て材木を運んだ。

更に、都から氏頼に依頼された寺社の建築を知り尽くしているという棟梁がやってきて、寂室に巨大な伽藍の境内図を示した。

「この田舎に東福寺や南禅寺のような巨大な伽藍をつくる気はさらさらありません」

「では、必要な建物をお示しください」

結局、本堂と坐禅堂、庫裏を兼ねた庵を早急に建てることになり、近隣の弟子たちと里人の手で土木工事が始まった。

崖を削り、水を引くなどの難しい作業もあったが、弟子の多くがあちこちで寺や庵の建設を経験しており、驚くほど手際よく工事が進んだ。

ところが、庵を建てたい場所は水はけが悪く、土地をかさ上げした上に基礎になる石を置く必要があった。近くには適当な石が見当たらず、かなり離れた場所から運ぶ必要があった。

「これは無理だ」

その石は巨大だった。見事な緑石だったが、誰が見ても人の力で運ぶことは難しそうだった。

報告を聞いた寂室は石の前に立つと独り言のように呟いた。

「どうしても必要なら、石に頼んで動いて貰おう」

石に向かって合掌すると、修行僧に石から庵の場所まで道をつくり、竹を割って敷いておくように指示した。

「雪か雨が降った日に動いて貰うように、皆で手伝いましょう」

それから三日後に雨が降った。高い所に残っていた雪が溶け、石の前につくった道を水が流れていた。

「皆で押してみよう」

捨吉の掛け声で、伐り出した材木を梃子にして押してみると、巨石がゆっくりと竹の上を滑りだした。正面から見ると、まるで石が自分の力で動いているように見えた。

そして、百間近い距離を一日で移動させることが出来た。

「瑞石だ。これで、この寺の繁栄は間違いない」

話を聞いた寂室は、山号を瑞石山に決めた。

それから暫くして庵が完成すると、氏頼が訪ねてきた。

「何も巨大な寺をつくろうとは思っていません。しかし、寂室禅師の教えを学び、後世に伝えていくためにはそれなりの器が必要です。三門や仏殿など、禅寺として必要な伽藍はつくりましょう。何より、寺の名前を決めていただきたい」

「寺の名前は瑞石山永源寺に決めました。永源寺は、あなたの法名である雪江崇永と佐々木家の出自である源氏からとりました」

「瑞石山永源寺。寂室禅師の本寺にふさわしい響きではありませんか」

「決して壮大で華美な伽藍をつくってはいけません。つくれば、それを守るために大切なものを犠牲にしなければならなくなります。いつでも捨てられるものでいいのです」

五月に入ると仮の本堂で開創の法要を行い、その翌日には僧堂を開単した。

寂室が永源寺に僧堂を開いたことは瞬く間に全国に広がり、大勢の修行僧が近江に集まってきた。しかし、その頃には寂室の法を嗣いだ弥天や松嶺、霊仲などが永源寺に入っており、寂室の意を受けて修行僧の教育にあたった。

何よりも寂室が嫌う画一化した僧堂生活を避けるために、数百人集まった修行僧を経験と力量を見極めて二、三十人ずつの集団に分け、きめ細かな修行生活を心がけた。
寂室は、警策の使い方についても、大言壮語して警策を振り回すような修行を強く戒め、綿密な修行をするように言葉を尽くしている。

坐中警策　只不可過惹衣敲席耳
痛以竹篦行　則或動他心念
恐壊道義

［坐禅中の警策は、過ぎてはいけない。ただ、衣をつかみ、席をたたくのみにするべきだ。激しく竹篦を使えば修行者の想念を動かすことがあり、恐らく正しい道を破壊することになろう］

また、道を求め続けることの大切さも説いている。

只要弁取久遠不退転身心綿々密々　究来究去仮使今生雖打未徹
生々不失人身　世々得生善処遇真正知識　一聞千悟之必矣

［ただ永遠に退転しない身と心をわきまえ、綿密の上にも綿密に繰り返し参究しなさい。そうすれば、たとえ今生きているうちに究め尽くせなくても、生まれ変わるたびに人の身を失うことなく、この世に出現するたびに人天界に生まれ、本当の善知識に出会って、

一度話を聞くだけで妙悟を得ることが出来るだろう」

一年後にはその存在が御所にも知られるようになり、後光厳院から宸翰が届いた。山中で修行僧を指導している普段の暮らしの中で、いつも心がけている一句を示して欲しい、という内容だった。

また、夢窓疎石の法嗣で相国寺を開いて初代僧録となった春屋妙葩から、天龍寺住持に着任せよとの詔が出ているという書が送られてきた。長きにわたって隠遁し、聖体長養に励んだのだから、天龍寺に入って僧俗を教化せよというのだ。

宸翰には、内大臣の三条公秀に宛てて自らの愚かさゆえに一句を示すことなど出来ないと返し、天龍寺入寺についてはその任にふさわしくないことを告げた。

ところが、寂室のそうした言動が伝わると、すぐに噂が広がり、ますます永源寺に押し寄せる僧の数が増えた。

後光厳院は再び宸翰を送って一句を望んだ。

再度の問いに、寂室は『即心即仏』の公案を示して答えた。

〈昔、法常和尚が馬大師に「いかなるかこれ仏」と尋ねたところ、「即心即仏」、そうしてい

る お前が仏だと答えた。その言葉で即座に大悟した法常和尚は、大梅山に庵をつくって籠った。その話を聞くと、馬大師は大梅山に人をやって質問させた。「和尚は馬大師にお会いになって何を得、この山にお住みになっているのですか」と。法常和尚は、「馬大師が私に『即心即仏』とおっしゃったその教えを守ってここに住んでいる」と答えた。すると使いの僧は「最近、馬大師の仏法は変わり、『非心非仏』と説いています」と言った。それを聞いた法常和尚は「あの年寄りは私を惑わす気か。馬大師は『非心非仏』でも、私は『即心即仏』だ」と答えた。使いが帰ってその様子を伝えると、馬大師は「梅の実は熟れたぞ」と喜んだ、というものである〉

その上で、

〈再度のお尋ねに答えるべきでありましょうが、私は平凡な人間で仏祖の教えに暗く、とても期待に添えません。先人も「吾宗に語句なく、また一法の人に与えるもの無し」と言っております。どうか、この『即心即仏』の四文字をいつも心に留めて、精進していただきたい。昔から、大疑の下に大悟あり。小疑の下に小悟ありと言われています。疑問を抱いて、その疑問が晴れた時に本来の面目に出会うことが出来るでしょう。いつも仏の道を求め続ければ、かつての堯や舜のような理想的な王になれるでしょう〉

と、言葉を添えた。

しかし、その後も永源寺に集まる僧は増え続け、三年目の春には宿泊施設から溢れた僧たちがあちこちに小屋をかけ始めた。最初は寂室の庵の周辺だけだったが、次第に広がって谷間を埋め尽くしてしまった。数百人の僧が、本堂と坐禅堂、庵しかない永源寺に集まったのだ。古い弟子たちが周辺に建てた寺にも収容したが、とても追いつかなかった。

大勢が集まれば、食事と排泄が必ず問題になる。寂室の弟子たちは何度も経験していたが、目の前には以前の経験を遥かに凌ぐ人数の僧侶がいた。食料や資材は氏頼が寄進し、炊き出しや排泄場所の設置などは捨吉が里の人々を手配したが、とても長続きしそうになかった。放っておけば、周辺の山から木を伐り出し、川に汚物を流す者が必ず現れる。皆で話し合った結果、とにかく一度引き上げて貰うしかないという結論に至った。

集まった修行僧を納得させる方法は、全員に相見する以外なかった。寂室は早朝から日暮れまで、隠寮で一人ひとりに会い、寂室が考える禅を説いた。中には、いきなり公案の見解を示す僧侶もいたが、公案は手段であり、何よりも坐り続けることが大切だと教えた。

僧侶の中には鎌倉から来たものが大勢いた。新田義貞の鎌倉攻めで建長寺や円覚寺は伽藍が破壊されたばかりでなく、臨済禅の中心地としての求心力を失っていた。多くの僧侶が京都へ移ったと聞いていたが、まだ驚くほどの人数が残っているようだった。皆、寂室が若い頃を過ごした寺である。そんな寺の修行僧たちが、大陸に渡り中峰に嗣法した寂室に憧れを抱き、遠く近江の地へやってきたのだ。

寂室はゆかりの寺にしばらく滞在させて相見し、体調を整えた上で帰るように手配した。

その翌年、京都にいる二代将軍足利義詮から建長寺住持就任の要請があった。特使としてやってきた武士は、それまでになく強硬な姿勢だった。これまで、院の詔勅さえ受け入れなかったのだから、当然なのかもしれない。応対に出た弥天に、断れば将軍の面目が潰れると脅しをかけたらしい。

寂室は体調不良を理由に会わなかった。

「私は病床にあって何も聞いていない」

翌日、周囲の心配を他所に寂室は僅かな供を連れて伊勢に向かった。暫く静養するというのだ。

ひと月ほどして帰ってくると、建仁寺の妙喜庵にいる中巌円月から書状が届いていた。

〈今まさに仏法が停滞している時に、何故、建長寺に出世して人々を救おうとしないのか〉

中巌は寂室より十一歳年下だが、約翁や東明など寂室と同じ師に随侍しており、元にも渡ってあちこちの僧に参じている。しかし、帰国後は詩作の才を活かして有力者と交わり三大万寿寺の住持などを務めた。寂室とは全く違う生き方をしている中巌にとっては、自らが修行した建長寺住持となって寺を興隆し、仏法を広めることが僧侶の務めだと思っているようだった。


暫くすると、今度は鎌倉にいる足利義詮の弟、基氏から書状が届いた。寂室が建長寺住持を固辞したことが伝わったのだろう。

文には十歳で鎌倉の主として東下し、一門の争いに加わらざるを得なかった若き武将の苦しみが綴られていた。

〈仏法の要諦とは何でしょう。私はご指導をいただいていませんから、未だに何も分かっていません。工夫用心はどうすればいいのでしょう。坐禅しても心が乱れて雑念が起こることが多いのですが、心静かに保てた時には、暗い心が晴れます。普段の暮らしではどんなことに気をつければいいのでしょう。こんな状態で、万一、生死の瀬戸際に立ったら、その時の

心構えは誰に尋ねればいいのでしょう〉

真摯な問いに、寂室は丁寧な返事をした。

〈基氏公、何よりも解決出来ない疑問を問い続けることが大切です。行住坐臥、いつも忘れることがないようにして下さい。かつて、ある僧が趙州和尚に「狗子、即ち犬にも仏性がありますか」と問うたところ、趙州和尚は「無」と答えたという公案があります。この『無』には生死の迷いを断ち切る刀のような力があります。しかし、刀は当人の手の中にあるので、他人の手を借りて迷いを断ち切ることはできません。数えきれないほどの疑問も、実は一つの疑問から発しています。その疑問が解ければ、全て解消するでしょう。あせらず『狗子仏性』の公案に向き合ってその心を極めれば、ある時、悪い夢から覚めたかのように、蓮華の花が開くかのように、雲が割れて太陽が顔を出したかのような心境になるでしょう。普段の暮らしで、七転八倒するような悩みが生じた時にも、この『無』に参じることです。悟るとか悟れないに拘る必要はありません。諸仏も歴代の祖師方も皆、求めるべき仏も行ずべき道もないという境地に至り、本来の自己に立ちかえって、無事の人となったのです。工夫用心の秘訣をお尋ねですが、私がそのご質問にお答えすることは誠に恐れ多く、大慧和尚の書にある言葉をご紹介して答えに代えさせていただきます。おおよそ、談話の糸口から工夫することは一番の近道であり、仏となり祖となることとの基本です。ただ、それも当人次第であることは言うまでもありません。願わくば、政務をおこなう時も日常においても、『無』を忘れないで下さい。常に疑問を抱いて『無』に参じ続けなければ、鹿の群れが遠く飛び去るように、大慧和尚の言葉も自己のものに出来ないでしょう。志が堅固で退かなければ、参禅して透過しなくても、なかなか悟りに至らなくても、善悪入り混じった種子がある田の中にあって、道を示す種子となるでしょう。そうなれば、人々の信頼を失うこともなく、悪い道に迷い込むこともなく、いつの日か種子が芽吹き悟りに達することもあるでしょう。先人の残した言葉は、決して人を欺きません。たとえ、死期が来て墓に入ることになろうと、生死の迷いはなくなり閻魔大王も身なりを正して言うことを聞いてくれるでしょう。それこそが、煩悩妄想を断ち切る金剛宝剣を傍らに置く大人というものではないでしょうか〉

基氏からは丁寧で分かり易い指導に対する礼と、寂室が建長寺に入らなかった事に対する無念の思いが籠められた返事が届いた。

何処から漏れるのか、寂室の言動はすぐに人々の知るところとなり、永源寺を訪れる僧の数は増え続けた。中には、興味本位の者もいたが、多くの僧が渓谷に小屋をかけて寂室の禅に触れる機会を待った。

ところが、この頃になって、寂室は永源寺開創を悔いるようになっていた。理想的な環境と佐々木氏頼の熱意、さらには自分自身の年齢などを考えて受け入れてしまったが、これだけ人が集まってしまっては寂室が考える師と弟子が出来るだけ濃密に接する修行など出来そうになかった。

押し寄せる修行僧は古くからの弟子たちがうまく受け入れ、寂室が相見する僧の数は限られていたが、御所や幕府、全国の有力な武将からの書状が絶え間なく届き、参禅の時間さえ儘ならなかった。

佐々木家や幕府の一部からは五山のような七堂伽藍を建立すべしとの声も上がり始め、弟子の中にも賛同者が出始めていた。放っておけば、永源寺は寂室の理想とはかけ離れた寺になっていくに違いなかった。

〈このままでは、京都や鎌倉の寺が、近江に移ったに過ぎないのではないか……〉

しかし、七十七歳の寂室には、全てを投げ出してどこかの山中に隠棲する気力と体力はもう残っていなかった。

その年の夏、寂室はほとんど隠寮から出ることが出来なかった。食も細り、ほとんどお湯のような粥を啜って命を繋ぎとめていた。弟子の中には滋養があるという高麗人参や茸などを届ける者もいたが、寂室は受け取らなかった。自然のままに、植物が枯れるように命を終えたいと考えていたのだ。

それでも、雨安居の接心では気力を振り絞るようにして数人の弟子の参禅を受けた。

そして、接心が終わると、各地に散っている主な弟子を永源寺に呼び集めた。

弟子が集まると、寂室は弥天永釈に自らの衣を与えて伝法の証にした。他にも寂室が印可を与え、周囲も認めている法嗣はいたが、最も寂室の禅風を理解して生き様を体現している弥天を選ぶことで、寂室亡き後の永源寺の有り様を皆に示したかったのだ。全員が寂室のその志を理解し、弥天を伝法者として認めた。

その日を境に、寂室は古くからの弟子以外の面会を絶った。弟子の中で最も若い越渓秀格が身の回りの世話をし、弥天と霊仲が境内に残っている修行僧に対処した。

二人は、見舞いと報告のために毎日のように寂室に相見したが、日を追って体力が落ちていく様子が分かった。越渓によると、食事の量も減っているらしい。それでも、坐れる間は坐りたいと、越渓の手を借りて朝晩坐禅しているという。

その年は早くから朝晩冷え込むようになり、永源寺の紅葉は例年に増して鮮やかだった。寂室は陰寮の障子を開けて紅に染まった山並を見つめた。

〈この美しい紅葉が、人生の最後に私を誤らせてしまったのかもしれない。しかし、もう一度見られるとは思いもよらなかった。これで、もう思い残すことはない〉

# 示　寂

師走に入ると、弥天が寂室の代参を務めて臘八の大接心を終え、修行僧たちは冬を迎える準備に入った。

そして暫くすると、永源寺は真冬のような寒さに襲われた。

前の晩から寂室の部屋に泊まり込み、火を絶やさずにいた越渓に寂室が囁くように声をかけた。

「窓を開けてくれ」

「外は、大変冷え込んでおります」

「いいから開けてくれ。景色を見たいのだ」

「開けて差し上げなさい」

弥天が寒さを案じて隠寮を訪れていた。

障子を開けた越渓の目の前を白いものが横切った。雪だった。いくら冷え込むといっても、まだ師走の半ばだった。

「老師、雪でございます」

「また雪だ」

それだけ言うと、寂室は目を細めてゆっくりと舞い降りる雪を眺めていた。

約翁に従って建仁寺に入った時の雪景色……。門前に並んだ百人に余る修行僧を見て、約翁の改革を確信した。

中峰に参ずるため元に渡り、天目山に登った折に境内を覆っていた雪……。雪の中に立ちつくす寂室の前に現われた中峰が、その後の寂室の生き様を決めたのだ。

人生の節目にはいつも雪が降っていたような気がした。迷いを消し、新しい足跡を印すことを促すように、いつも純白の雪景色があったように思えた。

では、七十七歳の寂室の前に降る雪は何なのだろう。死を目の前にした老僧は、この雪にどんな足跡を記せばいいのだろう。

降りしきる雪を見つめていた寂室に、二人の師の声が聞こえた。

「参禅弁道は只、この生死の大事を了せんが為なり」

十八歳の折、病に臥している約翁に薬師を遣わしてくれるように御所に願い、顔面に食らった平手打ちの痛みも蘇った。

この雪は、「生死の大事」を究め尽くせという師の声に違いない。

寂室はそれから一進一退を繰り返しながら年を越し、体調がいい時には、地方から見舞いに訪れる弟子たちに相見し、望まれれば法語や偈頌を書き与えた。身体は痩せていたが、意識は衰えることなく明晰だった。

しかし、七十八歳の老僧は近江の夏の暑さを跳ね返すことが出来なかった。八月になると粥どころか、白湯さえ飲めないほど衰弱した。

九月に入ったある日、寂室は近在の弟子を集め、自らの命が尽きようとしていることを告げ、遺誡を示した。

老拙如今世縁将尽　因顧命諸法属等　待余溘然之後　宣須林下晦迹
火種刀耕　図終一生也　契経曰　当離闠閙　独処閑居山間空沢云々
是即吾仏最後慈訓　寧可不遵奉哉　汝等各々精厳勤修　庶不向袈裟之下
失却人身　是余深所望于你輩耶　汝等見余気絶　急須収窆　切莫留遺骸
以使人見之　掩土畳石既畢　勧乎同志　只諷首楞厳神呪一遍而已

然後把熊原還于太守　以茆庵付与高野父老等　各自散去
父老若又有固辞意　汝等与諸道友相議　請一老宿衲　以充庵主
為佗討柴水便当底雲水兄弟　作一夏一冬安禅弁道之所在亦可　余無復可言
遺属々々

［私は今、人生の縁が尽きようとしている。そこで、法縁の者たちに遺命する。私が逝去した後は、必ずや隠所に姿をくらまし、畑を耕して一生を終えるように。経典に「騒がしい市街を離れて独り静かに住まいすべきである。山間に、あるいは空沢に云々」という。これは他でもなく仏陀最後の慈悲深い教えである。どうして、遵守し奉行しなくてよかろうか。皆、おのおの厳しく精進修行せよ。願わくば、袈裟をつけていながら、むざむざ人身を失ってはならない。これが、私が皆に深く望むところである。私が息絶えるのを見たら、急いで埋葬せよ。決して遺骸を留めて人に見せてはならない。土をかぶせ、石を積み終わったら、同志に勧めて首楞厳神呪一遍を諷誦するだけでよい。その後、熊原村を太守に返し、茅の庵を高野村の老夫たちに与えて、この地を引き払え。もし、老夫たちに固辞の意志があるならば、諸々の道友たちと相談して、一人の老成した宿徳僧を迎えて庵主とし、薪や水の便利さを求める雲水仲間のため、夏冬二期の坐禅修行の

場とすることもよかろう。その他には更に言うことはない。しかと後事を託し、お頼み致す」

九月の末、寂室が弥天と霊仲を枕元に呼んだ。

「お前たち二人がここに残っているのも何かの因縁だろう。せっかくだから二人で祭文をつくってくれ」

言葉はしっかりしていたが、顔色はほとんど失われかけていた。それを見て、二人は断ることが出来なかった。

夜を徹して二人で祭文を書き上げ、翌朝、寂室に示した。その内容は、単に師を褒め上げたものではなく、寂室が目指す禅を弟子の眼差しで捉えたものだった。

その祭文を見て寂室は喜び、且つ安心した。弟子たちが、自分の禅を正しく理解していることがよく分かったからだ。

その翌朝、見舞いに訪れた二人に寂室は紙と筆を持ってくるように頼んだ。

屋後青山

檻前流水
鶴林双趺
熊耳隻履
又是空華結空子

［寺の後ろの青山や檻の前の川の流れ。白鶴林に現れし両足。熊耳山に残された片方の履物。おしなべて、空の花が実を結んだのである］

越渓に支えられながら一気に書いた。

書き終えると、全ての力を使い果たしたかのように筆を投げ出して、静かに目を閉じた。

その晩、東近江は急激に冷え込んだ。

翌朝、捨吉がいつものように野菜を届けにやって来て、独り言のように呟いた。

「飯高山が、今年も寂室和尚に見事な紅葉を見て貰いたいと思っているようやな」

その年の永源寺の紅葉はひときわ美しく、雪は例年になく深かった。

# 解説

有馬頼底

寂室元光禅師、美作高田の人。姓は藤原氏、小野宮実頼の末裔と伝えられる。はじめ京都の東福寺に無為昭元の室に入って落髪受具し、ついで関東に下向し、鎌倉禅興寺に約翁徳倹の許に到って師資の礼を執り、名を元光と改めた。その後引きつづき十数年、京都、鎌倉の諸五山に約翁の会下に在ったが、のち一山一寧に従い、大いに器許され、鐵船という道号を与えられている。京都、鎌倉の五山に在り、当時五山に漸く横溢してきた中国貴族の教養主義を身につけたようである。

生来文藻は豊かであったらしく、十九歳のとき、「暫借空華示半標、普通年事未迢迢、西天此土飄零恨、縦使春風吹不消」という「雪達磨」の偈を作り、一山一寧から激賞され、また南禅寺において、仏涅槃の頌会で、「桃李春風二千歳、謝郎不在釣魚船」の句を約翁から注目されている。

約翁徳倹は大覚禅師蘭渓道隆の法嗣であるが、入宋して、蔵叟善珍、覚庵夢真、晦機元熙のような文筆僧に、あるいは師事し、あるいは交友を結んで、在宋八年にして帰朝した人物で、中国的教養に精通した人である。いっぽう一山一寧は、いうまでもなく来朝僧で、宋でその学芸該博なることは周知のことであり、日本の宋学史または書道史、漢文学史上で、貴重な役割を演じた人である。この両人から注目されたのであるから、寂室和尚の本来具備する芸術的資質は、極めて優秀であったに相違なく、後述の如く、その後半生、本人の意志によって、この資質は抑制されるが、それによって、却って録琢されこそすれ、抹殺されることがなかった。むしろこれこそが和尚の本質として確乎不動のものであった。

したがって、三十一歳、元応二年（一三二〇）に五山の浮華をいとい、真実の宗旨を求め、入元して中峰明本に参ずるのであるが、その後に及んでも、文芸教養を全くは捨てられず、中峰に参ずると共に、一方では、元叟行端、古林清茂、霊石如芝、清拙正澄等の文筆僧に随侍している。このうち特に注目すべきは、古林清茂である。日本で影響を受けた約翁、一山など貴族社会の俗的教養をそのまま肯定して、兼ねて体得するという古い型の教養人であるが、古林は、同じく文芸に秀でているが、少し行き方が異なる。即ち、あまりに俗化し過ぎた禅僧の士大夫的教養を引きしめ、基本的には文芸活動を認めつつも、その範囲を仏教の枠内に限ったのである。型は俗の詩と同一であるが、その題材を禅的に採るので、これを偈頌といい、偈頌のみを禅僧の文字活動として認めるという態度をとるので、これを偈頌主義ともいうが、古林はその運動の中心人物で、特にその作品が優秀であった。その会下には多くの文才に富む人物が集まり、自ら一派をなした。古林の別号を「金剛幢」というので、この一派も「金剛幢下」といい、多くの偈頌作家を輩出した。書においても、孤高勁直な正統的書風をもつ者が、この派から多く出ているのも注目すべきであろう。

寂室和尚は、この古林会下において、その作風を一変して、偈頌一途に生きることとなった。「寂室録」の大半を占める偈頌は、その作品の生命というべきであろうが、それは天稟の資質が、古林の孤高な家風に触れることによって、ますます彫琢を加えられ、その向上への道程が導き出されたというべきであろう。

なお蛇足であるが、龍山徳見、雪村友梅、石室善玖、竺仙梵僊などいずれも「金剛幢下」の人であり、いずれも偈頌を標榜する人々である。それ等の人々の影響下に義堂周信、絶海中津などが在るから五山文学も、その出発点は偈頌に在ったというべきで、したがって、古林の日本禅林文学への影響は絶大であるといえよう。そして寂室和尚は、その流れの極めて根源に近い所で結びついているというべきであろう。

徳治元年（一三〇六）詔によって約翁は京都建仁寺に住することになり、寂室もそれにしたがい、ますます研鑽、一日末期の一句を問うて約翁の一拳を蒙り、座下に大悟して印可をうけたのである。師の約翁から中国の禅の山河を語りきかされていて、いよいよ渡航の動機となっていった。元応二年（一三二〇）正月、ついに意を決して可翁宗然、鈍庵翁俊等と共に入元したのだが、この年の五月十九日師の約翁は遷化したのである。

入元した寂室の目的は当時絶大な人気の天目山中峰明本に参ずることにあった。帰国後、この時の中峰に参禅した感激を書き残している。それは初参より三十何年も経た後であった。

「大元延祐庚申（七年）の冬、然可翁、俊鈍庵と同じく天目山に登り、幻住（中峰）に謁す。時に雪は千巌に満ち、一庵闃尓《げきじ》たり。吾儕《ら》三輩、前立列拝して各おの親しく鼻祖（達磨大師）に少室峰前に見《まみ》ゆるの想を倣《な》す。……嗚呼《ああ》指を倒すに既に三十有七白、惟だ一日の如し」と。

中峰明本は、杭州銭塘の生れ、幼にして西天目山の獅子巌の高峰原妙に参じ、その法を嗣いでのち、定居なく、あるいは船中に、またあるいは庵室に起臥して自ら「幻住」と称したという。寂室はこの中峰に参じて大いに得るところあり、生涯この中峰の風を慕ってやまなかった。中峰から寂室の号をたまわる。彼地にあること実に七年に及んだ。

帰国後、その道徳大いにあがり、建武元年（一三三四）備後吉津の平居士の請により永徳寺の開山となったのだが、しかし俗喧のわずらわしさをきらい、美作、備前、備中、備後、さらに近江、美濃と転々として韜晦すること二十五年であった。これとても中峰の歩んだ「幻住」の境涯を自ら歩んだのであろう。

兵庫の出石《いづし》金蔵寺に止まったときの偈が残る。「風飛泉を攪《か》いて冷声を送る、前峯月上《のぼ》りて竹窓明かなり、老来殊《こと》に覚ゆ山中のよきことを、死して巌根に在らば骨も也《ま》た清からん」。寂室の心中がひしとして伝わってこよう。

しかしそんな寂室の送声はいよいよ高まる。

康安元年（一三六一）近江の佐々木氏頼の請によって永源寺を開くことになる。佐々木氏頼は南北朝の武将で、たび重なる合戦に武功あったが、天龍寺夢窓派と極めて親交あり、延文三年に『景徳伝灯録』三十巻、貞治三年に『五灯会元』十巻、康暦元年の「大般若経」六百巻など、天龍寺の開版事業に莫大な出資をしており、熱心な禅宗の帰依者であった。この氏頼の熱心な招きによって、ついに湖東の地、高野に来る。その風光に接してはじめて永住の地と定めたのであった。その胸中には、あの雪深い天目山中峰の住む景観があったにちがいない。そして瑞石山永源寺は建立されたのであった。五山、十刹などの名山には決して出なかったのであろうが、嘗て遊んだ天目山の山河を想い、だから山深きこの地に禅の道場を建てる気になったのであろう。

永源寺にはその徳を慕って集まるもの二千人におよんだとある。しばしば五山などの巨刹に請ぜられたがうけず、また信者が田畑を寄進しようとすると、荘園を得て俗門に諂《へつら》えばいたずらに宗門を衰顔せしめるのみ、として絶対にうけなかった。形式や俗権との妥協をしなかった代り、訪ねてくる友人知人、弟子たちに与えた詩や消息が実に多いのを見ても、寂室のやさしさと、そして厳しさの両面を知ることが出来る。永源寺開創七年目の貞治六年（一三六七）すでに死期を知った寂室は遺誡を残し、遺偈を書く。

屋後の青山、檻前の流水、鶴林の双趺、熊耳の隻履、又是れ空華、空子を結ぶ。

嘗て寂室が天目山中峰和尚に宗教者の理想の姿をみたごとく、今日、私たちは、寂室の中に、すでに忘れかけている宗教者の一つの理想の姿を求めてゆかねばならないと思うのである。

# あとがき

平成二十二年、思文閣出版から『天翔ける白鷗――愚中周及の生涯――』を出版した折、旧知の禅僧方に拙書を謹呈させていただいた。

多くの方から温かいお言葉をいただいたが、誰よりも早く葉書を下さったのが当時の永源寺派管長・篠原大雄老師だった。

「よくぞ書いてくれた。これで、一般の人に愚中周及というお坊さんを知って貰える。ありがとう」という内容だった。

篠原老師とは、その前の年に『禅僧が語る』というＤＶＤ制作でお会いしたのだが、その時すでにがんと闘病されていた。手紙をいただいたことでお元気な様子が分かり、安心したことを覚えている。

その後、何度か手紙をやり取りする中で、「寂室さんを書いてみないか」というお言葉をいただいた。

語録でしか触れることができない祖師方を、何とかもっと分かり易い方法で一般の人たちに紹介できないかと考えていたこともあり、「書けるかどうか調べてみます」という返事をして資料をあたってみた。

手に入る資料は『日本の禅語録』の寂室と、岡山県立図書館から紹介された寂室禅師の郷土・勝山ゆかりの方々が書かれた小冊子だけだった。

それでは、『年譜』があった愚中禅師より資料が少ないことになってしまう。

それを篠原老師に伝えると、「今、寂室禅師について日本で一番詳しい人を紹介する」ということで、佐々木陵西さんをご紹介いただいた。

佐々木さんにお会いすると、彦根の智教寺という天台宗の寺の住職だと聞いて驚いた。

「天台のお坊さんが何故、寂室さんを……」という問いには笑顔だけを返された。

私の意図をお伝えすると、寂室の孫弟子に当たる人が記した『紀年録』を十年余り前に永源寺から預かった記憶があるから探してみるということだった。

その後、『紀年録』を送っていただいたのだが、読み下しに解説文が添えられていて、私でも何とか理解できる内容だった。他に資料がないこともあって、物語の骨子はこの『紀年録』に頼っている。

何とか書き出したのだが、自分の中で少しずつ寂室像が形になりはじめると、私がほんの僅かな資料で寂室禅師を書いていいのかという、疑問が湧いてきた。日本の仏教は祖師仏教と言われるほど、宗祖や開山を大切にする。臨済宗各派でも、開山は絶対的な存在である。

そこで、篠原老師の寂室像を聞いてみたいと思った。

手紙を差し上げると、「今、肺炎で入院中」という葉書が届き、「児玉さんの寂室を自由に書けばいい」という言葉が添えられていた。

それでも、是非、篠原老師の寂室像をお聞きしたいと返信すると、「退院したが酸素吸入の機械から離れられない。暫く待って欲しい」という返事をいただいた。闘病中に、余計な心配をお掛けしたと後悔した。

結局、お会いすることなく逝去され、篠原老師の寂室像をお聞きすることはできなかった。

暫くそのままになっていたのだが、昨年、ある管長のＤＶＤを制作するにあたって、篠原老師の映像を見直す機会があり、あの柔和なお顔で「何をしている」と背中をどやしつけられた思いがした。

すぐに岡山県の勝山を訪れ、所縁の地を歩くことから、再度寂室禅師に取り組むことになった。

夏過ぎにはほぼ完成したのだが、「自由に書けばいい」とう篠原老師のお言葉に甘えて、私の主観が入り過ぎているのではないかという不安があった。

そんな時に、ある方から永源寺派管長に就任された道前慈明老師を紹介された。

愚中禅師の場合もそうだったが、宗門の皆さんが認めない小説を出版する訳にはいかない。と言っても、書いたものを宗門が気にいるように書き直すことはしたくない。道前老師に読んでいただいて、駄目だと言われればそれまでである。

「これは小説です。多くが私の創作です」と言葉を添えてお送りした。

半月ほどして永源寺を訪れると、「寂室禅師の六百五十年遠諱の記念に語録をつくっているが、一般の人には難しいだろう。これなら読んで貰えるかもしれん」という言葉をかけていただいた。

永源寺の家風だろうか、篠原老師と同じ飾りのないお人柄で、気持ちよく相見させていただいた。

その後、道前老師に序文や題字もお願いすることになり、感謝に堪えない。

出版に際して貴重な資料を提供していただいた佐々木陵西さん、様々な助言をいただいた禅文化研究所の前田直美さん、思文閣出版の長田さん、原さんに心からお礼を申し上げたい。

また、前作出版の契機をつくっていただき、このシリーズをライフワークにするようにとの助言をいただいた相国寺派有馬頼底管長に解説をお引き受けいただいた。重ねて感謝の意を表したい。

著者

児玉　修（こだま　おさむ）
1947年，愛知県半田市出身.
同志社大学卒，「映像工房サンガ」代表.
「臨床僧の会・サーラ」事務局長.
京都府長岡京市在住.
著書に『仏教崩壊』（文藝書房）
『天翔ける白鷗――愚中周及の生涯――』（思文閣出版）など

死《し》して巌根《がんこん》にあらば骨《ほね》も也《ま》た清《きよ》からん
――寂室《じゃくしつ》元光《げんこう》の生涯《しょうがい》――

2014（平成26）年５月12日　発行
定価：本体1,800円（税別）

著　者　児玉　修
発行者　田中　大
発行所　株式会社　思文閣出版
〒605-0089 京都市東山区元町355
電話 075-751-1781（代表）

印　刷
製　本　株式会社 図書印刷 同朋舎

© O. Kodama
ISBN978-4-7842-1750-2　C0093

◎既刊図書案内◎

## 天翔ける白鷗　愚中周及の生涯

児玉修　著

南北朝時代、中国帰りのエリートとして嘱望されながら、決して権力におもねらず、ひたすら仏の道を行じ、庶民とともに生きた禅僧、愚中周及（一三二三〜一四〇九）。愚中周及に惚れ込み、自ら山川を跋渉して、忘れられた愚中の足跡をたどってきた映像作家の著者が、時代のなかで苦悩し、雪中坐禅や夜を徹する月下での立禅など、自らの仏法を打ち立てた生涯をたどり、語録ではわかりえない血の通った人間愚中を描ききった意欲作。

▼四六判・三〇六頁／本体一、六〇〇円（税別）

ISBN 978-4-7842-1541-6

## 禅語辞典

入矢義高　監修／古賀英彦　編著

禅語録中の難解な語句すべて（約五千五百）について、平易なことばで解釈を施した画期的な辞典。中国語学研究の第一人者である入矢義高氏監修のもと、古賀英彦氏が十年の歳月を費やして完成。いわゆる漢文の語法では読めない口語の解説が備わり、漢文を読むすべての人に必携の書。

▼A5判・六〇〇頁／本体九、五〇〇円（税別）

ISBN 4-7842-0656-6

思文閣出版